AF345523

Peut-être toi

Romance

William Alcyon

À Faustine

Avertissement

Ce livre est une œuvre de fiction. En conséquence, toute
homonymie, toute ressemblance ou similitude avec des
personnes ou des faits existants ou ayant existé, ne saurait
être que pure coïncidence et ne pourrait, en aucun cas,
engager la responsabilité de l'auteur.

Certains lieux décrits dans ce livre sont réels, d'autres,
même s'ils sont évoqués dans des villes existantes, sont
purement fictifs.

« Donner à quelqu'un un morceau de votre âme est mieux que de donner un morceau de votre cœur. Parce que les âmes sont éternelles. »

Helen Boswell

« Tout le monde a une seule et unique âme sœur. Et quand on a de la chance, on la rencontre. Et quand c'est fait, quand on est frappé au cœur, il n'y a plus personne qui compte. »

Michael Connelly

« Les âmes sœurs finissent par se rencontrer, car elles ont la même cachette. »

Robert Brault

PROLOGUE

Grenoble.

CHU Grenoble, Alpes.

Printemps.

Je pourrais bien mourir, là, maintenant.

Je dois être à l'hôpital.

Je ne me souviens plus très bien…

Ah si ! Attendez...

Je conduisais la Jeep sur le sentier caillouteux.

Dans mon domaine alpin.

À ma droite, il y avait une pente très prononcée.

Je conduisais prudemment.

Et puis…

Mon téléphone portable a sonné.

J'ai quitté la route des yeux un bref instant, juste assez pour voir qui m'appelait : Helena.

Un chien a surgi sur le sentier, sortant de nulle part.

C'était lui ou… le ravin.

Devinez ce que j'ai choisi.

L'accident ? La voiture doit être dans un sale état, ça, c'est sûr !

Est-ce que je suis gravement blessé ?

Je n'ai pas mal.

Et dire qu'Helena est venu jusqu'ici pour peut-être m'y voir… mourir.

Quelle ironie !

Quand on a trouvé son âme sœur, le reste n'a plus vraiment d'importance. Ce ne sont que des détails futiles.

Dire qu'il aura fallu que je me retrouve à deux doigts de quitter cette vie pour en mesurer toute l'importance.

Helena !

J'ai bien tenté de résister.

Une vieille promesse que je m'étais faite autrefois.

Parce que cela m'avait permis d'oublier la douleur que l'on ressent quand on a le cœur brisé.

Après cela, je m'étais juré de ne plus jamais aimer personne.

Oui, mais voilà… Quand on rencontre son âme sœur, c'est toute votre vie qui vole en éclat. Cette armure, que j'avais mis des années à construire. Une cage enfermant mon cœur pour me protéger. J'ai cru si longtemps que l'amour faisait si mal qu'il ne fallait pas le laisser s'immiscer dans ma vie. J'avais déjà payé le prix fort.

C'est maintenant, à la fin, que je me décide à comprendre.

J'en suis sûr, à présent.

Il ne faut pas avoir peur.

Je suis venu ici, en ce monde, pour elle.

Quel imbécile je fais ! Je n'avais rien compris.

Le problème, c'est qu'il arrive parfois que votre âme sœur ne veuille pas de vous. Et cela, même si elle vous a reconnu ! Parce que vous avez mal joué la partie, parce que vous n'avez pas respecté les règles du jeu ou bien parce que vous avez tout gâché… alors, quand, comme moi, vous avez fait tout cela à la fois… que reste-t-il ?

Rien.

Elle me déteste.

C'est de ma faute.

J'ai fait tout ce qu'il fallait pour ça.

Alors...

Oui, je peux bien mourir. C'est facile. Je n'ai qu'à me laisser glisser.

Je suis déjà dans une douce torpeur. Je ne vois plus rien. Je n'entends plus rien. Je crois bien que je ne sens plus rien, non plus.

Pourtant, ça cavale dans ma tête ! Bon sang, il me semble bien n'avoir jamais été aussi… lucide. Mon cerveau, lui, n'a pas cessé de fonctionner.

Non… je ne suis pas mort. Je crois. Enfin… pas encore. La preuve, c'est que je n'arrête pas de cogiter. Donc, oui, je suis toujours en vie.

J'ai pensé tout à l'heure que je pouvais bien mourir. Mais, je crois bien que c'était une connerie. Une de plus.

Bon, c'est vrai que je n'ai pas encore trente ans. Enfin, ce n'est plus qu'une question de mois. Sauf si je ne m'en sors pas. Ce serait vraiment dommage.

J'aimerais bien avoir le choix. Parce que je n'ai pas envie de partir.

Et puis… peut-être n'est-il pas trop tard ?

Si je m'en sors, je promets de tout faire pour…

Oh… bon sang ! Ce que j'ai sommeil !

Dormir…

Je…

Helena…

Il faut que… je… te dise… que… je…

1

TOM

Deux mois plus tôt...

Domaine Golden Sky

Saint-Jean-d'Hérans

Rhône-Alpes - France

— Si je comprends bien, tu es en train de m'expliquer que tu vas partir ?

La question claque comme un coup de fouet. Même si je m'y attendais, je vais devoir gérer la tempête que Victor est en train de déclencher.

— Victor, ne fais pas comme si tu n'étais pas au courant !

Oui, Victor Amico sait bien que mon départ est imminent, mais il espère un revirement de situation.

— Ce n'est l'affaire que de quelques jours. Et puis, tu sais bien que c'est une excellente idée ! De plus, c'est une vraie opportunité, tu l'as dit toi-même.

Mon maître de Chai ne peut contredire l'évidence. Oui, bien sûr qu'il est au courant de mon départ. En réalité, il peut parfaitement faire tourner la distillerie sans moi, sans aucun problème. Je suis peut-être son patron sur le papier, mais dans la réalité, c'est lui qui fait le plus gros du travail. Au début, cela n'a pas été facile. Aujourd'hui, tout est en place. Il faut dire que j'ai parfois des idées surprenantes. Créer une distillerie de whisky en France, dans la région des hautes alpes, un whisky né de la terre, dans un respect de l'environnement et une démarche de développement durable. J'avais à peine vingt ans quand j'ai persuadé mon père, un poids lourd du Champagne, de me laisser entreprendre quelque chose d'inédit, tout en poursuivant mes études. Et puis, c'était une promesse que je devais à quelqu'un.

Du whisky français ! Après tout, pourquoi pas ? Monsieur Auster, mon père, se targuait d'être un innovateur, un précurseur et un avant-gardiste. Alors, mon idée, la première intéressante de la part de son fils, l'avait séduit. C'était aussi un moyen de me confier un projet d'importance et de voir comment j'allais m'en sortir. Le résultat avait dépassé toutes ses attentes. J'avais réussi son baptême du feu et méritais amplement ma place dans l'entreprise familiale qui possédait maintenant, avec le whisky, une nouvelle corde à son arc.

Dix ans plus tard, le whisky Auster, ou plus exactement le *Golden Sky*, est implanté dans la région de montagne, au cœur des Alpes françaises, sur les flancs de l'Obiou. Moi, Tom Auster, héritier de l'empire viticole créé par mon arrière-grand-père, puis entretenu et développé par mon grand-père et aujourd'hui mon père, j'étais parvenu à imposer cette idée farfelue : créer un whisky français, single malt, élaboré à partir de céréales cultivées dans la région ; en mettant en pratique un respect de la terre, en ne sélectionnant que de l'orge et du seigle issus de l'agriculture biologique.

— On vient tout juste de passer une étape. J'estime qu'on a besoin de toi, ici. Ce ne sont plus les cinq parcelles de nos débuts qu'il y a à gérer, mais cinquante, à présent. Dois-je te rappeler que la nouvelle distillerie supplémentaire est entrée en fonction depuis à peine un mois ?

Je regarde Victor en souriant. Le maître de Chai, le grand Victor Amico, est certes mon employé, mais il est surtout mon ami. Sans lui, rien n'aurait pu se faire. C'est un homme qui a un « nez », mais aussi des connaissances inestimables acquises au fil des années d'expérience dans le domaine de la fabrication du whisky. Il a roulé sa bosse, comme on dit. D'abord en Écosse, à Dufftown, où il a intégré la distillerie *Mortlach*, célèbre pour avoir été rachetée par un certain Johny Walker en 1923. Il y est resté pendant près de quatre ans. C'est là qu'il a appris le métier. Puis, il a voulu continuer à diversifier son savoir. Pour cela, il a traversé l'Atlantique, pour s'établir pendant deux ans à Frankfort, qui, comme son nom ne l'indique pas, est situé dans le Kentucky, au sein de la célèbre distillerie *Buffalo Trace*, considérée par certains spécialistes comme la plus ancienne distillerie encore en activité aux États-Unis. Le bourbon ayant, lui aussi, des secrets à révéler. Victor Amico n'est pas homme à s'arrêter aux principes étriqués des puristes écossais qui considérent le bourbon des Américains comme une hérésie.

— Victor, tu as toujours tendance à tout exagérer. La nouvelle distillerie, c'est la même en plus grosse ! C'est tout.

— Ah oui ! Et la gestion des cinquante parcelles au lieu des cinq initiales, c'est juste un détail, ça aussi ? Ton idée de vouloir diversifier les sols et les expositions pour obtenir d'autres expériences, c'est une superbe initiative, mais… encore faut-il que monsieur daigne être présent plutôt que de filer je ne sais où pour y trouver je ne sais quoi !

Je devrais rester sérieux, faire le patron qui dicte les ordres, donne le ton, mais c'est plus fort que moi, je ne peux réprimer une soudaine envie de rire. J'empoigne Victor par les épaules et l'entraîne dehors, à l'extérieur du bâtiment où sont stockés les fûts.

— Viens avec moi ! dis-je, sans laisser à mon ami le loisir de répondre.

Nous traversons d'un pas alerte une large cour sertie de pavés irréguliers et usés par le temps. Après quelques secondes silencieuses, je m'arrête devant une gigantesque porte coulissante qui délimite l'entrée d'une ancienne grange. Je fais coulisser un battant et invite Victor à entrer, ce qu'il fait en affichant toujours une mine contrariée.

— Que vois-tu ici, Victor ?

Le maître de Chai m'observe comme si je venais de me prendre la foudre sur la tête et que j'avais tous mes neurones grillés.

— Bah… rien !

— Précisément. Et que stocke-t-on normalement dans cette grange, Victor ?

— Les fûts de chêne.

— Exactement. Et combien en vois-tu ici ?

Victor se gratte la tête.

— Je dirais une petite centaine, à vue de nez.

— Et ton nez voit très bien, je dois dire.

Au fond de la grange, il y a un empilement de tonneaux vides, savamment disposés, d'une contenance de près de 250 litres chacun. Ils sont construits en bois de chêne.

— Ce sont nos derniers fûts *Hogshead* écossais. Après ça, fini ! Tu connais mon projet concernant les fûts que je souhaite acquérir, n'est-ce pas ?

Victor opine de la tête, mais plisse le front, l'air toujours contrarié. Il a beau savoir ce que j'envisage, il a espéré jusqu'au bout, qu'en tant que chef d'entreprise, je déléguerais cette tâche à un de mes bras droits. Sauf qu'en l'occurrence, mon second, le seul en qui j'ai une totale confiance, c'est lui,

Victor. Et sa présence est indispensable sur le site, au domaine.

— C'est bon. Tu as gagné. Je m'incline. Tu comptes rester sur place pendant combien de temps ? demande Victor.

— Une à deux semaines, maximum.

— Tu es sérieux ?

— Tout à fait.

Mon maître de Chai fait la moue. Pour les tonneaux, j'ai fait une très bonne affaires : des *fort pipe* portugais de 650 litres qui ont été précédemment utilisés pour faire vieillir du vin de Porto. J'ai gardé mon idée en tête pendant de nombreuses semaines, étudiant la question avec minutie. J'avais trouvé sur Internet une exploitation viticole dans la vallée du Douro, au Portugal, qui désirait vendre près de 1000 tonneaux grand format. Ces fûts XXL sont parfois réutilisés après avoir contenu du vin de Porto pour le… whisky. C'est une pratique qui a déjà fait ses preuves. Le whisky vieillit très bien dans de vieux tonneaux à Porto. Ce vin portugais ayant la particularité de laisser par la suite une légère couleur rosée au whisky.

— Tu pars quand ? risque Victor.

— Après-demain.

— J'espère que ce sont bien des tonneaux que tu pars chercher. Et pas quelque chose que tu fuis, ou plutôt quelqu'un que tu penses oublier en t'éloignant, en quittant la France par exemple ?

— Tu dis n'importe quoi ! Cela n'a rien à voir. J'ai tiré un trait sur le passé.

— Mouais ! Tu as intérêt à ramener tes fesses vite fait par ici, si tu ne veux pas que je vienne te chercher moi-même !

Je souris et je l'agrippe par le cou. Nous sortons de la

grange et nous dirigeons vers l'entrée de la distillerie.

Tout à coup, Victor prend un air grave. Comme si quelque chose venait de s'immiscer dans ses pensées. Quelque chose qui n'augure rien de bon.

— Mais au fait, comment vas-tu faire pour descendre dans la vallée ? me demande-t-il, en paraissant sincèrement désolé pour moi.

— Comment ça ?

— Eh bien, tu sais que la route est coupée depuis hier.

J'écarquille les yeux.

— Hein ! Mais qu'est-ce que tu racontes ? dis-je, ne sachant vraiment pas à quoi il fait allusion.

— Nom de Dieu, Tom, cela t'arrive d'écouter les conversations des autres. Tu sais bien qu'il y a eu un éboulement et qu'une machine doit arriver pour déblayer la route, mais… pas avant demain, dans la journée.

Je reste figé.

— C'est une blague ?

— Pas du tout.

J'avoue que je suis totalement pris au dépourvu. C'est vrai, je suis tellement obnubilé par ce voyage au Portugal que je n'ai pas vraiment pris part aux conversations depuis hier.

— Tom, tu n'étais pas là quand Lili s'est mise à pleurer, hier ?

Lili. Une femme pour qui j'ai le plus grand des respects. Une vraie mère pour moi. Elle est de la région, c'est un peu pour cela que j'ai choisi ce lieu. Elle a l'âge d'être à la retraite depuis déjà un an ou deux, mais elle souhaite rester auprès de moi, le plus longtemps possible. Ici, nous sommes une vingtaine à travailler dans l'exploitation. Une bonne moitié préfère redescendre dans la vallée pour retrouver leur compagne ou compagnon, mais… l'autre moitié préfère rester dormir sur place, surtout en haute période, quand nous faisons des journées de douze heures. Alors, j'ai fait construire des baraquements. C'est assez rustique, mais le confort est suffisant pour y dormir et se reposer en dehors des heures de travail. Du coup, nous avons une salle de restauration, et… une cuisinière : Lili, qui nous mitonne des petits plats succulents. Qu'est-ce qui lui est arrivé pour qu'elle se mette à pleurer ?

— Je n'étais pas au courant. Tu aurais pu m'en parler…

— Je l'ai fait !

— Vraiment ?

— Oui.

— Merde alors, je suis vraiment le dernier des derniers !

— Si c'est toi qui le dis…

Comment cela a-t-il pu m'échapper ? Il faut vraiment que je cesse de me laisser accaparer par une seule préoccupation au point de ne plus rien voir ni entendre par ailleurs.

— Qu'est-ce qu'elle a ? demandé-je.

Victor ne prend pas la peine de camoufler sa désespérance à mon égard. Un vrai pote.

— Aujourd'hui, c'est l'anniversaire de Nicolas, son petit fils, au cas où tu l'aurais oublié. Elle devait descendre dans la vallée pour aller fêter ça en famille. Malheureusement, avec la route bloquée, ce ne sera pas… Hey ! Qu'est-ce qui te prend ?

Je n'ai pas le temps de lui répondre. J'ai été vraiment un sale type. Un homme qui ne prend pas la peine d'écouter ses amis quand ils ont des problèmes. Lili est une perle. Elle est de ma famille. Et moi, j'ai été égoïste…

Il me faut à peine deux minutes au pas de course pour

rejoindre le réfectoire où je trouve Lili en train de s'affairer, tout en essuyant une larme au coin de l'œil. Je déboule comme un missile dans ses quartiers de haute sécurité : sa cuisine.

— Lili !

La pauvre femme tente de dissimuler sa tristesse en essuyant sa joue d'un revers de manche.

— Tom ! Que puis-je faire pour toi ?

— En fait rien ! Je veux dire… c'est plutôt moi qui vais faire quelque chose pour toi.

— Je… je ne comprends pas.

J'ai la solution. Cela a fait « tilt » dans mon esprit en un millième de seconde. Cela m'arrive parfois ce genre de choses. Il y a un problème et… bing… sans même avoir à y réfléchir, j'ai une idée qui sort de je ne sais où ! C'est presque magique.

— Tu vas appeler tes enfants immédiatement !

— Mes enfants ?

— Oui.

— Mais, je l'ai déjà fait. Je les ai prévenus que, malheureusement, je ne pourrai pas être là pour l'anniversaire de Nicolas. Je leur ai déjà dit que la route pour descendre dans la vallée est bloquée.

Je m'approche d'elle et lui souris. Je sens que j'ai mes yeux qui se mettent à briller. Cela me fait ça quand je peux aider quelqu'un. Je suis sûrement trop sensible, mais bon… on ne se refait pas, et puis, qu'est-ce que ça peut faire ?

— Alors, tu vas les appeler à nouveau et leur dire que tu seras bien présente, ce soir.

— Mais, comment ? La route est...

Je l'attrape par la taille et l'entraîne en dehors de la cuisine tout en déposant une bise sur sa joue.

— Ma chère Lili… c'est moi qui vais t'accompagner, et… nous n'allons pas prendre la route.

Il me faut tout de même près d'un quart d'heure pour parvenir à convaincre Lili. Le désir de fêter l'anniversaire de son petit fils l'emporte finalement sur sa peur. Pendant qu'elle prépare un petit sac avec quelques affaires personnelles, je mets au courant Victor. Il me traite de cinglé, comme je m'y attendais, puis me félicite. Ensuite, il accompagne notre Lili à bord de son 4x4 afin de la déposer devant le hangar qui se tient sur la piste d'envol, qui, en réalité, n'est qu'un chemin herbeux à flan de montagne avec un saut dans le vide, donnant sur la vallée.

C'est ça mon idée. Lili va embarquer avec moi à bord de mon ULM. Attention, pas n'importe quel Ultra Léger Motorisé, non. Je suis l'heureux détenteur d'un avion *UltraLight*, un engin volant très courant parmi les propriétaires terriens en montagne. L'hiver, quand les cols sont bloqués par la neige, c'est parfois le seul moyen de descendre dans la vallée. Bon d'accord, il y a aussi la motoneige, mais les trajets durent beaucoup plus longtemps, et l'on ne peut pas transporter grand-chose à bord de ces engins.

Toujours est-il que Lili est maintenant installée derrière moi, à bord de mon *G1 SPYL*, mini avion qui est une véritable aubaine pour la montagne. Il possède de grandes roues tout terrain et peut décoller et atterrir sur n'importe quelle surface à peu près plane en moins de vingt mètres. C'est une sorte de *Smart* des airs.

— Tout va bien Lili ? N'oublie pas de mettre ton casque pour que nous puissions nous entendre pendant le vol.

Lili tremble un peu. Mais en vérité, elle est toute heureuse de pouvoir, contre toute attente, être présente ce soir auprès de son petit fils, et fêter son anniversaire comme prévu.

— Oui.

— Lili, tu es sûre ?

— Je suis désolée, mais tu sais bien que les avions me font peur !

— Lili, je suis pilote de jet, alors ce petit avion, c'est de la rigolade. Et puis, tu es déjà monté à bord, ce n'est pas comme si c'était la première fois. Bon, tu es prête ?

— J'ai eu peur, la dernière fois. Mais, je veux voir mon petit fils, alors… allons-y !

— Bien, alors… moteur !

J'appuie sur le bouton de contact et l'hélice se met en route dans un vrombissement de moteur. Je me tourne vers Lili qui me sourit et pose sa main sur la mienne en signe de remerciement.

— Allons-y ! dis-je, en lui renvoyant son sourire.

2

HELENA

Avril

Quinta de Dona Otilia

Vallée du Douro – PORTUGAL

Je regarde le vignoble avec le fleuve Douro en contrebas comme si c'était la première fois. En un sens, c'est le cas. Je viens d'hériter officiellement de l'ensemble de la *Quinta de Dona Otilia*, un nom donné par mon père en l'honneur de ma grand-mère. Le domaine viticole s'étend en contrebas sur près de 1400 hectares, sur les bords du fleuve.

Je ressens une drôle d'impression. Je connais ce lieu depuis ma plus tendre enfance, mais à présent, c'est comme si je le découvrais à nouveau.

J'ai pris officiellement possession du domaine ce matin, chez le notaire. Le titre de propriété est, contre toute attente, à mon nom. J'ai récupéré les clés. Et je suis, à partir d’aujourd’hui, la nouvelle patronne de tout le vignoble.

J’ai stoppé ma vieille Coccinelle au sommet de la colline, de là j’observe *mes* terres avec les vignes qui reposent dessus, évidemment.

Et puis, il y a aussi la résidence. Une bâtisse gigantesque, à mi-chemin entre le fleuve Douro et le sommet des vignes. De là, on peut suivre un petit sentier qui descend jusqu’à la rive.

Je me suis assise sur le capot de ma vieille Volkswagen dont le bleu métallisé étincelle sous les rayons printaniers de l’astre solaire.

Je reste plantée là pendant de longues minutes, prostrée, affalée sur ma Cox, en train de faire le point sur moi, sur ma vie. Je vais être… rectification : *je suis* la patronne de la *Quinta de Dona Otilia*. Ma vie professionnelle va prendre un nouvel essor. J’ai bien l’intention de m’y investir à fond. Et puis, de toute manière, ma vie sentimentale est inexistante. Ce qui n’est pas plus mal, étant donné les circonstances. Les hommes ! Ils m’ont toujours déçue… même mon propre père. J’ai bien l’intention de ne plus en laisser un seul entrer dans ma vie. Plus question de me laisser dicter mes actes, de diriger ma vie. Fini tout ça. Mon père n’est plus là pour me brimer et me dénigrer, mon frère est hors-jeu, et je n’ai pas de compagnon. J’ai rompu avant de partir pour la France avec le seul homme qui comptait un peu pour moi. Ce n’est pas maintenant que ça va changer. Je vais entrer dans une nouvelle vie, celle d’une *working girl* qui va remettre à flot le domaine et s’épanouir pleinement.

Je sors de mes pensées pour avancer doucement en direction de la crête.

Je ne me lasserai jamais d’admirer ce paysage idyllique.

Quelle ironie ! Mon père a partagé son héritage en deux parties distinctes. Mon frère, qui a autrefois refusé de reprendre le domaine alors que mon père le lui avait demandé, préférant une vie d'artiste, a hérité d'une somme conséquente, tout l'argent que détenait mon père sur un compte préalablement mis au nom de mon frère.

Pour ce qui me concerne, je n'ai pas droit à un seul centime de cet argent. Au lieu de cela, j'hérite de la *Quinta de Dona Otilia*. D'après les aveux du notaire, le partage est équitable entre mon frère et moi. Sauf que, Ruben va pouvoir vivre la grande vie, alors que moi je suis condamnée à combler les brèches d'une affaire qui est tombée en décrépitude depuis plus de cinq ans.

Oh bien sûr, je pourrais vendre.

Mais, c'est hors de question.

De son vivant, mon père m'a tenu à l'écart du vignoble.

Il n'a même jamais su que j'avais fait des études ciblées. Il pensait que j'étais partie en France pour étudier le marketing. Qu'est-ce qu'il croyait ? Ah oui, pour lui je suis partie parce que Pedro, mon petit ami de l'époque, m'avait trompée alors que nous envisagions de nous installer plus tard ensemble, et pourquoi pas de nous marier une fois mes études terminées. Pauvre papa, si tu savais comme cela n'a en aucune façon influencé mon choix de partir étudier en France. Cette infidélité a juste renforcé mon désir d'indépendance vis-à-vis des hommes ainsi que mon aversion à l'amour qui n'est que synonyme de trahison future et déception inévitable.

Non, mon père ne saura jamais qu'en réalité la France n'était pas une fuite, parce que j'en suis revenue avec un brevet professionnel de responsable d'exploitation agricole, doublé d'un Bac pro décroché au sein de l'école supérieure d'agronomie de Bordeaux. Je n'aurais même pas le plaisir revanchard de lui dire que j'ai appris le métier par d'autres que lui.

Mon diplôme et mes stages en poche, j'ai travaillé

pendant toute une année dans la vallée du Rhône, au sein d'une exploitation viticole célèbre : *l'Hermitage*. Je l'ai choisie parce que la vigne y est plantée sur une colline, comme chez moi. Le dénivelé, le panorama, la vue sur les méandres du fleuve, cela m'était familier, c'était un peu comme si j'étais à la *Quinta de Dona Otilia*. D'une certaine façon, c'était comme si j'avais été un peu… chez moi. Bref, c'est là que j'ai fait mes armes, que je me suis façonnée. Le travail y était très dur. Quand je revenais au Portugal pour les fêtes de fin d'année, mon père s'était aperçu de ma transformation physique, il est vrai que j'avais changé de morphologie. En France, je passais les trois quarts de mon temps à la vigne. Le fantasme des métiers du vin me fait bien rigoler. En réalité, le tire-bouchon sert moins que le sécateur.

Et voilà. Maintenant que je suis prête, que j'aurais pu enfin lui prouver que j'étais faite pour ce métier. Il a fallu qu'il nous quitte. Un dernier affront en guise d'adieu.

Il ne me reste plus qu'à me retrousser les manches et à me mettre au travail.

Cela ne va pas être facile. Je vais devoir m'imposer. En France, on m'a souvent dit que ce n'était pas un métier pour une femme. Je vous laisse deviner ce qu'il en est au Portugal. Rien de nouveau sous le soleil.

Il y a encore une dizaine d'années, quand l'entreprise était florissante, mon père employait environ deux-cents salariés dans l'exploitation viticole, sans compter les saisonniers qui venaient s'ajouter aux employés permanents pendant la période des vendanges. Aujourd'hui, je récupère une entreprise qui emploie une cinquantaine de personnes. Cela ne va pas être facile, mais je me suis préparée à cela. Moi qui n'ai pas cessé d'invectiver mon père pour le sommer de changer un certain nombre de choses dans la façon de gérer le domaine… c'est maintenant le moment de vérité. Vais-je parvenir à faire mieux que lui ? Et surtout vais-je pouvoir endiguer la chute des ventes et de la productivité ?

Je ne vais pas mentir, la tâche qui m'attend m'effraie un peu. D'un autre côté, je vais pouvoir faire absolument tout ce que je veux. Mon frère a touché sa part de l'héritage, mais… rien en ce qui concerne le domaine. Je ne sais pas si mon père a voulu le punir en le tenant à l'écart du domaine viticole, mais c'est une bénédiction pour moi. Je suis le seul maître à bord et j'ai les pleins pouvoirs. Mon rêve se réalise enfin. Dommage qu'il ait fallu la mort de mon père pour cela.

Pour l'heure, il est temps de descendre dans la *Quinta* et de rencontrer *mes* employés.

Je vérifie ma tenue dans le reflet de la vitre de la portière de ma vieille *Coccinelle*. Je réajuste ma veste. Je dois avoir l'air d'une fille sûre d'elle, une chef d'entreprise sur laquelle on peut compter. Je crois en moi. J'ai fait tout ce qu'il convenait de faire pour en arriver là aujourd'hui. Je n'avais pas imaginé que mon père ne serait pas là pour voir cela. J'ai travaillé dur pour qu'il accepte enfin de reconnaître mes capacités, ma persévérance et mes qualités. J'enrage qu'il ne soit plus là pour m'accepter et me confier les commandes. Tant pis. La vie ne nous donne pas toujours ce que l'on attend, ou alors pas comme on l'aurait imaginé.

Mon reflet dans la vitre teintée me plaît : je me suis appliquée à avoir l'air d'une dirigeante, mais sans trop en faire. J'ai une tenue sobre (un pantalon, un chemisier et un manteau couleur sombre) et je suis prête à faire face à mes nouvelles responsabilités.

Et pourtant, au fond de moi, quelque chose a disparu. La confiance ? Non, je ne crois pas. Ma quête ? Peut-être bien. Je me suis battue depuis des années pour prouver quelque chose à mon père… qui est mort avant que je ne puisse lui prouver ce dont j'étais capable. Tout ce travail, ces études dissimulées, pour rien.

Je soupire en regardant *mon* domaine.

Non. Je n'ai qu'à décider autre chose. Quoi ? Que j'ai fait

tout cela pour *moi* ! Voilà.

Mon père m'a ignorée pendant presque toute ma vie, aussi loin que je m'en souvienne.

Maintenant, c'est à mon tour de l'ignorer.

Je ne vais pas bâtir des murs ou des obstacles pour lui. Il n'en vaut pas le coup. Ou plutôt sa mémoire n'en vaut pas la peine.

D'accord, c'est lui qui a créé le vignoble, le domaine, la *Quinta de Dona Otilia*.

Je lui en suis reconnaissante. Point.

Le reste m'appartient… à présent.

3

TOM

Aéroport Francisco Sá-Carneiro

Avril

PORTO

PORTUGAL

Je déteste attendre pour récupérer mes bagages. Je ne suis pas d'un naturel patient. Quand je veux quelque chose, il me le faut tout de suite. Alors, faire le pied de grue devant un tapis roulant en attendant près de vingt minutes que mon bagage apparaisse enfin, je vous laisse deviner… très peu pour moi !

J'ai passé très jeune mon brevet de pilote. D'abord sur des modèles légers, comme mon G1 Spyl, mon avion *UltraLight* pour la montagne. Mais, j'ai aussi un autre bébé volant. Et celui-là, c'est autre chose. Je suis l'heureux propriétaire d'un jet privé, un petit modèle il est vrai, mais qui coûte une véritable fortune. Bon d'accord, ce n'est pas vraiment *mon* jet, puisqu'il est la propriété de l'entreprise familiale : les champagnes Auster. Mais, comme je suis le seul dans la famille à pouvoir piloter un tel engin, c'est moi qui l'utilise le plus souvent, même s'il arrive que mon père loue les services d'un pilote pour l'entreprise. Des voyages d'affaires sans contrainte d'horaires ni d'escales.

L'aéroport de Porto attribue une piste spécialement pour les avions privés. J'ai pu entreposer le HondaJet dans un des hangars à louer. Il restera là à m'attendre bien sagement jusqu'à mon retour en France.

J'ai l'intention de rester quelques jours ici. J'irai faire le tour des exploitations viticoles près de celle qui vend ses tonneaux. On ne sait jamais, il y en aura peut-être quelques-unes qui pourraient me vendre d'autres fûts ?

Demain, j'ai rendez-vous dans une grande exploitation pour aller contrôler ma commande : 1000 tonneaux XXL appelés *fort pipe*, d'une capacité appréciable de 650 litres chacun. Quand ce sera fait, je demanderai le nom d'autres domaines à proximité et j'irai les voir, histoire de tenter une seconde commande. Qui ne tente rien n'a rien, pas vrai ? J'aimerais bien concrétiser l'achat d'au moins 1000 fûts de chêne, ce serait l'idéal.

Pour le moment, je traîne ma valise à roulettes vers la sortie de l'aérogare. Je presse le pas car j'ai très envie d'arriver à l'hôtel pour prendre une douche. Après, j'irai manger un morceau.

J'ai choisi l'hôtel le plus proche de l'aéroport, il porte un drôle de nom : *Solar Antigo*. La façade aussi est spéciale, peinte en noir et blanc avec un des monuments en trompe-l'œil. Je viens de récupérer ma chambre. Je suis satisfait. Elle est spacieuse, confortable et au calme, conformément à ma demande. Hors de question d'avoir du bruit à proximité. Je ne supporte pas. D'ailleurs, j'emporte toujours mes boules *Quies* dans ma trousse de toilette. Je ne peux pas dormir sans. Cela fait partie de mes TOC, comme dit Victor… qui n'a pas tort.

J'ai demandé au maître d'Hôtel de me donner l'adresse d'une bonne table dans le centre-ville. Vous allez me dire que je devrais vivre à mon époque et consulter *Tripadvisor*, comme tout le monde. Oui. Sauf que je ne suis pas tout le monde. J'aime bien me démarquer de ce que font les autres. Une sorte de défi aux convenances et une résistance à ce qui se fait.

J'ai hélé un taxi en sortant de mon hôtel pour rejoindre le centre-ville. Le chauffeur est sympa, mais j'aurais préféré qu'il se taise. Je me force à faire la conversation. Je ne sais pas pourquoi, je n'ai pas trop envie de parler aujourd'hui. Après un trajet rapide de l'hôtel jusqu'au pont Dom Luis, je demande au chauffeur de me laisser là. J'ai décidé de faire une petite marche dans le centre de Porto puis sur les bords du Douro. Il n'y a quasiment pas de touristes en cette période de l'année, voilà une chose que j'apprécie.

Le petit restaurant conseillé par le concierge de mon hôtel est sympa, mais, pour être franc, je m'attendais à mieux. Peut-être devrais-je me résoudre à utiliser *Tripadvisor* ?

J'expédie mon repas et saute le dessert. J'irai prendre un café ailleurs.

Une fois dehors, je me promène le long du Douro et l'endroit est charmant. Il y a des barques de grande taille sur le fleuve, vestiges d'une époque révolue où les tonneaux de vin ne voyageaient que par voie fluviale. On les appelle des « *rabelos* », des barques en bois qui ont été construites à l'origine pour transporter des barriques de vin. Aujourd'hui, ces barques sont devenues une véritable attraction touristique et proposent des petites promenades sur le Douro. En face, je vois les façades des cavistes qui scintillent, frappées par les rayons du soleil. Je trouve que ça donne un aspect presque festif.

Tout en me promenant, je prends conscience que cela fait

très longtemps que je n'ai pas pris du temps pour moi. Pour me détendre. Depuis que je suis seul, en fait. Pourquoi est-ce que je pense à ça ? Ce n'est vraiment pas le moment de ressasser le passé. Bon d'accord, cette escapade au Portugal n'est pas un voyage d'agrément. Mais tout de même, j'éprouve un plaisir coupable à déambuler dans la ville. C'est la première fois que je fais ça, sans une femme à mes côtés. C'est étrange. Depuis ma séparation, les choses ne sont plus vraiment les mêmes. Il va falloir que je m'y fasse. J'ai toujours eu le sentiment que les moments précieux devaient être partagés, avec une femme ou avec un ami. Allez, je dois me reprendre. Il n'y a pas à culpabiliser parce qu'on prend du bon temps, tout seul. Après tout, on peut joindre l'agréable à l'utile, non ?

Il y a beaucoup plus de flâneurs là où je me dirige. Je traverse le pont *Dom Luis* et, de l'autre côté de la rive, je découvre que ce ne sont que des caves à Porto le long du fleuve. C'est amusant, car la ville n'est plus Porto, mais Vila de Gaia. Face au quartier de la Ribeira, je repère plusieurs caves célèbres, *Sandeman, Ramos Pinto, Calém, Ferreira* ; mais en m'éloignant un peu, j'en découvre aussi certaines autres portant des noms anglais *Offleys, Taylor's, Graham's, Croft, Cockburn's*. En discutant un peu avec les autochtones et autres propriétaires de caves, j'apprends que cela n'est pas dû au hasard, bien au contraire. Le Portugal et l'Angleterre ont développé depuis longtemps de forts liens politiques et commerciaux, si bien que de nombreux marchands britanniques ont pris définitivement leurs quartiers au Portugal – ce qui explique donc la raison pour laquelle de nombreuses caves portent des noms à consonance anglaise.

Je n'ai pas pu m'empêcher de parler de la raison de ma venue à plusieurs propriétaires. Pas d'offres de ventes de tonneaux pour ce qui les concerne. Je vais devoir me contenter des adresses trouvées en France. D'après ce qu'on m'a dit, j'ai plus de chance de trouver ce que je veux auprès des grands propriétaires viticoles en remontant le Douro.

Cela tombe bien, c'est exactement là où je dois me rendre demain.

Le patron d'une des caves où je viens d'échouer me propose de m'installer à l'intérieur pour un spectacle de Fado, accompagné d'une dégustation de vin. J'entends la voix mélodieuse d'une femme qui vient du bout du couloir. Il y a une salle où je pourrais boire un verre de vin tout en m'abreuvant de mélancolie à l'écoute du Fado. Je me laisse tenter ?

Au bout d'une heure, j'ai le moral dans les chaussettes. Je repense à ma rupture. *Merde, Tom, ça fait pourtant plus d'un an… il est grand temps de tourner la page.* Les nombreux verres de Porto que l'on m'a invité à goûter commencent à me faire tourner la tête. Même si mon nom évoque immédiatement le champagne (et maintenant le whisky), je n'ai jamais tenu l'alcool ! Un comble, non ?

Je n'ai plus qu'à rentrer à l'hôtel.

J'appelle un taxi en priant pour que le chauffeur ne soit pas un bavard compulsif.

Demain, c'est le grand jour !

4

HELENA

12 avril

Quinta de Dona Otilia

Vallée du Douro – PORTUGAL

Tout le monde s'est réuni dans la grande salle. LA grande salle. Celle qui m'a valu de nombreuses disputes avec mon père. J'avais eu autrefois l'outrecuidance de suggérer de mettre cette salle à disposition pour des réceptions : mariages, baptême, communions, anniversaires, etc. Mon père s'était mis dans une colère mémorable. D'ailleurs, je peux encore citer sa réaction : *Moi vivant, le domaine ne sera jamais à louer, tu m'entends !*

Oui, je t'entends, papa. Sauf que voilà, maintenant j'ai bien l'intention de dépoussiérer le domaine. D'ailleurs, j'ai rendez-vous cette semaine avec la banque et je crains ce que je vais apprendre. Je sais que le domaine est en danger. Mon père est resté trop longtemps sans réagir. Il n'a jamais voulu prendre le train du progrès en marche. Et pour quel résultat ? Alors que d'autres domaines viticoles ont su s'adapter, la *Quinta de Dona Otilia* est restée à quai…

Enfin, ce n'est pas le moment de penser à cela.

Je dois m'adresser à tous les employés du domaine. Enfin, les « permanents », plus exactement. En effet, durant la **saison** des vendanges, il faut du renfort, alors on engage des saisonniers. Quand j'étais petite, j'adorais cette période. Je pouvais aller et venir à ma guise dans les vignes. J'avais l'impression de travailler comme les autres, cueillant une grappe par ci, une autre par là. Il y avait beaucoup de femmes pour ramasser le raisin, et elles m'avaient adoptée. Quand j'y repense, c'était une des rares périodes où j'étais heureuse en ce lieu. J'avais jeté mon dévolu sur l'une d'entre elles. Elle s'appelait Maria. Elle revenait chaque année, à la même époque. Très vite, je suis restée près d'elle. Mon père me laissait faire, j'ignore pourquoi, lui qui me refusait pratiquement tout ce que je désirais d'habitude.

Maria, au fil des années et des vendanges, est devenue une sorte de… mère de substitution. Je n'ai pas eu le bonheur de connaître la mienne. Alors, j'imagine que je cherchais inconsciemment à m'en inventer une. Maria était douce, gentille, calme et… patiente, surtout avec moi.

Pourquoi est-ce que je pense à tout cela, maintenant ?

Je laisse le passé derrière moi. Les employés sont tous là, et ils attendent que je m'adresse à eux. Il est temps de prendre le micro !

— Bonjour à toutes et à tous ! J'espère que vous allez bien. *Pourquoi ai-je dit cela ? C'est stupide. Allez, va à l'essentiel ma vieille.* Vous savez tous qui je suis, mais je vais faire les choses dans les règles, donc voilà : je suis Helena Ribeiro, et suite au décès de mon père, c'est moi qui, dorénavant, vais diriger cette exploitation.

Cette annonce provoque du remous dans la salle. Il y a du brouhaha soudain. Je vois des visages qui en regardent d'autres avec une lueur d'interrogation dans les yeux. Il est fort probable que bon nombre d'entre eux s'imaginaient que ce serait mon frère qui reprendrait le domaine. Je ne peux pas les blâmer, c'est ce que mon père a toujours clamé haut et fort. La plupart d'entre eux ignorent sans doute que mon frère a décliné cette offre il y a déjà des années. Mon père a expliqué son départ pour Lisbonne en prétextant des études agronomiques. Quelle ironie, s'il avait su qu'en fait, c'est moi qui me suis formé dans ce domaine ! Pour l'heure, toutes les têtes m'observent avec inquiétude. Peut-être se demandent-ils si je vais procéder à des licenciements ? D'ailleurs, je me pose moi aussi la question. Tout cela va dépendre de ce que va me dire le banquier dans les jours qui viennent.

— En voyant vos réactions, je suppose que bon nombre d'entre vous ne s'attendaient pas à cela. Je sais que vous imaginiez probablement voir mon frère tenir ce rôle à présent. Alors, sachez qu'il n'a pas souhaité prendre en main le domaine. Par contre, moi, si.

Comme je m'y attendais, les réactions ne tardent pas. De l'incompréhension pour certains. De la satisfaction pour d'autres. Les choses sont ainsi, on ne peut pas faire l'unanimité.

— Qu'est-ce qui va se passer ? hurle une voix parmi les employés.

Excellente question ! Comment vous dire que je ne sais pas encore comment tout cela va évoluer ?

Je décide de jouer la transparence. Après tout, j'ai toujours été franche et sincère.

— Pour l'instant, je vous demande de poursuivre votre travail comme auparavant. J'ai rendez-vous mardi prochain avec la banque pour faire le point. J'en saurais plus à ce moment-là.

— Vous allez virer du monde ? demande un ouvrier.

Je me lance dans la polémique.

— Ce n'est pas mon intention.

Une autre voix s'élève :

— On sait bien que le domaine est en difficulté. On veut savoir si on va perdre notre emploi, nous ! Alors pas de langue de bois !

Je m'y attendais. Ces réactions étaient prévisibles étant donné l'état dans lequel mon père a laissé l'exploitation. Cela n'en est pas moins délicat. Il va falloir faire preuve d'un minimum de psychologie.

— S'il vous plaît ! S'il vous plaît !

J'ai du mal à me faire entendre tant tout le monde y va de son commentaire, une véritable cacophonie.

— Écoutez, je ferai tout mon possible pour éviter d'avoir à renvoyer du personnel. Je vous demande simplement de me laisser le temps d'examiner la situation avec la banque, et je ne manquerai pas de vous informer de la suite des événements. D'accord ?

En guise de réponse, le brouhaha reprend de plus belle. Il semblerait que ma prestation n'ait pas convaincu grand monde.

Alors que la majorité des employés sortent de la salle, deux hommes viennent à ma rencontre. Il y a Zé, le maître de Chai, accompagné de Luis, le superviseur en chef de tout un tas de choses : des vignes, du sol, et même de la comptabilité.

— Bonjour mademoiselle Ribeiro, dit Zé. Ne nous en voulez pas, mais depuis déjà plusieurs semaines, tout le monde est sur les dents. Depuis l'hospitalisation de votre père, et puis son décès... nous sommes inquiets. Plusieurs sont déjà en train de se demander s'ils ne feraient pas mieux de commencer à chercher une place ailleurs. Il faut vraiment que vous les rassuriez !

Les rassurer ? Alors que moi, j'ignore dans quoi je me suis embarquée ! La vérité est que je n'ai pas été préparée à affronter une crise. L'orgueil de mon père a entraîné la chute de son entreprise. Je ne sais même pas où en est l'état comptable du domaine.

— Merci pour votre franchise. Je suis du même avis que vous, mais il n'est pas question de mentir pour protéger l'entreprise. Mon père avait peut-être cette façon de faire, mais pas moi.

Zé et Luis affichent un air dubitatif. Je ne les laisse pas s'inquiéter davantage.

— Luis, je veux éplucher la comptabilité ! C'est la priorité.

— Quand ça, mademoiselle ?

— Tout de suite. Je vais m'installer dans le bureau de mon… je veux dire, dans mon bureau. Je vous y attends dans une heure pour faire le point. Je ne veux pas me rendre à la banque sans rien savoir, sans me préparer. Vous comprenez ?

Luis opine de la tête.

— Parfaitement mademoiselle Ribeiro.

— Parfait. Zé, je vous charge de « rassurer » les gens du domaine. Dites-leur bien qu'il est hors de question de renvoyer qui que ce soit si cela n'est pas absolument nécessaire. Je compte bien me battre pour garder tous les employés permanents.

— Très bien.

Zé et Luis vont être en première ligne. Je compte bien en faire mes alliés pour faire redémarrer le domaine.

Grand-mère, tu peux être certaine que je vais faire tout mon possible pour sauver ce domaine qui porte ton nom !

Je sors du bureau et contemple la colline où les vignes

s'étendent à perte de vue, avec le fleuve Douro en contrebas.

*

Une heure plus tard, Luis m'a rejointe dans mon bureau.

La situation est encore plus délicate que ce que j'avais imaginé.

Cela fait plus de trois heures que nous inspectons minutieusement tous les papiers comptables de l'exploitation.

Le pire dans tout ça : mon père a eu, l'an dernier, la possibilité de sortir la tête de l'eau, mais a préféré rejeter une proposition inestimable. Une grande marque souhaitait entrer dans la participation de l'entreprise, et distribuer une partie de notre vin sous son estampille. On aurait juste gardé le vin de Porto sous notre appellation. Pour mon père, c'était comme se couper un bras pour éviter que la gangrène ne se propage. C'était surtout vendre son âme. Il a refusé net. Tout comme il a refusé de créer un site Internet au nom du domaine, de mettre en vente notre production par cette voie numérique. Le modernisme et lui, ça a toujours fait deux. Presque toutes les exploitations de la région se sont converties à cette forme de marché. Sauf mon père ! Et voilà le résultat : une catastrophe.

— Mademoiselle Ribeiro, que comptez-vous faire à présent ? demande Luis, en rassemblant tous les papiers que nous venons de consulter sur le bureau.

— Me battre, si ce n'est pas trop tard ! J'ai rendez-vous mardi avec la banque et je compte bien leur demander un nouveau prêt… pour sauver notre entreprise.

Luis me regarde avec un air ahuri, comme si je venais de lui dire que demain je prenais une navette pour aller me promener sur la lune.

— Un emprunt ? demande-t-il.

— Oui.

46

— Mais comment allez-vous négocier un nouveau prêt alors que l’entreprise est à deux doigts de couler ?

— Cela fait longtemps que j’ai un plan pour ce domaine, Luis. Mon père n’a jamais voulu en entendre parler. Maintenant, c’est moi qui suis aux commandes et j’ai bien l’intention de faire renaître *La quinta de Dona Otilia* sous un nouveau jour.

— Vous comptez me donner quelques détails ?

— Après le rendez-vous avec la banque, si vous me permettez ?

— Très bien.

— Luis, nous ferrons le point aussitôt le rendez-vous terminé. Je vous mettrai au courant de mon projet à cet instant, si et seulement si j’obtiens l’accord pour le prêt.

Luis rassemble tous les documents qu’il range méticuleusement dans des dossiers cartonnés. C’est un homme qui approche de la cinquantaine et il a imprimé toutes les pièces comptables pour me les présenter sous format papier alors que nous aurions pu lire tout cela directement sur l’écran de l’ordinateur. Encore les mauvaises habitudes de mon père. Cela aussi, il faudra que ça change.

— Luis, la prochaine fois, il ne sera pas utile de tout imprimer. Nous consulterons directement les documents sur l’ordinateur, d’accord ?

— C’est vous qui décidez… patronne ! lâche-t-il.

J’ignore si sa remarque se veut ironique ou respectueuse. Je décide de choisir la seconde option.

— Au fait, mademoiselle Ribeiro…

— Oui ?

— J’ai deux choses importantes à vous dire à propos de demain.

— Je vous écoute.

— Tout d'abord, nous avons un souci d'étanchéité dans le système d'approvisionnement des cuves.

— D'étanchéité ? demandé-je.

— Oui. Il y a un ouvrier spécialisé qui doit passer demain aux alentours de 10h. Je dois le recevoir et faire un devis avec lui.

— Parfait. Je vous laisse gérer le problème. Faites au mieux.

— Bien. D'autre part, vous avez… enfin, c'est votre père qui avait programmé un rendez-vous avec un certain monsieur Auster, à 11h.

— Auster ?

— Oui. Tom Auster.

— De la famille des champagnes Auster ?

— Je l'ignore, mademoiselle.

— Très bien. Et quel est le but de ce rendez-vous que mon père avait programmé ?

— Là encore, je l'ignore. Votre père n'avait rien dit à ce sujet… Dois-je annuler ce rendez-vous, mademoiselle ?

Si c'est un Auster de la famille des champagnes Auster, c'est que mon père avait peut-être finalement changé d'idée. Une association ? Ce serait une réelle surprise.

— Non. Je tiens à rencontrer ce monsieur Auster… Quel est son prénom déjà ?

— Tom.

— Tom. Très bien. Il me semble nécessaire de voir ce que mon père avait derrière la tête. Rappelez-moi l'heure du rendez-vous, s'il vous plaît !

— 11h.

— Parfait. Faites préparer une dégustation… à tout hasard. Je suis curieuse de voir ce que papa a manigancé. Comptez sur moi pour découvrir ce que nous veut ce monsieur Tom Auster.

5

TOM

Aéroport Francisco Sá-Carneiro

13 avril

PORTO

PORTUGAL

J'ai loué un SUV auprès de l'agence *Avis* située près de l'aéroport.

La jolie fille à l'accueil m'a fait du rentre-dedans. Cela m'a laissé de glace. Pas le temps pour la bagatelle. Et surtout pas envie de retomber dans mes anciens travers.

Pour en revenir à ma présence ici, j'ai de la route à faire jusqu'à mon lieu de rendez-vous et, d'après ce qu'on m'a dit, la Départementale se transforme vite en piste caillouteuse à mesure que l'on s'approche des exploitations viticoles qui bordent le Douro.

Je me suis levé tôt. L'heure de l'entrevue avec monsieur Ribeiro est fixée à onze heures.

Je pense en avoir pour une heure de route environ.

Il est huit heures trente. J'ai une bonne marge devant moi.

J'entre l'adresse exacte dans le GPS et constate qu'il y a tout de même une centaine de kilomètres à parcourir avant de rejoindre l'exploitation viticole. Beaucoup de domaines portent le nom de *Quinta*. Il faudra que je demande ce que cela veut dire. D'ailleurs, en y réfléchissant, il serait peut-être bon que j'apprenne quelques rudiments de portugais. Heureusement, le Portugal est un pays où un grand nombre de travailleurs immigrés sont venus en France, ce qui veut dire qu'aujourd'hui, dans presque tous les villages, vous n'avez pas de difficulté à trouver un interlocuteur parlant français. On m'a assuré qu'il y aurait plusieurs personnes parlant couramment le français au sein de la *Quinta de Dona Otilia*. Pas de raison d'être inquiet.

Les kilomètres défilent et j'arrive au bout de mon trajet en un peu plus d'une heure. Il faut dire que je m'évertue à respecter les limites de vitesse. Ce qui n'est pas le cas de tout le monde ici, si je compte le nombre de véhicules m'ayant doublé pendant le parcours.

Je ne suis plus qu'à quelques centaines de mètres du domaine. Il y a un panneau sur ma droite qui indique que je suis dans la bonne direction. C'est un sentier plutôt abrupt. J'ai bien fait de louer un 4x4. En contrebas, je découvre des collines à perte de vue. Elles sont nappées de vignes plantées en escaliers. C'est magnifique !

J'aperçois le domaine. C'est grandiose. Bien plus impressionnant que ce que j'avais imaginé. Je termine la descente du sentier rocailleux. Je n'ai pas vraiment l'habitude, alors je suis prudent, concentré sur ma conduite. Je débouche enfin sur une surface plane, un chemin long d'au moins deux cents mètres, avant d'arriver devant la bâtisse principale. Je consulte l'horloge digitale du véhicule. J'arrive une heure trop tôt. Tant pis. Mieux vaut être en avance qu'en retard, c'est en tout cas ce que mon père m'a toujours dit.

Je descends du 4x4, m'attendant à être accueilli par monsieur Ribeiro, mais il n'y a personne apparemment. Cela dit, je ne suis pas à l'heure, donc normal si je n'ai pas le moindre comité d'accueil. Ah si ! J'aperçois une fenêtre et derrière… une jeune femme affairée derrière l'écran plat de son ordinateur.

Je tape à la vitre et lui fais un signe de la main. La jeune femme regarde sa montre en fronçant les sourcils. Elle sort de son bureau et vient m'accueillir en me tendant la main.

Elle reste ainsi, la main tendue à me regarder, se figeant tout à coup, telle une statue de pierre.

Je ne sais pas trop ce qui se passe. J'ai l'impression que tout se déroule au ralenti tout à coup.

Je réagis le premier en lui serrant la main pour la saluer en retour. Et là… je ressens un frisson qui part du haut de mon crâne jusqu'aux orteils. C'est comme si je venais de me prendre une décharge électrique.

Nos regards se croisent et… c'est comme un *black out*.

Je ne sais pas combien de temps nous sommes restés ainsi. Dix secondes ? Dix minutes ?

C'est elle qui se reprend la première en me lâchant la main.

Aïe ! Cela va se compliquer. Elle s'adresse à moi en portugais.

Alors que je vais lui répondre, elle m'entraîne dans la cour en cherchant visiblement quelqu'un. Je devrais lui répondre, lui dire que je ne comprends pas ce qu'elle est en train de me dire, mais… je ne sais pas pourquoi, je suis comme hypnotisé. Elle a des yeux bruns magnifiques, soulignés par un maquillage léger, et puis sa silhouette, son allure, sa démarche… je suis sous le charme ! Bordel que m'arrive-t-il ?

Allez Tom, dis-lui que tu ne comprends pas le portugais, vas-y ! Pourquoi est-ce que je la laisse parler comme ça, alors que je ne déchiffre pas un traître mot de ce qu'elle me raconte ? Je ne sais pas. Ou plutôt si… j'aime le son de sa voix. J'ai peur qu'elle se taise si je lui avoue que je suis français et que… zut ! J'ai mon cœur qui s'emballe tout à coup !

Il faut que je me reprenne…

Mon Dieu qu'elle est… belle.

Elle fait des gestes pour me montrer un grand bâtiment adjacent. Cela fait circuler son parfum qui subtilement affole mes sens.

Bordel ! Tom… reprends-toi, mon vieux. Allez…

— Excusez-moi, mademoiselle. Je ne comprends pas ce que vous me dites.

La jeune femme se fige. Elle me regarde avec un air dépité.

— Mais… vous n'êtes pas là pour le problème d'étanchéité ? me demande-t-elle dans un français parfait.

— Oh, vous parlez français ! Génial ! Le problème d'étanchéité ? Euh… non, pas du tout. En fait, je suis Tom Auster et j'ai rendez-vous avec monsieur Ribeiro…

6

HELENA

13 avril

Quinta de Dona Otilia

Vallée du Douro – PORTUGAL

Comment ai-je pu faire une erreur pareille ?

C'est pourtant évident !

Helena, tu as déjà vu un ouvrier habillé de la sorte ? Bien sûr que non. Quelle godiche ! Il va me prendre pour une idiote, c'est sûr.

Peut-être que c'est cette poignée de main qui m'a troublée plus que je ne veux bien me l'avouer ?

Déjà quand j'ai vu ses yeux verts-émeraude, j'ai eu l'impression de tomber dans un puits. Un puits sans fond… Je ne sais pas ce qui s'est passé. Un bug dans mon système.

Bon, c'est vrai qu'il est très beau ce garçon, mais qu'est-ce que ça peut me faire, à moi ? Je n'ai jamais succombé aux bellâtres, ce n'est pas aujourd'hui que je vais commencer.

Je dois cependant avouer que dès qu'il m'a serré la main, je suis… je… zut ! Allez ma fille, qu'est-ce qui te prend, c'est juste un homme, et les hommes ce n'est pas digne qu'on s'intéresse à eux, ça veut toujours avoir le contrôle, le dessus, alors ne te laisse pas subjuguer par une gravure de mode.

— Mais… vous n'êtes pas là pour le problème d'étanchéité ? dis-je, prenant soudain conscience de ma terrible méprise.

— Oh, vous parlez français ! Génial ! Le problème d'étanchéité ? Euh… non, pas du tout. En fait, je suis Tom Auster et j'ai rendez-vous avec monsieur Ribeiro…

C'est Tom Auster ! Mais il devait arriver à 11h, ce n'est pas totalement de ma faute si j'ai confondu cet homme avec l'ouvrier spécialisé. Il a une heure d'avance. On ne vient pas à un rendez-vous avec une heure d'avance. Cela ne se fait pas.

— Je dois rencontrer le propriétaire du domaine, monsieur Ribeiro, me dit-il, en me gratifiant d'un sourire, preuve qu'il n'est absolument pas au courant du décès de mon père.

Je passe machinalement ma main dans mes cheveux. Comment se fait-il qu'il ne sache pas ? Ah oui… si Luis dit vrai, mon père a pris ce rendez-vous sans lui dire, de plus il ignorait les raisons de cette entrevue.

— Vous êtes Tom Auster ? demandé-je.

Il me regarde en ouvrant grand ses yeux verts dans lesquels je dois faire attention de ne pas me noyer.

— Oui. Il y a un problème ?

Tu m'étonnes qu'il y en a un ! Cela dit, je vais pouvoir savoir ce que tu es venu faire ici mon petit bonhomme.

— Vous n'avez pas été informé des événements récents ?

— Des événements récents ? Non.

Inutile de le faire languir plus longtemps. Autant jouer franc jeu.

— Monsieur Ribeiro est décédé la semaine dernière.

— …

Si la situation n'était pas aussi pathétique, j'aurais presque envie de sourire devant la mine ahurie de cet homme. Il est clair qu'il n'était pas au courant, il dit la vérité, on ne peut pas avoir une tête pareille en faisant semblant… à moins d'avoir décroché un Oscar pour le meilleur rôle.

— Donc… vous n'avez pas été informé.

— Euh… non.

— Mon père a eu une crise cardiaque.

— Votre père ? Oh… je suis désolé. Je… je vous présente mes condoléances.

— Merci.

Sans vraiment nous en rendre compte, nous poursuivons notre marche en direction des caves. C'est lui qui rompt le silence en premier :

— Eh bien… je suis confus. J'avais un rendez-vous important avec… avec votre père. J'espère que… je ne sais pas trop comment vous dire ça sans vous choquer, c'est délicat.

— Je vous en prie, parlez ! dis-je.

— Eh bien, je mesure l'état dans lequel vous devez vous trouver dans une telle situation. Mais…

— Mais ?

— Je viens de loin et j'espère que quelqu'un pourra me recevoir tout de même pour… pour que je puisse finaliser ce qui était prévu initialement.

Je stoppe ma marche et le fixe droit dans les yeux.

— Monsieur Auster, allez-y, dites-moi quelles étaient les raisons de votre venue.

— Avant tout, j'aimerais savoir qui est à la tête de l'entreprise par intérim. Est-ce que c'est vous ?

Nous y voilà ! Encore un homme qui doit s'imaginer qu'une femme ne peut pas être à la tête d'un grand domaine viticole.

— Oui, c'est moi qui succède à mon père. Cela vous pose un problème ?

— Euh… non, en aucune façon.

— Vous en êtes sûr ? dis-je, irritée.

— Oui, absolument. Pourquoi cela me poserait-il un problème ? C'est juste que…

— Que quoi ?

— En arrivant, je vous ai pris pour la secrétaire, donc il faut que je réalise que c'est vous la propriétaire du domaine, même si…

— Même si ?

— Non, rien.

— J'insiste, qu'y a-t-il ?

— C'est que vous êtes très jeune, et je m'attendais à…

— Un homme ?

— Non, ce n'est pas ça. Je m'attendais à quelqu'un d'un certain âge.

Mouais… tu peux toujours essayer de t'en sortir par une pirouette, je vois clair en toi mon bonhomme.

— Je vois. Avant de poursuivre cette conversation, monsieur Auster, pouvez-vous me dire une chose ?

— Bien sûr.

— Vous êtes bien Tom Auster, des champagnes Auster ?

— Oui, fait-il en fronçant les sourcils. Mais… vous n'étiez donc pas au courant de ma venue.

— Je ne l'ai su qu'hier. Par contre, j'ignore totalement le pourquoi de votre venue. Mon père n'en a informé personne au domaine.

Monsieur Auster a l'air contrarié. Visiblement, mon père ne lui a pas dit qu'il avait fait son coup en douce. Il faut que je sache de quoi il retourne, tout de suite. Je ressens soudain une terrible angoisse. Et si mon père n'avait pas décidé de s'associer, mais de… vendre ! Non, il n'aurait pas fait ça. De toute façon, le notaire n'était au courant de rien, donc…

— Mademoiselle Ribeiro, tout va bien ?

— Euh… pardon, j'étais dans mes pensées. Oui, ça va. Voulez-vous que nous retournions dans mon bureau pour poursuivre cette conversation ?

Alors qu'il s'apprête à me répondre, une camionnette élève un nuage de poussière sur le sentier qui descend de la route départementale. Je consulte ma montre : 10h10. Cette fois-ci, ce doit être l'ouvrier spécialisé qui vient pour régler le problème d'étanchéité. J'aperçois aussi Luis qui se trouve dans la cour, devant la porte de son bureau. La camionnette blanche stoppe devant lui et un homme à forte stature s'extirpe difficilement du véhicule. Là, plus de doute, il a toute la panoplie de l'ouvrier, ne manque plus que la sacoche et le tableau sera complet. J'ai parlé trop vite, il ouvre la portière à battant à l'arrière du véhicule et en sort… une sacoche à outils.

— C'est avec cet homme que vous m'avez confondu ? demande Tom Auster, un petit sourire en coin.

J'ai soudain envie de rire. Il ne faut pas que je le regarde sinon je vais craquer. Il me fixe et son sourire s'élargit. Zut. Je vais craquer. Non, il ne faut surtout pas. Je perdrais aussitôt le peu de crédibilité que j'ai réussi à laisser transparaître auprès de lui. Manque de chance, l'homme se baisse pour attraper je ne sais quoi dans son coffre et, se faisant, laisse apparaître une imposante paire de fesses sortant de son pantalon ajusté trop bas.

Là, je fais une erreur fatale : je jette un coup d'œil furtif en direction de Tom Auster... C'est fichu, il se met à rire aux éclats, m'entraînant avec lui. Je perds aussitôt tout mon sérieux.

Même si nous nous trouvons à environ deux-cents mètres du véhicule utilitaire, nous nous retournons pour ne pas avoir l'air de nous moquer de ce pauvre homme, même si c'est exactement ce que nous sommes en train de faire.

Fort heureusement, Luis entraîne l'homme au pantalon trop court dans son sillage, en direction du bâtiment où se situe la fuite dans le circuit d'alimentation du vin.

— Pardon ! dit monsieur Auster. Je suis désolé. Ce n'est pas bien de se moquer ainsi des gens.

Je reprends mon calme. C'est étrange, mais rire ainsi m'a fait un bien fou. Cela fait une semaine que je suis dans un état de stress permanent et ce fou rire était vraiment providentiel.

— Ne vous excusez pas, monsieur Auster...

— Tom.

— Pardon ?

— Appelez-moi Tom, je vous en prie.

— Je préfère vous appeler par votre nom.

— Comme vous voudrez.

Finalement, nous nous dirigeons vers le bureau. Il fait

beau, mais frais. Je lui propose une tasse de café pour nous réchauffer, ce qu'il accepte aussitôt.

Une fois installés l'un en face de l'autre, une tasse de café à la main, je repasse à l'attaque.

— Alors, monsieur Auster, j'attends que vous me disiez enfin la raison de votre présence ici.

Il souffle sur sa tasse avant d'avaler son café d'un trait, puis pose le tout devant lui sur le bureau.

— J'avais un « deal » avec votre père, mademoiselle.

— Un deal ? Si vous parlez d'une association, vous m'intéressez. Si par contre, vous avez en tête un achat… c'est totalement hors de question ! dis-je, en haussant le ton.

Le beau jeune homme perd instantanément de sa superbe. À en croire sa mine déconfite, il est venu pour racheter le domaine. Eh bien mon bonhomme, tu as fait le voyage pour rien !

— Je vois. C'est alors fâcheux, car j'étais venu pour acheter effectivement.

Je le fixe en essayant de ne pas cligner des yeux.

— Acheter ?

— Oui.

— C'est hors de question. Je ne vends pas, monsieur Auster.

— Mademoiselle Ribeiro, laissez-moi au moins vous faire une proposition.

— Non. Cela ne m'intéresse pas. Inutile d'en discuter davantage. Je crois donc que nous en avons terminé. Je suis désolé que vous ayez fait le voyage depuis la France pour rien, croyez-le. Mais c'est moi qui dirige la *Quinta de Dona Otília* à présent. Tout ce que mon père avait entrepris auparavant est désormais nul et non avenu.

Tom Auster se gratte la tête, comme pris d'une soudaine crise d'urticaire. Il se passe la main sur le menton, faisant légèrement crisser sa courte barbe.

— Attendez ! Je crois que nous ne nous comprenons pas, mademoiselle. De quoi parlons-nous exactement ?

— En voilà une question, vous voulez racheter le domaine… et moi je refuse !

Un sourire lumineux éclaire soudain le visage de l'homme en face de moi. J'ai des frissons électriques qui me montent le long de la colonne vertébrale. Ce sourire… c'est presque hypnotique. Stop ! Ne pas me laisser charmer par ce type.

— Pardonnez-moi, mademoiselle Ribeiro, mais je crois que vous vous méprenez sur mes intentions. Je ne suis pas venu pour acheter votre domaine.

Qu'est-ce qu'il raconte encore ? Si tu n'es pas venu pour racheter, pour quoi alors ?

— Je vous ai bien entendu dire que vous étiez venu pour acheter, monsieur Auster !

— Oui, mais pour acheter 1000 fûts modèles fort pipe !

Alors c'était donc ça. Mais pourquoi mon père avait-il décidé de vendre une partie de nos plus grands fûts ? Ce n'est pas pour l'apport d'argent ? Une vente de 1000 tonneaux à Porto d'occasion, c'est une entrée d'argent négligeable. Sauf si…

— Je suis surprise, monsieur Auster, mon père n'avait jamais proposé de vendre nos fûts. Nous avons l'habitude de les utiliser plus d'une fois pour la maturation de notre Porto.

— Je vous assure mademoiselle que c'est pourtant bien ce qui était convenu avec monsieur Ribeiro.

— Quel est le prix qu'il avait fixé pour l'ensemble de la vente, s'il vous plaît ?

— 300.000 euros !

Pour un néophyte, cela peut paraître une belle somme. Il faut savoir qu'un fût en chêne neuf coûte environ 1500 euros pièce. Je dois vérifier notre stock avec Luis, parce que cela me semble une aberration de la part de mon père, autant scier la branche sur laquelle je suis assise.

— Cela fait un prix de 300 euros par fût. C'est en effet un bon prix pour vous, monsieur Auster.

— Oh, ce n'est pas tant le prix qui m'intéresse mademoiselle Ribeiro.

— Vraiment ?

— Oui. C'est une nouvelle approche, un *new finishing* dans le processus de maturation.

— Pardonnez-moi, monsieur Auster, mais… depuis quand y a-t-il un transvasement du champagne dans d'anciens tonneaux de Porto ?

Il me regarde avec son sourire *ultra-bright*, comme si je venais de dire une énormité.

— Ce n'est pas pour le champagne en réalité. Je ne m'occupe pas de cette branche de notre entreprise.

— Ah bon ? La maison Auster diversifie sa production ?

— En effet, et cela fait un bon moment déjà. Dix ans, en fait. C'est moi qui m'occupe de notre production de whisky depuis lors.

— De whisky ? Vous avez acheté une distillerie en Écosse ?

— Mieux que ça ! J'en ai créé une en France.

Je dois faire un effort monstrueux pour ne pas éclater de rire. Du whisky français ! Ce garçon est fou. Pourquoi ne pas fabriquer du Porto en Russie, tant qu'on y est ?

— Cela a l'air de vous amuser !

— Excusez-moi, je suis juste surprise. Vous fabriquez du Whisky en France, cela me semble tellement… inapproprié.

— Et pourtant je vous assure que c'est la stricte réalité. De plus, c'est du single malt et il est très bien classé dans tous les tests à l'aveugle qui ont été réalisés ces dernières années. Bien sûr, nous manquons de recul et je ne peux pas encore proposer plus que… du 10 ans d'âge, mais cela viendra avec le temps. Du reste, faire vieillir du whisky dans d'anciens tonneaux de Porto est une pratique courante, vous savez !

Il me prend pour une idiote, ma parole ! Bien sûr que je suis au courant pour le whisky !

— Je sais pour les *fort pipes*, vous n'êtes pas le premier à nous demander d'acheter nos fûts utilisés, vous savez ! J'étais surprise parce que je pensais que la marque Auster ne faisait que du champagne, c'est tout.

— J'aime les défis ! Travailler pour ma famille en ne faisant que faire ce qui a toujours été fait, très peu pour moi. J'avais envie d'autre chose, j'ai pris le risque d'échouer, mais j'ai réussi !

— Mouais, si vous le dîtes ! Pour ma part, je pense qu'on ne peut pas lutter contre la tradition. On ne refait pas l'histoire, monsieur Auster. Les Écossais ont le whisky, les Américains ont le bourbon, les Français… n'ont encore que des projets fous, si vous voulez mon avis.

Il sourit encore. *Ce qu'il peut m'énerver quand il fait ça !*

— J'adore vous entendre dire ça.

— Quoi ?

— Des *projets fous* ! C'est tout à fait moi.

— Vous m'en direz tant !

— Je peux vous poser une question ?

— Dites toujours. On verra bien si j'ai envie d'y répondre ou non.

Devinez ce qu'il est en train de faire… Bravo, vous avez gagné, il me sourit encore. Je ne sais pas si j'ai envie de le gifler quand il fait ça ou bien de… *Oh là ! Qu'est-ce qui t'arrive, Helena ?*

— Vous parlez parfaitement le français, où avez-vous appris ?

— Vous êtes bien indiscret.

— Pardonnez-moi. Vous n'êtes pas obligée de me répondre.

Assurément, il devait penser que j'étais le nez plongé dans les vignes depuis ma plus tendre enfance. *Je connais les vignobles français peut-être encore mieux que toi mon bonhomme !*

— Et c'est bien mon intention.

— Je suis désolé si je…

— Non. Pas de problème. Pour en revenir à votre venue, je vais m'entretenir avec mon second, puis je vous ferai savoir ce que j'ai décidé, disons… demain après-midi. Cela vous convient-il ?

Le sourire a disparu. Aurais-je froissé monsieur Auster ?

— Vous ne comptez peut-être pas honorer la parole de votre père, mademoiselle Ribeiro ?

Je me lève et l'invite à en faire autant en me dirigeant vers la porte de mon bureau.

— Monsieur Auster, mon père a-t-il signé quelque chose avec vous en ce qui concerne la vente de 1000 tonneaux de type *fort pipes* ? demandé-je.

— En vérité, non. Je devais d'abord venir ici pour me rendre compte de l'état des fûts et…

— Donc, il n'y avait aucun accord conclu, n'est-ce pas ?

Il baisse les yeux, la mine déconfite.

— En effet.

— Bien. Dans ce cas, vous me permettrez d'étudier la question en profondeur.

— J'espérais une réponse immédiate en vérité…

— Vraiment. Alors, c'est non.

Nos regards se rencontrent. Le sien est glacé. Le mien est en feu.

— Je vois.

— Monsieur Auster, la situation de mon domaine vient subitement de changer totalement. J'ai des décisions de première urgence à prendre. Pour être honnête avec vous, j'ignore pourquoi mon père a voulu vous céder 1000 fûts à Porto, alors qu'il avait toujours refusé toutes les demandes antérieures. Si vous voulez une réponse immédiate, vous l'avez. Ou alors, laissez-moi un jour ou deux.

— Un jour ou deux ?

— Oui. Je ne vous garantis pas de changer d'avis. Mais, je vous promets d'étudier la question. Qu'en dites-vous ?

Il ouvre la portière de son SUV et s'engouffre dans l'habitacle en tenant la portière ouverte.

— J'ai fait plus de 2000 kilomètres pour venir jusqu'ici. Je vais attendre votre réponse. Je n'ai pas vraiment le choix.

Il sort un petit morceau de carton de son porte-feuilles et me le tend.

— Voici ma carte, vous y trouverez mon numéro de téléphone portable. J'attends votre appel. Merci de m'avoir reçu, mademoiselle Ribeiro.

J'attrape le petit carré de papier. Il claque la porte avec, semble-t-il, plus de force que nécessaire. Le 4x4 quitte la cour et remonte le sentier pentu.

Alors que le véhicule quitte le chemin de cailloux et de terre, faisant jaillir un gros nuage de poussière, je l'observe en train de disparaître à l'horizon pour rejoindre la route départementale, je ressens une sorte de boule au niveau du plexus, comme si mon cœur venait soudain de se serrer dans ma poitrine.

7

TOM

Vallée du Douro

13 avril

11h10

PORTUGAL

J'ai le cœur qui bat la chamade.

Ce doit être parce que cette femme m'a mis dans tous mes états.

Je ne comprends pas ce qui m'arrive. D'ordinaire, je suis plutôt d'une nature calme et posée. Je sais faire la part des choses et en cas de problème, je suis celui qui reste zen et qui cherche des solutions plutôt que de perdre son temps et son énergie à pester contre la fatalité.

Résumons un peu la situation : je ne vais peut-être pas pouvoir acheter les 1000 fûts que j'étais venu acquérir ici.

OK, c'est contrariant, mais rien n'était établi à l'avance et puis… j'avais depuis le début l'intention de rester deux semaines ici, donc… en cas de refus de la jolie brune, je peux toujours faire le tour des exploitations qui bordent le fleuve et récoltent le raisin. Après tout, la rive du Douro s'étale sur près de deux-cents kilomètres jusqu'à déboucher dans l'océan atlantique en arrivant à Porto. Je vais d'ailleurs commencer à prospecter un peu sur le Web et je passerai quelques coups de téléphone. Il y a des centaines d'exploitations le long du fleuve, ce serait bien le diable si je ne trouvais pas ce que je veux.

En parlant de trouvaille… je ne vais pas me mentir, je n'ai pas perdu au change en tombant sur la fille Ribeiro, plutôt que sur son père, paix à son âme, et qu'il ne m'en veuille pas, mais… ce fut une rencontre inopinée et très agréable, enfin si on fait abstraction de son caractère plutôt coriace. La demoiselle n'est pas à prendre avec des pincettes, c'est évident.

Bon, je vais prendre le chemin de mon hôtel. J'ai trouvé un cinq étoiles pas trop loin du domaine de mademoiselle Ribeiro, à une quinzaine de kilomètres de son exploitation. Il me faut juste traverser le Douro et j'y suis en un clin d'œil.

Le cadre est superbe, luxueux, presque paradisiaque. Le nom du palace est un peu pompeux « *Six senses Douro Hotel* », parce que ravir déjà les cinq sens connus, c'est déjà amplement suffisant ! Toujours est-il que c'est magnifique. Une bâtisse gigantesque qui s'étale sur plusieurs niveaux, faite de briques rouges et de matériaux de qualité. Les propriétaires n'ont pas opté pour un style moderne et l'architecture se fond dans les paysages malgré le contraste de la couleur rouge au milieu des vignes et des arbres luxuriants. J'aperçois une énorme piscine entourée d'un sol en teck du plus bel effet. Sur le pourtour, des matelas sur structures de bois, avec un parasol intégré. Quel bonheur de pouvoir se baigner dans ce paradis avec tout autour une vue splendide et dégagée sur toute la vallée du Douro et ses collines parsemées de vignes !

Je laisse mon véhicule de location à l'ombre dans le parking privé de l'hôtel et je prends possession de ma chambre. Là encore, c'est le grand luxe : c'est gigantesque et tout est disposé à 360 degrés. Les murs sont blancs et la lumière tamisée. Il y a des inserts de bois précieux, parfois de couleur brute, d'autres fois peints en noir. C'est superbe. Sur la gauche du lit, il y a une salle de bain avec jacuzzi, sur la droite, un dressing, et enfin, face au lit, deux marches en bois qui m'amène à un petit salon avec une baie vitrée donnant sur le fleuve et la vallée. Je vais me plaire ici, aucun doute.

Comme cela commence à gargouiller au niveau de mon estomac, je descends au restaurant de l'hôtel. Et puis, en plus de me sustenter, je vais pouvoir goûter au vin local, une façon de joindre l'utile à l'agréable. Il est bientôt midi trente et j'ai faim. Lili dit de moi que je suis un véritable ventre sur pattes. C'est vrai que je mange comme quatre. Dieu merci, j'ai un organisme qui brûle toutes les calories que j'ingère, c'est une chance, je ne prends pour ainsi dire quasiment jamais de poids, juste ce qu'il faut.

La salle est lumineuse et les murs sont recouverts de cadres divers, des tranches de vie de certains membres de la famille des propriétaires de l'établissement, assurément.

Je m'installe sur une petite table prévue pour deux. Face à moi, j'ai une immense baie vitrée donnant sur les vignes, c'est une image enchanteresse. De l'autre côté, il y a une cave apparente, des centaines de bouteilles s'étalent sur des présentoirs, protégées par une immense vitre limitant l'accès aux clients.

La salle est encore presque déserte. Il n'y a qu'un couple qui se tient la main en attendant qu'on leur apporte leur commande. L'homme dit quelque chose, que je ne parviens pas à comprendre, à celle qui doit probablement être sa femme… ou sa maîtresse, allez savoir ! S'il savait que je ne parle pas un mot de sa langue, il prendrait sûrement moins de précautions. Soit c'est une déclaration d'amour et il a un peu honte, ce qui est idiot. Quand on a la chance d'aimer et d'être aimé en retour, il n'y a pas à en avoir honte, au contraire. Et puis, c'est si éphémère qu'il faut savoir en profiter. Je sais de quoi je parle. J'ai eu la faiblesse de tomber amoureux autrefois, et j'ai payé le prix fort. On ne m'y reprendra plus. L'amour, ça fait mal. Et je ne suis pas masochiste.

Une serveuse m'apporte la carte. Je vais manger local. Il paraît que la spécialité culinaire portugaise est la morue. En lisant le menu, je suis surpris de voir qu'il est écrit en trois langues : portugais, anglais et français. Ainsi, la morue se dit *baccalhau* ici. Je choisis également une petite bouteille de leur production de vin blanc pour accompagner mon plat. Le rouge ce sera pour plus tard.

Le repas terminé, je décide d'aller marcher un peu sur les rives du fleuve Douro. Le temps est doux et une légère brise souffle sur mon visage. Je me sens bizarre depuis le repas. J'ignore pourquoi, mais je me suis imaginé à la place du couple qui déjeunait en même temps que moi dans la salle du restaurant de mon hôtel. Le plus fou, c'est qu'au lieu de me plonger dans le passé, ce qui veut dire me revoir du temps de mon union avec mon ex-compagne, j'ai créé une fiction mentale complètement différente : j'étais attablé avec… Helena Ribeiro.

Pourquoi diable est-ce que je m'imagine avec cette fille ? C'est totalement surréaliste. En plus, elle ne m'attire pas le moins du monde. Enfin… peut-être que si. Et puis, elle a l'air d'avoir très mauvais caractère. Elle avait un regard incendiaire à mon égard. J'ignore pourquoi. Est-ce ma faute si elle vient de perdre son père et que j'avais un arrangement avec lui ? Non.

Et puis, je n'ai plus aucune envie d'éprouver le moindre sentiment pour personne. Plus jamais. Je me suis brûlé les ailes une fois, plus question d'essayer de voler à nouveau.

8

HELENA

14 avril

Quinta de Dona Otilia

Vallée du Douro – PORTUGAL

J'ai passé la fin de journée d'hier avec Luis. Il m'a dit que la vente de mille fûts à Porto pouvait me rapporter une coquette somme. Même d'occasion, les *fort pipes* en chêne se négocient entre 800 et 1200 euros pièce. Ce qui revient à dire que la vente de 1000 unités pourrait vraiment renflouer le domaine.

Alors pourquoi suis-je furieuse ?

J'ignore pourquoi cette histoire me met dans tous mes états. Je devrais être plutôt heureuse d'avoir l'opportunité d'un apport de cash alors que l'exploitation est en difficulté. Mais, c'est le contraire.

C'est peut-être ce Tom Auster. Dès que je l'ai vu, il m'a

mise en colère. Pourtant… il n'a rien fait.

Je n'aime pas son air de ne pas y toucher. Il a l'air parfaitement cool, un type normal, alors que monsieur Auster est le riche héritier des Champagnes Auster. Une des plus grosses fortunes au monde, en tout cas en ce qui concerne la production et la vente d'alcool. Tu parles qu'avec ça derrière soi, on peut être tranquille. Cet homme n'a jamais connu la moindre difficulté, c'est certain ! S'il croyait débarquer en terrain conquis, il peut toujours courir.

Et puis Luis qui veut m'influencer. Ce serait le moyen idéal d'éponger une partie de nos dettes et de régler les payes des employés mises en *stand by* par mon défunt père.

Je devrais dire oui. C'est le choix de la raison.

Sans doute qu'à toute autre personne que *lui*, j'aurais dit oui. Mais, là, j'ai envie de dire non.

J'ai juré de ne plus jamais me laisser dominer par un homme, ni dicter mes choix de vie, mes décisions. S'il y a une chose que la vie m'a apprise, c'est que tous les hommes ont l'obsession de la domination sur les femmes. Tom Auster ne fait pas exception. Maintenant qu'il sait pour la mort de mon père, il doit penser que j'ai besoin de lui pour m'en sortir. Encore un qui, s'il apprenait la situation du domaine, ne manquerait pas de conclure qu'une femme ne peut pas gérer une exploitation comme la *Quinta de Dona Otilia*.

Quand j'étais gamine, j'adorais me promener dans les collines. Déambuler à travers les plants de vigne a toujours été salvateur pour moi. Un pouvoir calmant. Quand mon père m'ignorait ou, pire, me rabrouait en public, auprès des gens du domaine, en se moquant de moi, arguant qu'une fille n'avait pas la capacité de s'occuper d'une exploitation comme la nôtre, je partais marcher dans mes collines pendant des heures, ne revenant qu'une fois calmée.

Pour l'heure, je vais marcher un peu sur mes terres, ça me

fait drôle de dire « *mes terres* », en espérant que cela pourra m'aider à prendre une décision.

Je déambule depuis près de quarante-cinq minutes sur les sentiers qui bordent les vignes. Le domaine est divisé en deux parties distinctes. La première est composée d'un terrain pratiquement plat, ce qui constitue une rareté dans la région. Le travail de la vigne ainsi que les vendanges en sont grandement facilités. La seconde, à l'image de toutes les exploitations viticoles bordant le fleuve Douro, est constituée de vignes plantées en escaliers, ce qui donne un aspect tout particulier dans la région. Les collines arides ayant fait place à des versants verdoyants. L'astre solaire est doux en ce mois d'avril. En été, à cette heure, rester en plein soleil est impossible tant il règne une chaleur épouvantable. Aujourd'hui, le domaine dispose d'un système sophistiqué d'arrosage automatique. Autrefois, cette activité se faisait manuellement. Les saisonniers venaient sur l'exploitation dès cinq heures du matin, à la fraîche. Pendant quatre heures, ils arrosaient, juchés à l'arrière d'un pick-up, avançant prudemment le long des chemins escarpés séparant les plants de vigne, sur une pente où la moindre faute de conduite pouvait faire basculer le véhicule à la renverse. Cette mésaventure m'était arrivée autrefois. Je n'en avais fait qu'à ma tête en n'écoutant pas les directives de mon père, comme cela m'arrivait la plupart du temps. J'avais alors douze ans et m'étais levée à l'aube pour partir en même temps que les ouvriers saisonniers. Je rêvais de participer à l'arrosage de vignes depuis longtemps. Ce matin-là, j'avais donc profité de l'absence de mon père, qui avait dû se rendre à Porto, pour rejoindre le groupe de femmes qui partait alors que le soleil n'était pas encore levé. Pendant plusieurs heures, j'avais travaillé comme ces femmes que j'admirais parce qu'elles ne se contentaient pas de rester élever les enfants chez elles. Tout ce qui permettait l'émancipation des femmes m'attirait, fût-ce même le travail d'arrosage des vignes. Au détour d'un virage, sur la fin d'une rangée de vigne, le pick-up prit un virage trop court et dérapa. Le conducteur tenta bien de corriger son erreur d'inattention, mais il fut incapable de reprendre le contrôle de son véhicule qui bascula dangereusement dans la pente. Les femmes qui m'entouraient à l'arrière de la jeep se mirent à hurler avant que le 4x4 exécuta un tonneau qui projeta brutalement mes collègues d'un jour par-dessus bord. La chute fut brutale et je fis une voltige dans les airs assez réussie. C'est l'atterrissage qui le fut beaucoup moins. Alors que mes trois compagnes d'infortune finirent leur chute dans la terre meuble, j'eus moins de chance qu'elles. Ma réception fut douloureuse, et c'est mon bras gauche qui percuta une pierre recouverte de terre. C'est elle qui l'emporta dans l'épreuve de solidité. Je fus ramenée au bercail avec une fracture du bras. Un passage aux urgences de l'hôpital du centre-ville et j'étais plâtrée pour trois semaines. D'un commun accord entre ma gouvernante et les ouvrières présentes avec moi ce jour-là, il fut décidé que mon infortune serait légèrement revue et corrigée avant d'être narrée à mon père. S'il avait appris ce qui était vraiment advenu, il serait entré dans une colère noire et m'aurait sans doute interdit de venir à nouveau au domaine.

Cette plongée dans mes souvenirs m'a fait perdre la notion du temps. Je suis arrivée sans m'en apercevoir à la limite du domaine. Il y a encore des vignes à l'horizon, ainsi qu'une petite cabane en bois. C'est un abri pour les ouvriers saisonniers pour la saison de vendanges. Ils peuvent s'y réfugier pour prendre leur pause déjeuner et ne pas être assommés par le soleil estival. J'aime cette limite de la *Quinta de Dona Otilia*, parce que la frontière est délimitée par le fleuve, mais pas seulement. Juste sur la rive, il y a une grande bâtisse sur trois étages qui autrefois aurait dû constituer un nouvel élan pour notre exploitation, avant que mon père ne fasse volte-face en arguant que nous n'étions pas des hôteliers et que l'idée était mauvaise. Il ne pouvait en être autrement, puisque l'idée n'était pas de lui, mais de ma mère. Avant son décès, ma mère était propriétaire pour moitié du domaine. Quand elle est morte de façon brutale, mon père est devenu le seul maître à bord, et c'est ce qui a conduit la *Quinta de Dona Otilia* à sa perte. Le domaine doit son nom à ma grand-mère, c'est elle qui se nommait Otilia. Quand ma mère a hérité du domaine à la mort de ses parents qui l'avait créé, elle n'avait pas les fonds suffisants pour pouvoir poursuivre l'exploitation. Elle dut se résoudre à vendre ou… à prendre un partenariat. Ce qu'elle fit en épousant mon père. Si elle n'avait pas quitté ce monde prématurément, ma mère aurait surfé sur la vague du modernisme et aurait transformé le domaine en une *Quinta* florissante, comme il y en a beaucoup le long du fleuve. Ceux qui se sont modernisés en produisant du Porto et du vin du Douro, mais aussi en accueillant des touristes avec des chambres, et un restaurant, sans parler des dégustations de vins, ceux-là n'ont aucun problème de trésorerie à l'heure qu'il est. J'ai toujours pensé que mon père aurait pu moderniser la *Quinta*. Il a manqué de discernement et ma mère n'était plus là pour imposer son point de vue.

Aujourd'hui, j'aimerais tellement reprendre là où ma mère avait laissé le projet. Malheureusement, le rendez-vous avec le banquier risque de couper court à mon rêve. Si cela se trouve, je vais être obligée de vendre ou, pire, faire comme ma mère autrefois : accepter un partenariat, autrement dit partager la propriété du domaine. Je n'ai plus longtemps à attendre pour être fixée, puisque je vais à la banque aujourd'hui même.

9

TOM

Vallée du Douro

14 avril

16h30

PORTUGAL

— Au moins, permettez-moi de vous inviter à dîner pour parler de cela entre quatre yeux.

C'est sorti comme ça. Je n'ai pas réfléchi. Helena vient de me dire qu'elle n'avait pas l'intention d'honorer le *deal* que j'avais passé avec son père. Soi-disant, elle y a longuement réfléchi et ce serait, je la cite : « se tirer une balle dans le pied ». Je ne vois pas en quoi, et j'ai bien envie d'en savoir davantage. Et puis, il y a quelque chose en moi qui me pousse à la revoir. C'est plus fort que moi. J'avoue que cela m'irrite quelque peu, mais je l'ai invitée à dîner.

— Merci, mais… non merci.

Je reste bouche bée. Elle refuse même une invitation. Quel fichu caractère, c'est incroyable.

— Mademoiselle Ribeiro, je ne tenterai pas de vous faire changer d'avis, je vous le promets. Si vous ne voulez pas me vendre votre stock de tonneaux à Porto, tant pis. Je veux seulement que vous m'expliquiez un peu plus en détail les raisons de votre refus, c'est tout.

— Je n'ai pas de compte à vous rendre, monsieur Auster ! me balance-t-elle à la figure.

Eh bien, ce n'est pas du tout mon avis, et je compte bien lui dire.

— Vraiment ? Vous savez que j'ai parcouru une belle distance pour rien. Vous auriez pu me prévenir de ce changement de situation par un appel téléphonique ou au moins un e-mail, cela m'aurait évité de perdre mon temps.

Silence à l'autre bout du fil. J'ai peut-être fait mouche ?

— Vous avez raison, mais je n'étais pas au courant de la situation. J'ai été prévenue trop tard. Cela dit, vous n'y êtes pour rien. J'accepte donc votre demande, mais…

— Mais ?

— C'est moi qui vous invite. Je vous dois bien ça, c'est vrai, et puis surtout je déteste me faire inviter par un homme, c'est un principe.

En voilà un drôle de principe. Cette femme ne tourne pas rond, c'est clair. Pourtant, je me sens attiré par elle, à un point que cela en devient agaçant. Puisque c'est comme ça, je ne vais pas me défiler.

— Très bien. J'accepte volontiers votre invitation. Je n'ai pas les mêmes principes que vous et j'aime me faire inviter par une femme.

J'ai dû la contrarier à nouveau parce que je l'entends souffler dans l'écouteur de mon portable.

— Demain. Midi trente, cela vous convient-il ?

— Midi trente ? Eh bien, c'est un déjeuner dans ce cas ! Non ?

— Oui. Je préfère. Une invitation à dîner, c'est plus pour un rendez-vous galant. Ce qui n'est pas le cas.

On peut dire qu'elle n'y va pas par quatre chemins. Prends-toi ça dans les dents, mon petit Tom, pour le cas où tu te serais fait des idées.

— Je comprends. Pas de problème. C'est vous qui invitez, donc… vous décidez de l'heure et de l'endroit.

— Bien. Dans ce cas, je passerai vous prendre à… votre hôtel. Vous logez bien à l'hôtel ?

— Oui. Je vous donne l'adresse, si vous le voulez bien.

— Parfait. Alors... à demain, à midi trente, devant votre hôtel.

— J'ai hâte d'y être, dis-je avant qu'elle ne raccroche.

Ce que je venais de dire était la plus stricte vérité. Je suis très impatient de déjeuner avec cette jeune femme. Il y a quelque chose de répulsif chez elle et pourtant… elle m'attire. C'est étrange. Je suis en train d'enfreindre mon code de conduite, j'en suis conscient, mais c'est plus fort que moi. J'ai envie d'en savoir plus sur cette fille et son histoire. Et puis, concernant la vente pour laquelle je suis venu ici, eh bien… je n'ai pas dit mon dernier mot.

10

HELENA

Vallée du Douro

15 avril

12 h

PORTUGAL

Je me suis maquillée et j'ai même passé une petite robe de printemps. Pourquoi est-ce que je fais ça ? Je ferais mieux d'y aller en jean et baskets, après tout ce n'est pas un rendez-vous galant, il ne manquerait plus que ça.

La vérité c'est que je suis furieuse contre mon père, mais que je ne peux pas m'en prendre à Tom Auster.

Céder 1000 tonneaux à Porto revient à se couper le bras à cause d'une infection, en se disant qu'ainsi on évite la mort. La vérité est qu'en fait, on devient manchot. Alors qu'avec un peu de patience, de volonté, de confiance et de persévérance, on peut se soigner et vaincre l'infection. Mon père avait dans l'idée de ne plus fabriquer de Porto ? C'est bien ce que cette vente idiote semble suggérer. Qu'est-ce qu'un domaine qui ne fabrique plus de Porto dans la région ? *C'était quoi ton idée, papa ? Ne plus fabriquer que du vin de consommation courante ? Le vin Tinto du Douro n'est pas si mal, mais c'est loin d'être un grand cru. Impossible de se passer du Porto.*

Alors que je finis de me préparer, ce qui revient à dire de me coiffer et de me parfumer, j'ai l'idée que Tom Auster va tout tenter pour me faire changer d'avis. *Tu peux toujours courir mon petit bonhomme, ce n'est pas parce que tu vas me faire les yeux doux - des yeux verts émeraudes magnifiques, il est vrai - que je vais me laisser séduire et faire volte-face.*

Je regarde l'heure : il est midi. Je lui ai donné rendez-vous à midi trente. Cela ne me laisse plus beaucoup de marge, sachant que la route est mauvaise jusqu'à son hôtel. En parlant de cela, monsieur Auster s'est installé dans un palace ! Cela ne m'étonne pas. Quand on est l'héritier d'une telle famille, on doit avoir l'habitude du luxe, et on peut dire que monsieur ne s'est pas trompé, il loge au *Six Senses Douro*, difficile de trouver mieux dans un rayon de cent kilomètres. En plus, cet établissement dispose d'un restaurant haut de gamme. Pas facile de trouver une table qui puisse soutenir la comparaison. Heureusement que je connais la région comme ma poche et que la cuisine authentique, c'est aussi bien que la haute gastronomie, enfin pour moi. J'espère que l'héritier de la famille Auster sera du même avis.

Après avoir traversé le fleuve, il ne me faut que dix minutes pour arriver devant l'entrée du palace.

Tom Auster est déjà là. J'aurais dû m'en douter. Il est arrivé avec une heure d'avance au domaine lors de notre première rencontre. C'est un partisan du : « mieux vaut en avance qu'en retard ».

J'approche en roulant au pas devant l'entrée. Le portail est sublime et je ne peux m'empêcher d'admirer les vignes qui bordent le sentier qui mène à l'entrée de l'hôtel. Tout est en ordre, un soin méticuleux a été apporté à chaque pied de vigne, c'est impressionnant. Ici, l'écrin vaut le bijou !

J'arrive devant l'entrée du palace. Ici aussi, tout est magnifique. Il y a une fontaine avec une sculpture d'un homme habillé avec des vêtements d'une autre époque. Le fondateur du lieu, sans doute. Une petite cour interne accueille les clients qui peuvent s'asseoir sous des arches éclairées, quelques petites tables et chaises invitent à prendre un verre. C'est vraiment bien pensé.

Devant un si beau spectacle, je me dis que mon père a vraiment raté le coche avec ses idées conservatrices. La *Quinta de Dona Otilia* aurait pu devenir quelque chose de tout à fait similaire sans l'entêtement de mon géniteur. Je suis en train de rêver à ce que je pourrais faire à présent qu'il n'est plus là. Ce n'est pas la volonté qui me manque. Je saurai bientôt si c'est un rêve réalisable ou une utopie. Le rendez-vous avec la banque sera déterminant.

Je suis perdue dans mes pensées quand Tom Auster descend le petit escalier pour s'avancer vers moi. Dois-je descendre de mon véhicule pour l'accueillir ? Est-ce que cela pourrait être mal interprété ? Je n'ai pas le temps de m'interroger davantage qu'il toque à la vitre de ma portière.

— Bonjour mademoiselle Ribeiro !

Cela me ramène ici et maintenant en un éclair.

— Euh… bonjour, balbutié-je, prise de cours.

J'ouvre ma vitre et ne peux m'empêcher d'être aussitôt pétrifiée par son sourire ravageur. Et puis, il s'est habillé d'un costume noir taillé sur mesure, chemise blanche légèrement ouverte. Il a gardé sa barbe de trois jours, cela lui confère une classe décontractée. J'adore. Surtout ne pas le montrer, rester impassible, feindre l'indifférence.

— Est-ce que vous voulez boire quelque chose ici, avant que nous partions déjeuner ? demande-t-il en passant sa main dans ses cheveux.

J'aimerais beaucoup, mais je risque de me retrouver en position de faiblesse. Pas question de me faire inviter, même pour boire un verre.

— J'ai réservé une table pour treize heures. Nous n'avons pas le temps. Si vous êtes d'accord, nous boirons un verre sur place.

— Comme vous voudrez.

Il n'a pas l'air contrarié par ma réponse. D'ailleurs, c'est comme si tout glissait sur lui sans laisser la moindre trace. Cela me déconcerte. Au lieu de cela, c'est un bel homme tout sourire qui s'installe à côté de moi, sur le siège passager.

— Donc si j'ai bien compris, même pour la voiture, c'est vous qui pilotez ? dit-il en souriant.

— Parce que vous connaissez la région ?

— Pas encore, mais cela pourrait changer.

Quelle réponse étrange ! Il n'a tout de même pas l'intention de rester ici pour quelque temps ?

— En attendant que cela change, c'est moi qui conduis ! Peut-être que monsieur Auster n'a pas l'habitude de rouler dans des véhicules anciens ?

Il jette un œil plus acéré sur ma vieille coccinelle hors d'âge, puis me fixe avec un regard joueur.

— Absolument pas. J'apprécie beaucoup les voitures anciennes.

Tu m'étonnes. Monsieur doit avoir un garage gigantesque flanqué d'un tas de bolides et de véhicules de collection.

— Sauf que ma Cox n'est pas un véhicule de collection.

— Bien sûr que si ! En plus, elle paraît être en très bon état. C'est votre voiture ?

— Oui.

J'avoue que je pourrais poursuivre, mais je ne sais pas trop pourquoi, je n'ai pas envie de m'attarder sur le sujet.

— OK, dit-il, sans doute surpris par mon mutisme.

Je démarre et sors du palace en trombe.

— Vous feriez mieux d'attacher votre ceinture ! dis-je en haussant le ton à cause du bruit du moteur et des graviers qui volent en tous sens.

— Merci de me prévenir ! dit-il en attrapant sa ceinture.

Je sors du sentier pour atteindre la nationale et j'appuie à fond sur l'accélérateur, plaquant mon passager contre son siège.

— Waouh ! Vous ne rigolez pas avec un volant entre les mains, vous, dites donc.

Je tourne la tête et le fusille du regard.

— Je n'ai pas l'habitude de rigoler.

— C'est ce que j'ai cru comprendre, en effet.

— Le rire est l'apanage des faibles !

— Qui vous a dit une bêtise pareille ?

— Mon père.

— Oh ! Désolé.

— Pas de problème.

Nous roulons pendant quelques kilomètres sans nous adresser la parole. J'aurais pu m'abstenir de lui balancer ce principe paternel. Mais, c'est plus fort que moi. Il y a quelque chose qui me pousse à provoquer Tom Auster.

Au bout de cinq minutes, Tom rompt le silence en se tournant vers moi.

— Euh… Helena, je peux vous poser une question ?

Je ne sais pas vraiment quoi lui répondre, alors je me contente d'un signe d'assentiment en hochant la tête.

— Est-ce que je vous ai fait quelque chose ?

— …

— Je veux dire… quelque chose de mal ? Ou alors, ai-je dit quelque chose qui vous a blessé ?

Je quitte un instant la route du regard pour le fixer. Je vois que sa question est sincère, il ne cherche pas à me piéger. Il s'interroge vraiment sur ce qui fait qu'il m'insupporte.

— Vous êtes sérieux ?

— Attention ! hurle-t-il soudain.

Je n'ai que le temps de tourner ma tête droit devant pour comprendre que je suis en train de quitter la route. Je donne un coup de volant dans le sens contraire et ma vieille Cox est secouée comme un prunier. Je parviens in extremis à remettre le train avant sur la bonne trajectoire. Mon passager s'accroche comme il peut à la portière. Il y a un bas-côté à environ deux-cents mètres plus loin, aussi je décide de m'y arrêter pour reprendre mes esprits. Je stoppe le véhicule et tire le frein à main avant de couper le moteur.

— Je suis désolée, dis-je dans un murmure. J'ai bien failli nous mettre dans le décor, et cela aurait pu être fatal. Le paysage est légèrement montagneux dans la région du Douro, et nous aurions pu dévaler le ravin en contrebas.

— Vous, ça va ? me demande-t-il, en posant sa main sur mon épaule. Je ne sais ni comment ni pourquoi, mais ce contact provoque en moi une réaction quasi électrique. Une sensation chaude et douce qui me fait frissonner, puis qui descend sur mon torse et me serre le ventre. Dans le même temps, j'ai l'impression qu'un feu intense monte jusqu'à mes joues qui doivent être rouges à présent, et voilà que je ressens une douce chaleur envahir tout mon corps. Ce n'est pas désagréable, bien au contraire. J'irai même jusqu'à dire que cela me fait du bien. C'est sans doute l'effet de l'adrénaline, une conséquence de la peur que j'ai éprouvée face au danger. J'ai failli nous tuer à cause d'une attitude stupide et inappropriée. On ne doit jamais quitter la route des yeux, en aucune circonstance… Combien de fois mon père m'a-t-il répété cela ? Des centaines, voire des milliers de fois.

Tom Auster retire sa main de mon épaule, ce qui me permet de reprendre mes esprits.

— Je crois que oui.

À peine ai-je prononcé ces paroles que je ne peux endiguer une crise de larmes, et cela me met dans une position de faiblesse inacceptable vis-à-vis de mon passager. En plus, je me mets à trembler comme une feuille. J'enrage intérieurement de ne pas être capable de me contrôler, ce qui ne fait qu'alimenter ma colère qui se libère en spasmes sanglotants.

— Hey… Doucement. Tout va bien, nous n'avons rien, d'accord ? dit Tom Auster en tentant de me consoler du mieux qu'il le peut.

Il sort du véhicule et en fait le tour. Il ouvre ma portière et m'invite à descendre.

— Venez respirer un peu d'air frais, cela vous fera du bien.

Il me tend la main pour m'aider à sortir de l'habitacle, mais je n'y arrive pas. Sans doute à cause de la peur, j'ai les jambes qui flageolent. Je tente de me dresser, mais, rien à faire, je perds l'équilibre. Tom Auster m'attrape avant que je ne m'écroule par terre.

— Pas de panique ! Je vous tiens. Vous êtes en état de choc, c'est pour ça que vous tremblez comme une feuille.

— M... merci !

Je tente de reprendre mon équilibre, mais n'y parviens pas. Tom Auster m'attrape avant que je ne finisse les quatre fers en l'air. Il n'éprouve apparemment aucune difficulté à me soutenir, je sens les muscles de ses bras fermes et puissants quand je referme mes mains dessus pour prendre appui. L'espace d'un instant, un moment de faiblesse de ma part, je prends plaisir à être soutenue par cet homme.

Il faut que je me ressaisisse. Tout de suite. Hors de question de dépendre d'un homme pour me sortir d'un mauvais pas.

— Lâchez-moi ! Je peux très bien y arriver toute seule, dis-je en tentant de mettre le plus d'assurance dans ma voix.

Il desserre son étreinte tout en douceur. Je vois dans les traits de son visage que je l'ai blessé. C'est vrai qu'il n'a fait que me porter assistance. Je sais que ce que je suis en train de faire n'est pas bien, mais c'est plus fort que moi. Impossible de me laisser aller. Hors de question de paraître faible devant un homme, même s'il émane de lui un charme fou.

— Pardonnez-moi, Helena. C'est que vous alliez tomber, je n'ai pas voulu vous offenser ou vous manquer de respect. C'était juste pour... vous venir en aide.

Pas de doute, il dit ça en toute sincérité. Il est évident que ce garçon n'est pas un de ces types lourdingues qui profitent de la première situation venue pour vous mettre la main aux fesses et vous peloter sans vergogne.

Je reprends des couleurs en même temps que mes esprits. Je devrais m'excuser pour mon comportement agressif, mais c'est un combat perdu d'avance. J'ai juré que cela n'arriverait plus. La petite fille qui s'excuse tout le temps a définitivement disparu, et ce n'est pas Tom Auster qui la fera revenir.

— N'en parlons plus.

— Vous allez bien ?

— Oui, ça va. Il faut juste que je respire un instant.

— Vous êtes déjà en train de reprendre des couleurs. Par contre, vous avez encore les jambes qui tremblent. Que diriez-vous si je prenais le volant ? Vous pourrez m'indiquer le chemin et vous remettre d'aplomb tranquillement ? Sauf si…

— Sauf si quoi ?

— Peut-être n'êtes-vous pas en étant d'aller déjeuner au restaurant ?

— Bien sûr que si. Laissez-moi juste quelques minutes et… je reprends le volant.

— Euh… vous êtes sûre ?

Je le fusille du regard, ce qui a pour effet de déclencher chez lui un sourire. Oh, mon dieu, cela provoque en moi une réaction totalement inédite. Je me retrouve désarmée, toute mon agressivité fond instantanément. Je me sens stupide tout à coup. Lui est la gentillesse incarnée, alors que moi je ne suis que… colère.

Je n'ai pas le temps de poursuivre plus loin mon introspection qu'il part ouvrir ma portière.

— OK, Helena, c'est vous qui décidez ! dit-il en joignant le geste à la parole, se baissant comme si j'étais une personnalité royale devant laquelle il convient de s'incliner.

Si je n'y prenais garde, j'aurais laissé échapper un sourire, peut-être même un rire. Cet homme est drôle, en plus de tout le reste, mais… c'est un homme, alors je dois rester sur mes gardes.

— Merci ! dis-je en reprenant ma place au volant de ma Cox.

— Vous êtes certaine que tout va bien ? me demande-t-il encore une fois.

— Oui.

— Bon.

Il fait le tour par l'avant du véhicule, ce qui me permet de l'observer sous toutes les coutures, avant de venir reprendre place à mes côtés.

Je roule en prenant garde de fixer la chaussée. La Nationale 222 file sous mes roues à vitesse modérée, j'ai levé le pied depuis la sortie de route.

Nous traversons le Douro sur le pont *Pedonal da Régua* avant de remonter la Nationale 108 en sens contraire, en fait nous remontons le fleuve sur l'autre rive.

Pendant tout ce temps, j'ai l'impression que Tom Auster ne m'a pas quittée des yeux, un léger rictus accroché à ses lèvres. Je n'ose pas le regarder, d'abord parce que je n'ai pas envie de quitter la route des yeux, ensuite parce que je ne suis pas certaine de pouvoir garder mon sérieux. Hors de question qu'il me fasse rire. Ce serait une défaite pour moi. Cela, je ne peux pas le permettre.

— Je peux peut-être savoir où vous nous conduisez ? demande-t-il avec un œil qui frétille, même si je ne le vois pas, je le sens.

Je réponds sans le regarder. Il ne m'aura pas à ce petit jeu.

— Nous allons chez *tio Manel*, dis-je sur un ton monacal.

— *Tio Manel* ? Qu'est-ce que ça veut dire ?

— *Tio*, ça veut dire *oncle*. Et *Manel*, eh bien... c'est son nom.

— Oh ! Vous avez un oncle restaurateur alors ?

Là, c'est la goutte d'eau. Je n'arrive pas à retenir et je me mets à pouffer comme une idiote. *Le salopard, il m'a eu en fin de compte.*

Quand je parviens à me calmer, je me tourne vers lui et… je me rends compte que je n'aurais pas dû. Il me fait une tête, mais c'est quelque chose ! Un mélange de cocker que l'on vient de disputer, mais en même temps il a l'œil qui frise, ce qui me fait croire qu'il joue les naïfs pour me faire tomber dans son piège. Il VOULAIT clairement me faire rire, c'est évident. Et moi, quelle imbécile, je suis tombée dans le panneau ! Voilà, maintenant c'est fichu. Plus je tente d'empêcher mon fou rire et plus il s'amplifie. En plus, Tom Auster, gagné par la contagion, s'y met aussi. Il a un rire, franc et sonore, qu'il ne tente pas de contenir, lui. Pendant de longues secondes, nous sommes secoués de spasmes, et je ris comme cela n'a pas dû m'arriver depuis… depuis des années. J'enrage intérieurement d'avoir capitulé, mais… que cela fait du bien.

Je parviens, non sans mal, à reprendre mon sérieux à l'approche du restaurant.

J'entre dans le parking et me gare avant de couper le moteur.

— Voilà, nous y sommes ! dis-je en me tournant vers mon passager. Ce que je vois alors me pétrifie. Tom Auster me regarde avec un énorme rictus qui lui dessine de petites rides sur le coin des yeux, mais surtout, je découvre quelque chose dans son regard, un éclat qui ressemble presque à une… flamme. On dirait qu'il… comment dire… qu'il… non ! Je ne dois pas avoir de pensées de ce genre. Ce n'est pas acceptable.

Je prends une grande inspiration et chasse le trouble qui s'est emparé de moi.

— Nous y sommes ! dis-je avec la voix qui tremble.

Il ne dit rien et continue à me fixer avec ses yeux de braise. Puis, après quelques secondes qui me semblent être une éternité, il finit par déclarer :

— Super ! Je meurs de faim !

11

TOM

Vallée du Douro

15 avril

13H

PORTUGAL

J'ai réussi à la faire rire.

Un sacré exploit étant donné le profil de la demoiselle.

C'est à ce moment-là que c'est arrivé.

Quand elle s'est mise à rire.

Tout s'est éclairé.

J'ai pris ça en pleine figure et mon cœur a explosé.

Elle s'appelle Helena Ribeiro. Et… si c'était elle, la femme de ma vie ?

12

HELENA

Vallée du Douro

15 avril

13H15

PORTUGAL

Le propriétaire des lieux nous installe à notre table qui fait face à une gigantesque baie vitrée donnant sur le fleuve. La vue est splendide, pourtant Tom Auster ne daigne même pas y jeter un œil. Il est étrange depuis le fou rire dans la voiture.

Nous prenons place à table et la serveuse nous tend la carte.

Quand elle disparaît vers le comptoir près de l'entrée, je décide de voir ce qui trouble mon invité.

— Tom, vous êtes sûr que tout va bien ?

Je suis certaine que quelque chose cloche. Il n'a plus du tout le même regard. Un voile s'est déposé sur ses yeux.

J'attends sa réponse qui tarde à venir. Enfin, son regard vague vient se planter dans le mien. Je vois bien qu'il éprouve comme une sorte de… tristesse ? Mais pourquoi ?

— Oui. Tout va bien, dit-il en pensant sans doute me berner.

— Pourtant votre regard et votre attitude générale montrent que quelque chose ne va pas ! répliqué-je sur un ton peut-être un peu trop sec, étant donné le fait que j'ignore ce qui trouble Tom Auster.

— Helena, je vous en prie, ne gâchons pas ce bon moment, vous voulez bien ? Je vous assure que ça va.

S'il croit me duper, il se met le doigt dans l'œil et jusqu'au coude. Malgré mon irritation devant un mensonge aussi grossier, je prends sur moi. Après tout, peut-être que le paysage lui a soudain rappelé un triste souvenir. C'est vrai, je le connais à peine, pourquoi irait-il se confier à moi ? S'il n'a pas envie de m'en parler, c'est son droit.

Pour donner le change, je me cache derrière le menu. Cela dit, il ne perd rien pour attendre. Je compte bien en savoir davantage avant la fin du repas. Je déteste rester avec des questions sans réponses.

Tom, lui, n'a pas encore jeté un œil sur la carte. Il examine les lieux. C'est vrai que, contrairement à moi, il n'est jamais venu ici. Le restaurant doit lui sembler minable, à côté des établissements qu'il doit avoir l'habitude de fréquenter. D'abord, c'est un tout petit endroit qui ne paye pas de mine. Ensuite, l'intérieur s'étale dans le sens de la longueur, mais n'est pas très large. Il y a deux immenses tables pour accueillir jusqu'à quatorze clients. C'est ainsi jusqu'au bout de l'établissement. Heureusement, il y a un coin réservé aux tables pour deux ou quatre personnes. Bref, c'est petit, mais c'est propre et lumineux. Les murs sont recouverts d'un joli carrelage gris anthracite qui reflète la lumière. Tout au fond, il y a la caisse ; et, accroché au mur, juste derrière, un écran plat pour les jours de foot.

— Vous n'aimez pas ? demandé-je, pour briser le silence qui s'est installé depuis ma question indiscrète.

— Si, c'est charmant.

— Ce n'est sans doute pas le même standing que les restaurants étoilés que vous devez avoir l'habitude de fréquenter, mais c'est typique, local. C'est tout le contraire des restaurants touristiques. Personnellement, j'adore. Et puis, la cuisine est, elle aussi, authentique.

Tom Auster me sourit et consulte la carte.

— Effectivement, cela a l'air authentique… tout est écrit en portugais ! dit-il en souriant.

Je retrouve le Tom que j'avais pris l'habitude de côtoyer, souriant et enjoué. Le voile d'ombre a disparu. Pourtant, je dois vraiment savoir ce qui s'est passé. C'est juste une question de temps et d'opportunité.

— Oui, c'est le revers de la médaille. Ici, la clientèle est locale. Vous ne verrez pas de traduction en anglais ou en français. Ne vous inquiétez pas, je vais vous aider. Alors, voyons !

Je m'approche de lui en faisant coulisser ma chaise vers la sienne. Il faut bien que je puisse lire par-dessus son épaule. C'est ainsi que je tente de traduire ce qu'il ne comprend pas. Je lui détaille les différentes propositions, en expliquant que c'est une cuisine maison avec des plats typiques et délicieux. Après avoir consulté les différentes possibilités de viandes, volailles, et poissons, il finit par porter son choix sur la *Bacalhau Tio* Manel, qui est la spécialité maison à base de morue, de pommes de terre et d'oignons fris. C'est aussi ce que je choisis.

— Pour le vin, qu'est-ce que vous préférez ?

— C'est vous la spécialiste Helena ! Je vous laisse choisir !

annonce-t-il.

— Vous voulez boire quelque chose auparavant ? dis-je en indiquant les apéritifs.

— Non merci. Du vin, cela ira très bien. Que me conseillez-vous ?

Je prends un air offusqué, comme s'il venait de commettre une grosse bourde.

— Regardez mieux les différents vins sur la carte, monsieur Auster.

Il fouille la poche intérieure de son veston, trouve un étui à lunettes en cuir, en sort une paire à monture fine et ronde qu'il chausse, avant de rapprocher son visage de la carte.

— Bon sang, il y a des bouteilles de votre domaine ! murmure-t-il en se pinçant les lèvres.

— Oui, toutes les bouteilles portant la marque *Dona Otilia DOC* viennent du domaine de mon p..., enfin, de mon domaine !

— *Branco*... ça veut dire blanc ? demande-t-il.

— Oui. C'est ça.

— Alors avec la *bacalhau*, c'est ce qu'il faut. Par contre, il y a plusieurs possibilités, pour le reste, je n'arrive pas à comprendre ce qui est écrit. Je vous laisse porter votre choix sur ce qui convient le mieux.

— Un blanc sec, dans ce cas.

— Très bien.

Je passe la commande auprès de la serveuse qui nous propose un apéritif en attendant, ce que nous acceptons, puis j'attends qu'elle se soit éloignée de plusieurs mètres avant de reprendre la parole. J'ai bien envie de l'interroger à nouveau pour savoir ce qui l'a troublé tout à l'heure, mais... en même temps, je sais bien que cela ne se fait pas. Après tout, je ne le connais pas et cela ne me regarde pas. Alors pourquoi est-ce que je meurs d'envie de savoir ce qui s'est passé dans sa tête tout à l'heure ?

Je n'ai pas le temps de poursuivre mes interrogations mentales, la serveuse revient et place un whisky devant Tom Auster et une eau gazeuse de mon côté.

— Je n'aurais pas imaginé que vous boiriez une simple eau gazeuse en guise d'apéritif !

— Ah oui ! Pourquoi cela ?

— Eh bien, nous travaillons tous les deux dans un domaine… particuliers, mais… vous avez raison, c'est une réflexion parfaitement stupide.

— Sans vouloir vous offenser, c'est surtout très réducteur. Ainsi, puisque je m'occupe d'un domaine viticole, vous croyez que je passe mon temps à boire ?

Il baisse les yeux. Une première ! J'ai rabattu le caquet du grand Tom Auster.

— Vous avez raison, c'est comme si je devais passer mon temps à boire du… whisky !

— Sauf que pour ce qui vous concerne, c'est le cas ! dis-je en pouffant.

Il lève la tête et fait mine d'être contrarié.

— Un point pour vous. La vérité c'est que je suis toujours curieux de découvrir quel type de whisky est servi dans les différents établissements où il m'arrive de m'arrêter. C'est une sorte de… déformation professionnelle.

— Attendez une minute… votre famille fait du champagne ! Pourquoi avoir choisi de faire du whisky ?

— Ma famille produit l'un des meilleurs champagnes au monde, c'est vrai. Mais, moi, j'ai eu envie d'un nouveau défi, alors j'ai créé mon propre whisky. Il me semblait vous l'avoir déjà dit ?

— Si c'est le cas, j'avoue que cela m'a échappé. Donc, si je vous suis bien, vous avez une distillerie de whisky, rien qu'à vous ?

Il fait tinter ses glaçons dans son verre avant de répondre.

— Oui.

— En Écosse ?

— Non. Donc, vous n'avez rien retenu de ce que je vous ai dit la dernière fois ! Je vous assure que je vous ai déjà révélé l'endroit où je fabrique mon whisky.

— Ah bon ! Je ne m'en souviens absolument pas… En Irlande ?

— Non plus.

— Au Japon ? dis-je en fronçant les sourcils.

— Toujours pas.

Zut ! S'il m'a vraiment dit où se trouvait son exploitation, l'enregistrement de l'information dans mon cerveau a dû connaître un léger bug. Bon, si je procède par élimination, il ne reste que l'Amérique : les États-Unis ou le Canada ? Je n'ai pas le temps de pousser plus loin mes élucubrations puisqu'il ajoute :

— J'ai créé une distillerie en… France ! m'annonce-t-il.

Son visage est impassible. Je sais que c'est incorrect, mais cela déclenche chez moi un fou rire que je ne parviens pas à endiguer.

— Mouais… je vois, dit-il visiblement contrarié par ma réaction.

— Pardon ! Vraiment, je suis désolée, je ne voulais pas me moquer, mais c'est tellement inattendu que…

— Justement. C'était un défi. Créer une distillerie en

France, et produire un excellent Single Malt. Et puisque vous avez l'air de vous en amuser, apprenez que mon produit est reconnu aujourd'hui comme un excellent whisky ! Et ce n'est pas moi qui le dis, c'est un fait.

J'ai dû toucher un point sensible pour le mettre dans un état pareil. C'est la première fois que je le vois perdre son calme. Il a dû faire face à une multitude de critiques ou d'incrédulités face à un tel projet. C'est un peu comme quand on trouve des baguettes de pain à l'étranger, la plupart du temps ce ne sont que de pâles copies de nos baguettes françaises, seule l'appellation est identique, la qualité, elle, étant absente. Il faut que j'en sache un peu plus, au risque d'agacer mon invité.

— Encore une fois, ce n'est pas pour vous mettre sur la défensive. C'est juste que j'ai du mal à imaginer la production de whisky en France.

— Tout comme les Écossais ne croyaient pas à la création de distilleries au Japon. On sait ce qu'il est advenu par la suite, n'est-ce pas ?

— Euh… je ne suis pas experte, mais c'est vrai que le whisky japonais semble être à la mode actuellement.

— Ce n'est pas vraiment un effet de mode, c'est principalement que la qualité de son whisky est indéniable. Savez-vous que ce n'est pas seulement la céréale choisie qui va faire la valeur du whisky, ou même le choix porté sur la levure, mais c'est surtout la qualité de l'eau !

— L'eau ?

— Tout à fait. La pureté de l'eau japonaise joue beaucoup dans la qualité du whisky local. Il y a une source célèbre située sur l'île d'Hokkaido, c'est là que l'on trouve la distillerie Yoichi, c'est une eau souterraine filtrée à travers de la tourbe, c'est l'idéal pour la fabrication du whisky.

— C'est très intéressant, mais cela n'explique pas l'engouement actuel pour le whisky venu du Japon ? Même si je n'y connais pas grand-chose, pour moi, le Whisky, ça vient d'Écosse.

— Les Irlandais n'hésiteraient pas à vous lyncher pour une telle affirmation.

— Ah ?

— Oui. On ne peut pas vraiment savoir si le whisky a été inventé par les Écossais ou par les Irlandais, chacun revendique la paternité de ce spiritueux. Il n'y a aucune date ni période officielle concernant la création du whisky. S'est-elle déroulée en Écosse ou en Irlande ? Le débat continue d'alimenter la légende, ce qui est indéniable, c'est que ce sont les Celtes qui imaginèrent les bases de cette eau-de-vie, mais ceci est une autre histoire…

— Oui, je vous ai fait dévier de la conversation initiale.

— Ce n'est pas grave, c'est toujours ainsi lors d'une conversation intéressante. Pour en revenir au Japon, c'est un seul homme qui a changé la donne.

Je bois une rasade d'eau gazeuse tandis qu'il fait tinter les glaçons de son verre avant de déguster une toute petite gorgée de son précieux breuvage.

— Oui. Le whisky japonais a gagné ses lettres de noblesse grâce à la ténacité et au travail rigoureux d'un précurseur, Masataka Taketuru. Ce dernier est venu en Écosse afin de percer le secret du breuvage national. Quand il revint sur son île, il tenta le pari un peu fou de légitimer la saveur d'une spécialité occidentale réalisée au Japon, et… il y est parvenu. C'est ce que, à un autre niveau bien plus modeste, je veux faire dans les Alpes.

13

TOM

Vallée du Douro

15 avril

13H45

PORTUGAL

— Vous comptez rester au Portugal combien de temps ? me demande Helena.

Pas de doute, si elle change soudainement de sujet, c'est que j'ai dû trop parler. Dès qu'on m'oriente sur le Whisky et son histoire, c'est plus fort que moi, je me mets à soliloquer plus que de raison.

— Pardonnez-moi, je parle trop. J'ai dû vous saouler avec mon whisky ! dis-je pour tenter de me racheter avec un trait d'humour.

— Très drôle !

— Merci.

Je suis à deux doigts de lui répondre que je compte bien rester jusqu'à ce que j'obtienne ce que je suis venu chercher ici, quand le sommelier apporte notre bouteille de blanc dans un seau à glace. Il la débouche et me propose de goûter. Je décline et laisse Helena faire, après tout c'est son vin. Elle acquiesce d'un signe de tête et le jeune homme remplit nos verres puis s'éclipse, laissant la place à notre serveuse qui arrive avec nos plats fumants qu'elle dépose avec délicatesse sur la table.

— Bonne dégustation ! me dit-elle en me gratifiant d'un large sourire.

Alors qu'elle s'éloigne en marchant comme si elle était un mannequin de mode en train de défiler sur un podium, Helena ironise :

— Vous lui avez tapé dans l'œil !

— Vous croyez ?

— Cela ne fait aucun doute.

— Si vous dites vrai, c'est parfaitement déplacé de sa part.

— Elle a le droit de tenter sa chance ! Vous êtes marié peut-être ?

— Non, ça ne risque pas.

— Pourquoi ça ?

— Je suis totalement réfractaire au mariage. Chacun fait ce qu'il veut, mais ce n'est pas pour moi, voilà tout.

— Je vois, cela dit comme vous ne portez pas d'alliance, je ne vois pas pourquoi cette jolie serveuse n'aurait pas le droit de vous draguer gentiment.

Je n'en crois pas mes oreilles.

— Si j'avais été seul à table, oui. Mais en l'occurrence, étant accompagnée d'une charmante jeune femme, c'est parfaitement inconvenant.

Helena se met à rire.

— Qu'ai-je dit de drôle ? demandé-je.

— Non… rien ! C'est juste que…

— Que quoi ?

— Vous parlez comme un… enfin… pas comme un homme de votre âge.

— Vous voulez dire que je parle comme un vieux ?

Elle rit de plus belle en se cachant derrière sa serviette de table.

— Au moins, je serais parvenu à vous faire rire, c'est toujours ça !

— Je veux bien l'admettre, dit-elle en reprenant ses esprits.

Elle me tend son verre pour trinquer. Je m'exécute.

— Santé ! dis-je.

— *Saude* ! dit-elle en faisant tinter son verre contre le mien.

Je porte mon verre à mes lèvres et goûte au vin blanc, fruit de la vigne d'Helena. C'est frais et fruité, comme dirait Victor, mon maître de Chai dans les Alpes, cela glisse tout seul.

— Alors… cela vous plaît ? me demande-t-elle tout en absorbant une gorgée, elle aussi.

— Oui, c'est très minéral, mais aussi très fruité, je sens presque un goût de… melon, c'est frais et très agréable.

Helena me regarde avec étonnement. Elle attend un instant avant de reprendre la parole.

— C'est tout à fait exact. Bravo pour le melon, rares sont les personnes faisant cette référence qui pourtant est…

parfaitement juste. Cette réserve de blanc possède des arômes de fruits mûrs, avec des notes de melon au nez. C'est un vin très minéral et frais, avec une saveur persistante, mais bien équilibrée. Bravo, monsieur Auster !

Helena pose son verre et croise ses mains l'une sur l'autre sur le bord de la table.

— Cela dit, vous n'avez pas répondu à ma question ! poursuit-elle en fronçant les sourcils.

Je pose mon verre et essuie mes lèvres avec ma serviette avant de passer aux choses sérieuses.

— Eh bien, cela va dépendre de la suite des événements. Avant de vous répondre, permettez-moi de vous redemander, une ultime fois, si vous n'avez pas changé d'avis concernant la vente des *Fort Pipe* à Porto ?

— Tom, je vous invite à déjeuner à cause de ce refus. Comme je vous l'ai déjà dit, vous aviez un accord avec mon père, pas avec moi. Cet accord est devenu nul et non avenu avec le décès de mon père. J'ignore ce qu'il avait en tête au moment de prendre une décision aussi farfelue, cela équivalait à mettre fin à la production de vin de Porto. Ce qui n'est pas du tout ce que j'envisage de faire maintenant que c'est moi qui suis à la tête du domaine. Donc... ma réponse reste inchangée, non, je ne vous vendrai pas mes grands fûts de chêne. C'est irrévocable.

Même si je ne me faisais guère d'illusion à ce propos, au moins maintenant je suis fixé. Helena Ribeiro ne cédera pas.

— Voilà qui clarifie les choses une fois pour toutes. Dans ce cas, je vais rester ici un petit moment, je pense. Le temps de prospecter un peu dans la région et voir si, éventuellement, une autre entreprise viticole n'aurait pas mille grands tonneaux à Porto à vendre.

Helena place sa serviette sur ses genoux et commence à piocher dans son plat.

— Je comprends.

— Vraiment ?

— Oui. Ce n'est pas parce que la situation de mon domaine a changé que je me réjouis de votre déconvenue. J'espère sincèrement que vous allez trouver ce que vous cherchez auprès d'une autre exploitation. Si je n'étais pas moi-même en plein marasme, je vous aurais volontiers donné un coup de main. J'espère que vous trouverez vos fûts auprès d'une autre exploitation. C'est tout le mal que je vous souhaite, Tom.

— Merci.

Le repas se passe dans une ambiance plus douce que ce que j'avais imaginé. Helena est souriante, à l'opposé de l'image que j'avais eue d'elle lors de notre première rencontre. Je découvre avec bonheur la *bacalhau* : de la morue cuisinée au four avec des pommes de terres en rondelles, des oignons et de l'huile d'olive, c'est vraiment délicieux. Après le café Helena me propose de marcher un peu le long du Douro, où les rives sont bordées de sentiers à cet endroit, ce qui nous permet de marcher avec le fleuve en contrebas.

Alors qu'Helena continue de me faire visiter le coin, j'éprouve une sorte de bonheur simple. Je me sens bien avec elle. C'est d'autant plus étonnant que j'avais juré que je ne me laisserai plus guider par mes émotions. Pourtant, je ne saurais me mentir à moi-même. Sa compagnie me procure une joie que je ne pensais pas recouvrer un jour auprès d'une femme. Peut-être que mon ancienne blessure est en train de se refermer. Je ressens soudain quelque chose d'étrange, je l'observe pendant qu'elle me parle de la région, et c'est comme si je la connaissais depuis toujours. Je détourne le regard d'elle quand elle se tourne vers moi, feignant de m'intéresser seulement au paysage qu'elle ne se lasse pas de me détailler. Elle aurait tôt fait de découvrir ce que je ressens en scrutant mes yeux. Il ne faut pas !

— Votre région est magnifique ! dis-je, histoire de chasser mes pensées parasites.

Elle stoppe sa marche pour se tourner vers le fleuve qu'elle semble admirer comme si c'était la première fois.

— Oui, c'est un lieu splendide. Je ne saurais m'en éloigner très longtemps.

Elle a les yeux qui se mettent à briller.

— Vous savez Tom, j'ai dû partir plusieurs années pour étudier en France.

— C'est pour ça que vous parlez si bien le français !

— C'est gentil. Je dois tout de même avoir un accent prononcé, non ?

— Très léger, et totalement différent de l'accent portugais que j'ai déjà entendu par ailleurs. On a presque l'impression que vous êtes anglaise ou irlandaise !

Elle semble étonnée, pourtant je ne dis que la stricte vérité. La première fois qu'elle m'a parlé en français, j'ai cru qu'elle n'était pas d'origine portugaise.

— Vous êtes née ici ?

Elle me fixe comme si je venais de dire une énormité.

— Oui. Pourquoi cette question ?

— À cause de votre attachement pour cette région. J'aimerais beaucoup ressentir cela, moi aussi.

J'ai piqué sa curiosité. Elle plante son regard dans le mien, je m'attends à ce qu'elle me demande pourquoi, mais non, elle garde le silence.

— Je suis né à Reims, ce qui est la conséquence directe de l'exploitation viticole de mes parents. Les champagnes Auster sont fabriqués dans la Marne, et notre domaine est situé à Reims, ce qui explique mon lieu de naissance.

— Et vous n'avez pas d'attachement pour votre région natale ? demande Helena.

Comment expliquer mon désintérêt pour ce lieu sans entrer dans les détails et révéler mon histoire familiale ?

— Non, je ne m'attache pas aux lieux de mon enfance, c'est ainsi.

— Il doit bien y avoir une raison. C'est étonnant, d'autant que tout ce qui touche votre famille vous ramène dans la région champenoise, non ?

J'opine de la tête.

— C'est vrai. Ceci expliquant peut-être cela.

Elle me regarde comme si elle avait tout compris. C'est déstabilisant. Il faut vite que je change de sujet. J'en ai un tout prêt, j'attendais juste le bon moment pour le sortir de mon chapeau.

— Helena, vous avez dit tout à l'heure quelque chose qui m'a… interpellé.

— Ah bon ?

— Oui. Vous avez dit que vous étiez, je vous cite : « *en plein marasme* ». Si cela n'est pas trop indiscret, j'aimerais bien en savoir un peu plus…

Helena baisse la tête. Peut-être que je n'aurais pas dû aborder ce sujet. On dirait qu'elle vient de se fermer à la conversation. Elle regarde ses chaussures. Puis, contre toute attente, elle relève ses cheveux en arrière et me fixe.

— Cela vous intéresse vraiment ?

— Bien sûr, je ne vous aurais pas posé la question sinon.

Elle reprend sa marche en avant, je suis à ses côtés, mais je ne suis plus focalisé sur le paysage. Je suis touché par ce qui préoccupe Helena. C'est étrange, d'autant que je viens à peine de faire sa connaissance. J'ai envie d'en savoir plus concernant ses soucis. On ne sait jamais, peut-être pourrais-je faire quelque chose pour l'aider ?

— Très bien. En fait, c'est très simple, mon père m'a laissé un domaine qui est à l'agonie…

Elle a les yeux qui se mettent à trembler. Elle n'arrive pas à soutenir mon regard qui, pourtant, se veut compatissant.

Nous restons silencieux un moment. Comme si je ne devais pas rompre l'aveu qu'elle vient de faire. Qui est au courant ? J'aimerais bien le savoir. Peut-être est-elle la seule à savoir ? Non. Son comptable est forcément dans la confidence. Je l'ai croisé lors de ma première visite au domaine. Un gars solide, à première vue. Il est forcément au courant.

Nous continuons notre progression sur le sentier.

En contrebas, le fleuve charrie des tonnes d'eau vive. Le bruit est puissant, fort, mais il me procure pourtant une sorte d'apaisement. C'est étrange, paradoxal, mais c'est ainsi.

Nous n'avons toujours pas repris le cours de notre conversation. Helena reste coite, alors je n'ose pas rompre son silence.

J'aperçois soudain à une cinquantaine de mètres un gros rocher dont le dessus est pratiquement plat. Cela me donne une idée.

— Vous voulez bien qu'on fasse une petite pause ? Regardez là-bas, il y a un banc naturel, si on s'asseyait ?

Elle me lance un regard amical. C'est bien la première fois. Elle me donne son accord en opinant de la tête. Je remarque toutefois une certaine tristesse dans ses yeux. J'ai une envie folle de la prendre dans mes bras. Elle pourrait s'y blottir et se laisser aller. Je suis sûr que cela lui ferait du bien. Mais, c'est impossible. Je ne la connais pas assez pour cela. Ce n'est même pas une amie. D'ailleurs, même avec une amie, je ne pense pas que je me comporterais de la sorte. Il faut une certaine intimité pour agir ainsi. Alors pourquoi cette irrésistible envie ?

Nous arrivons face au rocher et Helena se hisse à la force des bras pour prendre place sur la surface lisse chauffée par le soleil.

— Vous avez besoin d'aide ? me demande-t-elle en me tendant la main.

En plus d'être jolie et mystérieuse, elle est drôle. Alors je joue le jeu.

— Volontiers !

J'attrape sa main et elle me tire vers le sommet du rocher. Je fais semblant d'avoir du mal à grimper jusqu'au socle rocheux. Je bats des pieds comme si j'étais maladroit et, ce faisant, je réussis à lui décrocher un léger sourire. Elle me tire de toutes ses forces et je parviens à m'asseoir à ses côtés. Je fais mine de reprendre mon souffle. Elle se tourne vers moi, mais comme je fais une grimace magnifique, montrant que cette montée spectaculaire m'a épuisé, elle détourne la tête pour rire sans que je puisse la voir. Je la trouve magnifique. C'est ennuyeux. Oui, je sais. On pourrait penser qu'il n'y a rien de fâcheux à trouver une femme magnifique. Encore plus quand on a la chance de la faire rire. Quand on parvient à lui faire oublier, l'espace d'un instant, un peu de ses tourments, ou même de sa peine. Sauf que… non… je ne dois pas. Je me l'étais promis. Il n'est pas question de tomber amoureux. C'est inacceptable…

Nous sommes là, tous les deux, assis sur notre banc de pierre improvisé, à regarder le fleuve Douro qui brille de mille feux. Des reflets d'or scintillent à sa surface. C'est magnifique !

— Vous voulez vraiment savoir ? Je veux dire, est-ce que cela vous intéresse vraiment de connaître ce qui est en train d'arriver à mon domaine, Tom ?

Elle a le don de passer d'un état d'esprit à un autre en un claquement de doigts, c'en est perturbant.

— Oui, dis-je.

J'ai le sentiment qu'elle a besoin de vider son sac. Et puis, j'ai vraiment envie de savoir ce qui se passe avec son exploitation.

— Hier, en fin d'après-midi, j'ai eu un rendez-vous téléphonique avec la banque… m'avoue-t-elle, comme si elle avait commis une faute.

— Et ?

Elle se réfugie vers le fleuve, une fois encore. Son regard fixe le mouvement de l'eau. Il y a une petite brise qui vient fouetter son visage et qui fait virevolter une mèche de ses cheveux.

— Et c'est encore pire que tout ce que j'avais envisagé, lâche-t-elle en tentant de réprimer son désarroi qui n'est pas loin de lui offrir à nouveau quelques larmes.

— Qu'est-ce que vous voulez dire ?

— C'est terminé ! Tout est fichu…

Nous y sommes. Elle se met à pleurer. D'abord doucement, puis son corps, secoué de spasmes, rend les armes. Elle ne parvient plus à contenir les sanglots qui sortent aussi puissamment que le courant du fleuve Douro en contrebas. Je ne devrais pas, mais c'est comme si ma main se trouvait soudain animée d'un mouvement autonome, sans que je puisse l'arrêter… elle attrape doucement l'épaule d'Helena qui ne résiste pas. Elle vient se blottir contre mon épaule et laisse sa peine se déverser en un torrent de larmes.

Je la laisse pleurer autant qu'elle en a besoin, en vérité seulement quelques minutes. Les sanglots s'espacent et les larmes cessent. Seuls ses yeux mouillés témoignent encore de la tristesse que son corps vient d'évacuer. Sa respiration ralentit, elle a maintenant les yeux fermés et j'ai presque peur qu'elle s'endorme ainsi, lovée dans mes bras. Pourtant, c'est un sentiment délicieux qui me chauffe la poitrine. J'ai un peu honte, je dois bien l'avouer. Je réconforte une jeune femme malheureuse et j'en suis… presque heureux. Il y a quelque chose qui cloche dans ces deux sentiments antagonistes. Je ne peux décemment pas me réjouir de la peine qu'Helena ressent. Et pourtant… cela me plaît d'être là, une épaule sur qui elle peut compter. Ai-je le droit de ressentir cela ? Je n'ai pas le temps de pousser plus loin mes élucubrations qu'elle se détache de moi comme un souffle de vent léger.

— Pardon ! dit-elle en essuyant ses yeux humides d'un simple revers de main.

— Il n'y a rien à vous pardonner, Helena. Je suis heureux d'avoir été là pour vous… je veux dire pour vous soutenir. Et, si cela n'est pas trop difficile pour vous, j'aimerais bien en savoir davantage. Quelles sont les difficultés du domaine ?

Elle prend une grande inspiration. Peut-être suis-je trop indiscret, mais je me dis que, maintenant qu'elle a commencé à s'ouvrir à moi et à me conter ses soucis, il serait dommage d'en rester là, parce que j'ai une petite idée derrière la tête, mais il faut que j'en sache plus.

— Cela fait plusieurs années que le domaine n'est plus rentable. Le banquier m'a expliqué que mon père avait, et cela à plusieurs reprises, contracté des prêts pour renflouer le manque à gagner qui n'a cessé d'augmenter depuis plusieurs années. La banque lui avait accordé des prêts à des taux indécents. Au lieu de changer de cap, de créer un complexe hôtelier avec restaurant et dégustation des crus issus du domaine, comme je lui avais suggéré depuis longtemps, il a préféré s'entêter dans ses idées d'un autre temps et… le domaine n'a fait qu'essuyer des revenus de plus en plus maigres. Si vous ajoutez à cela, le fait qu'il n'a jamais voulu vendre à l'exportation, vous aurez vite compris dans quel état il m'a laissé la *Quinta de Dona Otilia*. Vous savez que c'était le nom de ma grand-mère ?

— Je crois me souvenir que vous me l'aviez dit.

— Ah bon ? Eh bien, la pauvre se retournerait dans sa tombe si elle voyait ce que mon père a fait de l'exploitation qui porte son nom. Un vrai désastre. L'illustration de l'entêtement d'une tête de mule qui n'a jamais voulu m'écouter. Je comprends à présent pourquoi mon frère a préféré récupérer la villa de vacances en guise d'héritage. Voilà une part qui ne lui posera pas de problème. J'ai été stupide et naïve. Maintenant, je vais payer le prix fort et je vais devoir…

Elle s'arrête soudain. Je devine ce qu'elle allait dire.

— Qu'est-ce que la banque vous a dit exactement ? demandé-je, avant qu'elle ne craque complètement.

— Cela vous intéresse vraiment ?

— Oui.

— Eh bien, je n'ai pas trente-six solutions. Soit je cède le domaine à la banque qui me verse une somme ridicule en contrepartie. Ainsi la dette des prêts est épongée et je ne dois plus rien, mais… je perds tout.

— Je vois. Et l'autre solution ?

J'aperçois deux grandes rides qui viennent zébrer son front. Elle fronce les sourcils de façon prononcée.

— J'accepte l'offre d'un autre domaine qui rachète la dette et prend la majorité des parts de mon exploitation. Autrement dit, je ne suis plus la patronne, mais une employée qui n'aurait plus son mot à dire et qui devrait accepter les directives venant de quelqu'un d'autre.

— Vous avez eu des propositions ?

— Oui. Ce n'est pas une surprise. Dès qu'une personne

est à terre, les vautours commencent leur danse macabre dans le ciel. Il y en a deux qui ont fait une offre sérieuse. Le banquier prétend que ce sont des propositions honnêtes et que je devrais y réfléchir.

— Il a dit ça ?

— Oui. Le conseiller m'a dit que ce serait une erreur de rejeter ces deux propositions sans y jeter un œil. Mais, il est hors de question que je m'abaisse à accepter de ne plus diriger mon domaine, c'est tout réfléchi ! Je préférerais encore tout céder à la banque plutôt que de devenir une simple employée au service d'un patron.

Helena a les yeux qui lancent des éclairs. Cette colère ne me semble pas être seulement ressentie envers la banque, voire même contre un hypothétique repreneur de son domaine, c'est plus profond que cela. Elle en veut évidemment à son père. Un père qui n'a apparemment jamais voulu d'elle au sein de son entreprise. Je me demande alors ce qui aurait pu advenir si ses idées avaient été proposées par son frère ? Peut-être son père aurait-il accepté de les étudier sérieusement, et les choses auraient tourné différemment. Mais, avec des si…

— De combien de temps disposez-vous pour prendre votre décision ?

— Deux semaines. Pas un jour de plus. D'ailleurs, je me dis que je suis injuste avec vous, Tom.

— Pourquoi cela ?

— Parce que si je ne peux pas garder mon domaine, je devrais… vous vendre les 1000 tonneaux.

Elle me regarde et ses yeux brillent. Je ne veux pas la voir pleurer à nouveau. Il faut que je désamorce la situation, tout de suite.

— Vous savez ce qu'on dit : tant que le gong n'a pas

retenti, le match n'est pas fini.

— Vous parlez de boxe ?

— Oui. La vie est un combat… parfois. Je pratique ce sport et cela m'aide aussi dans la vie de tous les jours.

— Vous voulez dire que vous vous battez souvent ?

J'éclate de rire avant de répondre.

— Non, c'est une image. Je veux dire que ce qui est vrai pour ce sport de combat l'est aussi pour tout ce qui concerne la vie.

Elle semble rassurée. Ce n'est certainement pas le genre de femme qui pourrait apprécier un homme bagarreur.

— C'est étrange… me dit-elle dans un souffle à peine audible.

— Quoi donc ?

— Vous ne vous réjouissez pas de pouvoir éventuellement obtenir ce que vous êtes venu chercher ici.

— Helena, comment pourrais-je me réjouir de vous voir aussi atteinte par ce qui arrive à votre domaine ? Maintenant que je connais la situation, ce n'est plus la même chose. Il n'est pas question d'en profiter. Je comprends votre réticence à me céder vos tonneaux à Porto. Et puis surtout…

Elle me regarde avec ses yeux humides. Des yeux magnifiques.

— Quoi ?

— Eh bien, c'est difficile à expliquer, parce que nous ne nous connaissons pas depuis bien longtemps, mais… je déteste vous voir pleurer !

— …

— Je crois même que je préfère quand vous êtes en colère. Comme quand vous étiez furieuse après moi quand vous avez appris les raisons de ma venue chez vous.

Je sens son parfum suave qui vient chatouiller mes narines, je ne sais pas ce que c'est, mais je sais que, dorénavant, je le reconnaîtrai entre mille.

— Merci, murmure-t-elle.

Un souffle de vent vient soulever quelques mèches brunes qui lui couvrent les yeux. Je sais que c'est un peu cavalier, mais j'agis d'instinct, sans vraiment réfléchir, et ma main écarte sa mèche rebelle.

Elle ferme les yeux.

J'approche mes lèvres des siennes.

Je sens son souffle.

Je dépose le plus léger des baisers sur ses lèvres.

Ses épaules se relâchent.

J'ai le sentiment qu'un arc électrique me frappe le haut du crâne. Je ressens quelque chose que je n'ai jamais ressenti encore avec personne. C'est comme si une symbiose avait lieu entre elle et moi. Alors que notre baiser devient plus intime, j'éprouve un sentiment de plénitude, quelque chose d'inimaginable pour moi.

Tout à coup, une pression sur ma poitrine m'extrait de ce bonheur fugace.

Helena vient de me repousser en arrière avec ses mains.

— Non ! proteste-t-elle en se couvrant le visage des deux mains.

— Pardon ! Je n'aurais pas dû. Excusez-moi !

Elle essuie les larmes qui descendent le long de ses joues d'un revers de main, avant de fixer ses chaussures.

— Non, ce n'est pas vous. C'est moi, s'excuse-t-elle. Je… je vais vous raccompagner à votre hôtel. S'il vous plaît, partons !

— D'accord.

Pendant le chemin qui nous amène à sa voiture, je ne trouve pas le courage de reprendre notre dialogue. Je me suis montré trop avenant, et c'est tout ce que je ne souhaitais pas.

Je ne vais pas me mentir, je suis attiré par Helena, c'est un fait… et c'est arrivé dès que je l'ai vue pour la première fois.

Mais, je sais aussi que je ne dois pas laisser mes sentiments prendre le dessus.

Cela m'a déjà coûté cher.

On doit apprendre de ses erreurs.

14

HELENA

Vallée du Douro

15 avril

14H45

PORTUGAL

J'ai commis une erreur.

C'est inacceptable.

En aucune circonstance, je ne dois me laisser aller.

En même temps, je ne peux pas en vouloir à Tom. C'est entièrement ma faute. Je me suis ouverte, et j'ai failli m'en mordre les doigts. En lui racontant les détails sordides de ma situation, de mon histoire personnelle, je me suis laissée aller à un moment de faiblesse, et... il s'est introduit dans la brèche, aussitôt.

Je dois être forte et ne pas laisser paraître ma détresse.

Il n'est pas question d'avoir besoin de quelqu'un pour me soutenir, encore moins d'un homme, ce serait un aveu de faiblesse. Et puis, surtout pas… Tom.

Résister.

Je dois résister, être forte.

Je dois me battre, encore.

*

Tom se racle la gorge. C'est un moyen subtil de m'extraire de mon monde intérieur alors que je le ramène vers son hôtel, les yeux rivés sur la route, et le pilotage automatique enclenché. Cela arrive parfois, je conduis et je suis plongée dans mes pensées. Il y a ensuite un moment où je me rends compte que je suis arrivée à destination. J'ai conduit de façon presque inconsciente. C'est perturbant, et cela arrive quand je suis en lutte avec des problèmes complexes. C'est évidemment le cas aujourd'hui.

— Écoutez, Helena, je vous présente à nouveau mes excuses… Je… J'ai cru que vous n'étiez pas opposée à ce que je vous embrasse, c'est pour cela que…

— C'est ma faute ! dis-je avec force. Je me suis laissée aller. C'était une erreur, n'en parlons plus.

Tom a l'air dépité, je le sens plus que je ne le vois puisque n'ayant pas même tourné la tête dans sa direction.

— Une erreur ?

Que puis-je lui répondre afin qu'il comprenne ? Il ne me connaît pas, il ne sait rien de moi et de ma vie. Comment pourrait-il envisager tout ce qu'il m'a fallu endurer pour en arriver là où j'en suis aujourd'hui ? Lui, Tom Auster, n'a sans doute jamais eu à lutter pour gagner sa place dans la hiérarchie familiale. Il dispose même de sa propre distillerie, alors que sa famille produit du champagne depuis des générations. Un caprice ? Assurément. Quand on a toujours obtenu tout ce que l'on désirait au sein de sa famille, on ne peut même pas imaginer le combat que j'ai dû mener toute ma vie.

— Oui.

Il passe sa main dans ses cheveux et son regard s'est assombri.

— Je suis navré de voir que vous considérez notre... notre rapprochement de cette façon. Je n'ai pas voulu vous offenser ou même vous manquer de respect, soyez-en sûre.

Je quitte la route des yeux un moment. Il faut qu'il comprenne que le problème ne vient pas de lui.

— Vous faites fausse route, Tom. Vous m'avez mal comprise. L'erreur ne venait pas de vous, mais de moi !

— ...

— Vous n'y êtes pour rien. C'est moi, ajouté-je.

Nous restons silencieux pendant tout le reste du trajet. Je vois bien que je l'ai blessé, mais c'est ainsi. Je ne peux pas me permettre de... me *rapprocher* de lui, comme il l'a si bien dit tout à l'heure.

Alors que nous approchons de l'entrée de son hôtel, il pose sa main sur mon poignet. Je ressens une décharge électrique qui me paralyse, cela provoque en moi une bouffée de chaleur qui va me submerger, aussi je retire mon bras de son étreinte.

— Pouvez-vous juste vous arrêter ici, s'il vous plaît ?

— Ici ?

— Oui. J'ai quelque chose à vous demander avant que vous ne me déposiez devant le porche de l'hôtel.

Je stoppe la Cox et serre le frein à main. Je coupe le

moteur.

— Très bien. Je vous écoute.

Il tire à nouveau ses cheveux en arrière et inspire un grand coup, comme s'il avait besoin de se donner du courage.

— Avant que je ne vous laisse définitivement, j'aimerais beaucoup…

Il hésite. Qu'est-ce qu'il peut bien avoir en tête ? Il ne va pas une dernière fois tenter de me forcer à lui vendre mes tonneaux tout de même !

— Helena, j'aimerais beaucoup que vous me fassiez visiter votre domaine, dit-il avec un éclat dans ses yeux qui me bouleverse.

Voilà bien une idée inattendue. Je n'avais pas envisagé ce genre de requête. Puisque je refuse de conclure le marché qu'il avait passé avec mon père, je ne vois pas ce qu'il peut en avoir à faire du domaine.

— Comment ça ?

— Eh bien, tout ce que vous m'avez dit sur votre domaine a piqué ma curiosité. J'aimerais bien voir à quoi ressemble votre exploitation. Allez… S'il vous plaît ! Nous pouvons faire cela demain après-midi, qu'en pensez-vous ?

— …

— Après ça, nous serons quittes et vous n'entendrez plus jamais parler de moi, m'annonce-t-il en faisant les yeux du chat potté dans Shrek.

Après tout, c'est peut-être une bonne idée. Cela me donnera l'occasion de parcourir une dernière fois mes vignes avant qu'elles ne m'appartiennent plus.

— C'est bon. Vous avez gagné. Rendez-vous demain au domaine. Disons… 14h devant l'entrée. Cela vous va ?

Il sourit tellement que je peux voir ses dents blanches

réfracter les rayons solaires.

— Je peux vous déposer devant l'hôtel, à présent ? demandé-je, en tentant de dissimuler le trouble qui me gagne.

— Non. C'est inutile. Je vais marcher un peu. Merci, dit-il en ouvrant la portière. Alors… à demain !

Il s'éloigne sans se retourner.

Il n'a même pas essayé de m'embrasser.

Je ne suis pas très sûre d'être aussi satisfaite que ça. Il a bien compris les limites que j'ai édictées.

Je devrais être satisfaite.

Mais non.

Je peux même dire que je suis presque déçue.

Je dois couver quelque chose.

Je soupire avant de faire marche arrière au volant de ma vieille Cox et de reprendre la nationale en direction de mon domaine… tant qu'il m'appartient encore.

15

TOM

Vallée du Douro

16 avril

7H30

PORTUGAL

J'ai fait la grasse matinée.

Bon d'accord, il n'est que 7h30, mais, pour moi, c'est une grasse matinée.

J'ai l'habitude de me lever tous les jours à 5h00.

Enfin, sauf le dimanche. C'est journée *off*.

En général, dès le retour du printemps et jusqu'à la fin de l'été, j'ai pour habitude d'aller faire un jogging matinal. La plupart du temps, j'avale un jus d'orange et je pars courir sur les sentiers alpins.

Ici, c'est un peu différent. Cela dit, le relief est plutôt

prononcé, et la région est loin d'être un plat pays. Ce sont juste les paysages qui diffèrent. Je trottine à petites foulées pour ne rien perdre du spectacle fabuleux qui s'offre à ma vue. J'éprouve un léger regret de ne pas m'être levé plus tôt. Voir le lever du soleil entre les collines tapissées de vignes, cela doit être un spectacle magnifique. Cela me met dans un état méditatif. Mon souffle se fait plus régulier, alternant les inspirations et les expirations comme un métronome.

Le paysage environnant s'efface sans que je m'en rende compte.

Je revois mon frère.

Cela me fait mal, mais plus comme autrefois.

J'aurais tant aimé qu'il soit là, avec moi.

Cela dit, il est près de moi. Quand je pense à lui, je suis presque sûr qu'il rapplique aussitôt par l'esprit, par la pensée, par je ne sais quoi. Mais, je le sens.

C'est difficile à expliquer. Par exemple, quand j'ai mené à bien le projet qu'il chérissait tant. Quand on a mis en bouteille la première production de whisky alpin, j'ai senti sa présence. Il m'a tapé sur l'épaule. J'en mettrai ma main au feu. Et puis, j'ai reçu sa pensée : « *Bravo frangin ! Tu as réussi. Félicitations et… merci !* ». Je sais que cela semble complètement dingue et que si j'en avais parlé à Victor, mon maître de chai, il aurait certainement demandé à Lili d'appeler le docteur en expliquant que j'avais des hallucinations et que je devenais fou.

C'est au moment précis où j'arrive au sommet d'une colline et que je saute sur un petit rocher de schiste que je le sens à nouveau. Je stoppe net. Est-ce que cela vient de lui, mon frère qui n'est plus là, ou… est-ce que je me fais des films ? Je ne sais pas.

Subitement, une idée traverse mon esprit et je sais qu'elle ne va plus me quitter jusqu'à ce que je la mette à exécution.

J'ai du pain sur la planche.

Je saute de mon rocher et file dans le sens du retour. J'en ai pour un petit moment. J'ai dû courir au moins cinq kilomètres à travers les collines. J'accélère le rythme pour rentrer, prendre une douche et… faire une recherche sur *Google* afin de trouver le numéro de téléphone. Ensuite, je sais que le plus dur sera fait et que la machine se mettra en marche…

*

Le rendez-vous impromptu est fixé à 10h.

J'ai été persuasif au téléphone. C'est une de mes qualités principales.

Je n'ai pas emporté de vêtements chics, mais je sais que ce n'est pas le plus important. Et puis, c'est moi qui ai les meilleurs atouts en main. Pourquoi ? Parce que je sais déjà quels sont les arguments primordiaux pour passer la ligne d'arrivée en tête.

*

L'entretien s'est déroulé comme je l'avais prévu.

Mon interlocuteur a été sensible à mes arguments. Je peux même dire qu'il avait le sourire aux lèvres. Il sait bien que ma proposition va le tirer d'une impasse.

J'ai imposé une condition non négociable et il n'a même pas tenté de m'interroger plus avant à ce propos.

La balle est maintenant dans le camp adverse.

Je suis impatient de connaître sa réaction.

*

Je rentre à mon hôtel avant l'heure du déjeuner.

J'ai même le temps de boire un verre, un whisky japonais, au bar avant d'aller manger un morceau au restaurant dans la

133

pièce d'à côté.

Je savoure mon *Nikka Hokkaido* douze ans d'âge, installé sur un fauteuil confortable, devant la baie vitrée d'où la vue du fleuve Douro est particulièrement somptueuse. Je hume mon whisky aux reflets d'or et orangés. L'odeur est fine et onctueuse. Le goût est vif et serein dans un premier temps, libérant de subtiles saveurs d'agrumes. Puis, dans un second temps, le final est suave et long. Je lève mon verre à mon frère disparu tout en réalisant le côté incongru à souhaiter bonne santé à un mort…

Je me demande s'il aurait cautionné ce que je m'apprête à faire ici. J'aime à penser que oui. De nous deux, il a toujours été le plus impulsif, mais aussi le plus intuitif. Sans lui, la distillerie n'existerait pas, notre whisky français non plus. Probable que j'aurais travaillé dans le champagne avec mon père. Le destin est parfois déroutant. Encore faut-il voir les signes déposés sur notre chemin. Avec le temps, il faut croire que j'ai appris à observer plus attentivement.

Installé sur une table pour deux, un peu à l'écart, je commande un club-sandwich que j'avale sur le pouce. Je ressens un léger frisson en pensant à Helena. Elle va me faire visiter son domaine, mais ce n'est pas le plus important, loin de là. Je n'aurais pas imaginé ressentir à nouveau quelque chose d'aussi fort, pourtant c'est ainsi.

Alors que je termine mon déjeuner, je ne suis pas dans l'instant présent. Je pense à toutes les implications que pourrait engendrer ce que j'ai élaboré ce matin même. Je ne sais pas si j'ai bien fait ou pas, il n'y a que l'avenir qui pourra le dire. Je ressens cependant une sorte de… faute. Je ne peux en parler à personne. C'est dans ces instants que Lili me manque. Lili c'est la cuisinière qui nous prépare des petits plats succulents au domaine des Hautes Alpes, là où ma distillerie de whisky français est implantée, mais c'est aussi et surtout ma confidente. Je la connais depuis toujours, me semble-t-il. En réalité, elle a dû être engagée par mon père quand j'avais sept ou huit ans. C'était l'époque où elle travaillait au domaine viticole de Reims, là où se situe le siège des champagnes Auster. J'avoue que je ne sais pas comment j'ai fait pour l'emmener avec moi dans les Alpes. Elle avait envie de changer d'air assurément, à moins que ce ne fût que pour mes beaux yeux ? Il faudra que je lui demande un jour. J'ai bien pensé à lui téléphoner, mais… ce n'est pas la même chose.

Je chasse toutes ces pensées de mon esprit en entendant le carillon de l'horloge sonner l'heure et demie. J'ai dû rêvasser pendant longtemps, il est 13h30 ! Je pousse un juron à voix haute, puis prends le large en indiquant au serveur de bien vouloir mettre la note sur mon compte. Quel imbécile je fais ! Je ne peux pas me permettre de ne pas être à l'heure au rendez-vous fixé par Helena.

Je sors de l'hôtel et je cours en direction du parking où m'attend ma voiture de location.

Pourvu que j'arrive à l'heure !

16

HELENA

Vallée du Douro

16 avril

14H05

PORTUGAL

Tom Auster est en retard.

D'ordinaire, je ne me soucie pas de cela. Je veux dire que je ne suis pas à attendre sur le perron que mon rendez-vous arrive. Alors pourquoi suis-je plantée là comme une idiote, debout, les bras croisés, à pester intérieurement parce que mon rendez-vous a dépassé de cinq bonnes minutes l'heure fixée ?

C'est aussi ridicule que stupide.

Je devrais être dans mon bureau à régler les derniers détails avant que je ne cède la *Quinta de Dona Otilia* aux banquiers, mais non, j'attends Tom Auster comme si j'en avais quelque chose à faire…

Je regarde ma montre pour la dixième fois, au moins, depuis ces cinq dernières minutes et tout à coup, je suis prise d'une angoisse aussi soudaine qu'inattendue. Et s'il ne venait pas ? Si finalement, il avait changé d'avis ? Après tout, qu'est-ce que la visite du domaine peut bien lui apporter ?

Une vague d'anxiété vient déferler dans ma tête. Mon rythme cardiaque s'accélère et j'ai peur. Oui, j'ai peur qu'il ne vienne pas. Mon Dieu, mais que m'arrive-t-il, à la fin ? On dirait une lycéenne qui redoute que son rendez-vous lui pose un lapin. C'est complètement grotesque. *Helena, reprends-toi !*

Il est quatorze heures passées de onze minutes quand, enfin, un nuage de poussière apparaît sur le sentier qui sort de la route nationale pour rejoindre le chemin qui mène à l'entrée du domaine. Je ferme légèrement les yeux comme si cela pouvait m'aider à mieux voir le véhicule qui va sortir du brouillard de terre battue. C'est le SUV gris qu'il avait le premier jour de sa venue ici. C'est Tom !

J'essuie mes yeux d'un revers de manche puis ajuste mon corsage en tirant dessus. Cela peut m'aider à retrouver un peu de prestance. Je suis droite comme un i et les traits de mon visage se figent pour faire bonne figure, avoir une expression neutre. Même si mon esprit divague et qu'il échappe à mon contrôle ces derniers temps, au moins mon apparence n'en laissera rien paraître.

Je respire profondément alors que le 4x4 stoppe sa progression juste devant moi.

Tom sort de l'habitacle en levant la main.

— Bonjour Helena !

Il claque la portière, et approche à grands pas dans ma direction. Je ne peux m'empêcher de le détailler des pieds à la tête. Il porte un jean et une chemise avec les manches retroussées jusqu'aux avant-bras. Il s'est chaussé avec discernement, des *Timberland* beiges, juste ce qu'il faut pour aller marcher dans les sentiers du domaine. Il a une barbe naissante et ses yeux clairs sont… fascinants. J'ai une onde de chaleur qui me transperce du creux des reins jusqu'au sommet de ma tête. J'aime et je déteste ce que je ressens à cet instant. Je dois reprendre le dessus et me contrôler.

Il me tend la main pour me saluer. C'est bien, il respecte les limites que j'ai fixées hier.

— Vous êtes en retard, monsieur Auster !

Il regarde sa montre et hausse les épaules.

— D'à peine dix minutes ! Mais vous avez raison, je me suis laissé surprendre. Après déjeuner, j'ai pris un café sur la terrasse, face au Douro. Je ne sais pas si c'est le paysage, j'étais perdu dans mes pensées quand… l'horloge de l'hôtel a sonné et m'a ramené à la réalité… et à notre rendez-vous.

Je croise les bras, sans vraiment savoir pourquoi. Cela me donne un côté sévère, comme une maîtresse d'école qui serait en train de remettre un de ses élèves au pas, parce qu'il aurait fait une bêtise.

— Je vois.

— C'est vrai ? demande Tom en passant sa main dans ses cheveux.

— Oui, dis-je. J'imagine que vous pensiez à une femme ?

Un grand sourire illumine son visage.

— C'est vrai, je l'avoue. D'ailleurs, elle vous plairait beaucoup !

— J'en doute fort.

Il s'avance et me fixe sans sourciller.

— Eh bien, vous avez tort. Elle s'appelle Lili et je suis certain que, si vous la connaissiez, vous l'aimeriez beaucoup.

— Lili ? C'est un surnom, j'espère.

— En effet. Elle s'appelle Liliane, mais elle trouve que c'est un prénom d'une autre époque et que, du coup, ça la vieillit ! m'avoue-t-il en laissant échapper un petit rire espiègle.

Je préfère ne pas poursuivre cette conversation. J'ignore pourquoi, mais cela a le don de m'agacer. Et je préfère que Tom Auster ne s'en rende pas compte.

— Il y a eu de la pluie cette nuit, le sentier est détrempé pour arriver dans les vignes. De plus, certaines parties sont assez pentues. Aussi je vous propose de faire une partie du chemin en voiture jusqu'aux abords du vignoble.

Il acquiesce d'un signe de tête.

Nous montons dans ma voiture et parcourons moins de deux kilomètres avant d'arriver à l'endroit par lequel je souhaite lui faire commencer la visite. Nous sommes sur la plus haute colline du domaine qui culmine à 450 mètres de hauteur. De là, on peut voir presque toutes les vignes qui composent la *Quinta de Dona Otilia*.

Je coupe le moteur et invite Tom Auster à descendre. En posant les pieds au sol, je constate qu'il est boueux.

— Faites attention, le sol est détrempé et très glissant. La faute à l'orage de cette nuit.

Il me regarde avec étonnement.

— Il a plu cette nuit ?

— Vous n'avez pas entendu l'orage ?

— Non. Je dors avec des boules *Quies*, c'est une vieille habitude.

— Je vois. La météo prévoit un épisode orageux qui devrait durer plusieurs jours. Cette nuit, c'était le déluge. D'ailleurs, j'ai pris la précaution d'emporter un parapluie dans le coffre. J'espère que nous n'en aurons pas besoin parce que... j'ai horreur des orages.

Je ne vais pas lui raconter mon enfance, et que je suis inévitablement traumatisée par tout ce qui ressemble de près ou de loin à un orage. Les éclairs, le tonnerre... je ne supporte pas ! Je suis un peu comme un chien qui va se terrer sous le canapé quand l'orage gronde.

— Inutile de s'inquiéter pour quelque chose qui, pour l'instant, n'existe pas... vous ne croyez pas ?

Je sors un petit sac à dos du coffre et attache le parapluie à une sangle spécialement prévue à cet effet.

— Si.

Il affiche un franc sourire. Il a l'air d'apprécier quand je me range à son avis. C'est un homme comme tous les autres, sans aucun doute.

— Qu'avez-vous apporté là ? demande-t-il en pointant mon sac à dos.

— Une bouteille d'eau ! Vous allez voir que crapahuter entre les vignes en plein soleil d'avril, ça peut vous déshydrater en un rien de temps. J'ai aussi préparé des sandwichs, juste au cas où...

— Formidable ! dit-il. Je n'ai pas mangé grand-chose ce midi.

— Ce n'est pas pour tout de suite ! dis-je en fronçant les sourcils.

— Je n'aime pas quand vous faites cette tête -là ! m'avoue-t-il sans détour.

— Quelle tête ?

— Celle que vous avez à présent. On dirait que vous êtes en colère. J'ai l'impression d'avoir fait une bêtise, et que vous allez m'envoyer au coin... ou pire encore.

Cette remarque me fait rire. J'imagine le célèbre et fringant Tom Auster comme un petit garçon que la maîtresse enverrait au coin. Cette image mentale me permet de le voir plus fragile qu'il ne l'est en réalité. J'éprouve même un pincement au cœur en le voyant les larmes aux yeux, puni entre deux murs et… les mains sur la tête.

— Ah ! Je préfère ce visage-là ! déclare-t-il en fermant un poing de vainqueur. Quand vous êtes fâchée, vous plissez le front et cela alterne votre beauté naturelle.

— Ma beauté natu… Non, mais vous vous fichez de moi ?

— Pas du tout. Vous voyez, vous recommencez !

— C'est parce que vous dîtes n'importe quoi !

— Moi ?

— Oui, vous.

— Je ne vois pas ce que j'ai dit de mal.

Je soupire. Cet homme m'exaspère. Il a le don de me rendre folle. Il faut changer de sujet sous peine de terminer la visite du domaine avant même de l'avoir commencée.

Je passe mes bras à l'intérieur des sangles de mon sac. Ainsi parée, j'invite Tom Auster à me suivre.

— Suivez-moi, dis-je sur un ton qui indique que l'incident est clos et qu'il faut passer à autre chose.

Il obtempère sans broncher. Un point pour moi. *Je suis parvenu à vous clouer le bec, monsieur Auster.*

Je m'engage sur un sentier pierreux et demande à mon visiteur de faire attention où il met les pieds. On a vite fait de marcher sur un gros caillou et c'est l'entorse assurée.

Nous avançons en silence pendant une bonne dizaine de minutes. De temps en temps, je me retourne discrètement pour observer mon suiveur. Il regarde de tous côtés, comme s'il avait une caméra à la place des yeux. Il observe et, sans doute, tire quelques conclusions. Après tout, c'est un professionnel du secteur. Sa famille possède l'un des vignobles parmi les plus célèbres de France, reconnus dans le monde entier.

Il vient de stopper sa marche entre les vignes et je le vois s'accroupir.

Je reviens sur mes pas pour me porter à sa hauteur.

— Qu'êtes-vous en train de faire, Tom ? demandé-je, en me gardant de m'accroupir à mon tour.

Il attrape quelques feuilles de vigne et en arrache quelques-unes.

Il se redresse et sépare les feuilles les unes des autres.

— Helena, il y a un problème avec ces vignes ! annonce-t-il en approchant les feuilles de notre champ de vision.

— Quoi ?

— Regardez ! Il y a des taches huileuses et jaunâtres sur la plupart des feuilles. Vous savez ce que cela signifie ?

Je lui arrache presque les feuilles des mains pour un examen approfondi et ce que je découvre me glace le sang.

— Votre vigne est malade, Helena ! C'est le mildiou.

J'élève mon regard à hauteur du sien. Il a l'air désolé. Pas autant que moi.

— Mais… c'est impossible ! Nous ne sommes pas en juin, nous n'avons pas encore protégé les vignes.

— Cette année est très particulière. Il y a d'abord le réchauffement climatique, mais c'est surtout l'alternance de pluie et de soleil qui amène ce problème. Quel temps a-t-il fait ces dernières semaines par ici ?

Je passe mon pouce sur les taches brunes, comme si cela

avait le pouvoir d'effacer le problème.

— Il y a eu beaucoup de pluie ces dernières semaines, d'ailleurs ce fut encore le cas cette nuit. Regardez le ciel ! Il se couvre de plus en plus. Comme je vous l'ai dit tout à l'heure, cela pourrait très bien tourner à l'orage d'ici peu.

— Et après les pluies ?

— Il a fait très chaud avec un grand soleil, c'est vrai.

— Ne cherchez pas plus loin, dit-il en s'éloignant de près de dix mètres.

Il arrache d'autres feuilles.

— C'est pareil partout, j'en ai peur ! dit-il. Il va falloir traiter de toute urgence.

Je le rejoins d'une pas rapide. Arrivée près de lui, j'ai envie de pleurer, mais je parviens à me contenir.

— Je ne suis même pas sûr que nous disposions du stock suffisant pour traiter le domaine, en tout cas pour les jeunes vignes. Pour les plus anciennes, j'ai bon espoir que leur capacité de résistance les préservera de cette attaque.

Tom Auster range les trois feuilles malades dans la poche arrière de son jean. J'ai les yeux rivés sur ses fesses. Je détourne vite le regard avant qu'il ne s'en aperçoive. C'est totalement inapproprié. Comment puis-je avoir un tel comportement dans un moment comme celui-là ?

— Qu'est-ce que vous utilisez comme fongicide ? me demande-t-il.

— Je ne sais pas. J'imagine que mon père utilisait du soufre. Pour ma part, j'avais dans l'idée de changer tout le domaine pour le transformer en une exploitation totalement bio.

— Bio ?

— Oui.

— Vous avez raison. Il y a des produits naturels contre cette maladie.

— Je sais. Le bicarbonate par exemple.

— Oui, mais vous pouvez aussi utiliser le lait.

— Le lait ?

— Tout à fait. Dilué dans une grande quantité d'eau, c'est très efficace ! Cela dit, si vous avez un stock de soufre, cela fera parfaitement l'affaire.

— Pardon ?

— Vous ne saviez pas ? Le soufre est reconnu comme traitement biologique. Je suis bien placé pour le savoir, croyez-moi ! Avant de quitter le vignoble familial, c'est moi qui m'occupais de ce genre de problème au domaine. Le soufre est réglementé et accepté dans le cadre d'un traitement naturel et biologique.

Je n'en reviens pas. Moi qui croyais que c'était tout le contraire, pour moi c'est un produit qui est tout sauf naturel.

— Vous en êtes sûr ?

— Je vous assure. J'ai dû moi aussi faire face à l'oïdium, mais aussi le mildiou qui est tout aussi problématique.

Je le regarde avec un peu d'espoir qui vient montrer le bout de son nez.

— Il y a un stock important de soufre au domaine. Nous pourrons peut-être sauver ce pan de jeunes vignes.

— J'en suis certain. Il n'est pas trop tard. Si vous voulez un coup de main, je…

— Non merci. Les gens du domaine pourront très bien s'en occuper.

— Bon.

Je reprends ma marche vers le sommet de la colline.

Pourquoi faut-il que je sois si cinglante avec lui? Après tout, il n'a fait que me proposer son aide. Et puis, c'est lui qui vient de découvrir la maladie qui s'empare de ma vigne. Je sais que je devrais agir autrement, que j'aurais dû le remercier plutôt que le rembarrer dès lors qu'il m'apporte son soutien. Mais si je fais ça… je vais me perdre, je le sais. C'est déjà arrivé et cela n'arrivera plus jamais. Jamais.

Après une montée de cinq bonnes minutes, j'ai le souffle court. J'ai pressé le pas pour ne pas avoir à lui parler. C'est idiot, mais je me sens mal. Je ne fais aucun effort pour être agréable, alors que lui…

— Dites donc Helena, ça grimpe pas mal par ici. Votre domaine ressemble plus à celui que je dirige dans les Hautes Alpes qu'à celui de mes parents près de Reims.

— Sauf que vous, vous produisez du whisky.

Il arrive près de moi et s'éponge le front avec le revers de sa manche.

— C'est vrai. C'est moins noble que le Champagne familial, mais c'est ma création de A à Z.

— Pourquoi ne pas avoir créé une variante de Champagne au sein même du domaine de votre famille ? demandé-je, tout en extirpant la bouteille d'eau de mon sac.

— C'est une excellente question. Pourquoi vouloir à tout prix reprendre ce domaine familial, alors que…

Il s'arrête dans son élan, mais je sais très bien ce qu'il allait dire.

— Pardonnez-moi, Helena. C'est une question indiscrète qui ne mérite pas que vous y répondiez. Je manque de tact et je vous présente mes excuses.

Je le fixe droit dans les yeux. Il est sincère. J'en suis

certaine. Je lui tends la bouteille d'eau après en avoir bu un tiers.

— Tenez !

— Merci.

Il boit trop vite et en trop grande quantité.

— Stop ! dis-je, avant qu'il n'ait vidé toute l'eau que j'ai emportée.

— Oh… désolé ! dit-il en essuyant le goulot avant de fermer le bouchon.

— Nous sommes loin du puits et vous allez encore devoir faire des efforts avant d'y parvenir. Nous pourrons remplir la bouteille à ce moment-là, mais, en attendant, je garde l'eau avec moi. Allez, on y retourne. Nous sommes presque arrivés là où je veux vous emmener.

Je reprends notre ascension et Tom Auster m'emboîte le pas. C'est bizarre, je ne sais pas pour quelle raison étrange je me sens presque heureuse tout à coup.

L'ascension a duré un bon quart d'heure. Mon visiteur est toujours à un mètre derrière moi. Je m'arrête face à la crête.

— Nous y sommes ! dis-je. C'est ici que le point de vue sur le domaine est le plus… parlant.

Il s'approche et, au lieu de contempler la vue magnifique sur le vignoble, me fixe avec un regard étrange.

— Qu'y a-t-il ?

— Rien.

Il détourne ses yeux de moi, puis admire le panorama.

— C'est le Douro que l'on voit en contrebas ? me demande-t-il, dans le but de changer de sujet, et ne pas répondre à ma question.

— Non, c'est la rivière Corgo.

— Ah bon ! Ce n'est pas le Douro ?

— Non.

Tom passe sa main sur sa bouche, il semble déçu.

— Le Douro est un peu plus au sud. La Corgo vient fusionner avec le fleuve.

— D'accord. Je croyais que votre domaine s'étendait sur les rives du Douro, c'est donc faux.

— C'est vrai que pour les touristes, on évite d'évoquer l'affluent. On laisse penser que c'est le Douro. Cela dit, la rivière Corgo fusionnant avec le Douro, c'est juste une petite manipulation de la vérité. En plus, c'est l'affaire d'un tout petit kilomètre.

— Un kilomètre ?

— Oui. Nous sommes précisément situés à un kilomètre du Douro.

— Je vois.

C'est clair qu'il a l'air déçu. Comme tous les touristes à qui l'on révèle ce petit mensonge.

— Le domaine s'étend sur encore environ cinq cents mètres vers le sud. Ce qui veut dire qu'on est à moins d'un demi-kilomètre du Douro. Ce n'est pas un gros mensonge en réalité.

Il plante son regard clair dans le mien et je me sens mal tout à coup. J'ai le cœur qui accélère et je ne peux pas contrôler la vague de chaleur qui m'envahit soudain. Pourvu qu'il ne se rende compte de rien.

Pendant l'heure qui suit, nous parcourons une partie seulement du domaine. Visiter l'ensemble de l'exploitation prendrait plusieurs jours. Tom Auster s'est montré attentif et intéressé. J'ignore toujours pourquoi il a voulu visiter le vignoble, mais j'attends un peu avant de lui poser la question.

— C'est une magnifique exploitation que vous dirigez, Helena.

— Plus pour très longtemps, j'en ai peur ! je lui réponds avec un air contrit.

— Vous avez déjà oublié ce que j'ai dit hier ? Tant que le gong n'a pas retenti, le match n'est pas terminé.

— Dans le cas présent, il ne reste plus que quelques secondes pour que la cloche sonne et mette fin au combat. Mais bon…

Il feint de ne pas avoir entendu ma réponse défaitiste. Il a peut-être raison. Je compte bien me défendre et ne pas rendre la tâche facile à ces vautours.

Je n'ai pas le temps de me projeter plus loin dans ces perspectives peu réjouissantes que Tom me ramène dans l'instant présent.

— Alors… il fait combien d'hectares ce domaine en définitive ?

— 65 hectares.

Tom ouvre de grands yeux. Il a l'air étonné.

— Oh ! C'est une jolie surface d'exploitation.

— C'est vrai.

— Et comment est-il réparti ?

— **Eh bien,** les 65 hectares de vignobles de *Quinta da dona Otilia* sont plantés sur des pentes de sol schisteux, orientées sud et ouest, à des altitudes comprises entre 50 et 450 mètres.

— Je vois. Et la répartition des vignes ?

— 55 hectares sont constitués de vignes plantées dans les années 1990, pour la plupart disposées en niveaux de barde, à double corde et une seule variété par parcelle.

— D'accord. Si j'ai bien compté, il en manque dix. Des cépages plus anciens ?

— C'est ça. Les dix hectares restants sont constitués de très vieilles vignes, plantées entre les années 1920 et 1950. C'est un peu l'âme du domaine. C'est avec ces plants que nous fabriquons notre vin de Porto.

— C'est très impressionnant.

— Vous trouvez ?

— Je n'ai pas l'habitude de dire ce que je ne pense pas, Helena.

Un point pour lui.

— Est-ce que vous produisez du *vinho verde* ? demande-t-il.

— Oui. Depuis quelques années, c'est devenu un incontournable. Même si mon père n'a pas voulu produire en grande quantité. Ce qui, pour moi, est une énorme erreur. Avec le Porto, le vinho verde est ce qui s'exporte le mieux.

— C'est aussi ce que j'ai constaté, poursuit Tom.

— Mon père était une tête de mule et le domaine a payé le prix de son obstination.

Pour la suite de notre visite, il faut retourner prendre la voiture. Je veux lui montrer ce qui aurait dû être le renouvellement du domaine. Et qui, malheureusement, n'est resté qu'un projet avorté.

Le temps du trajet et nous voilà arrivés. Je ne dis rien pour qu'il puisse constater de lui-même l'étendue du gâchis. Il ne peut pas le manquer, c'est là, face à nous : un coup d'arrêt dans un projet qui aurait pu faire de notre domaine le plus fantastique de toute la région.

— Qu'est-ce que c'est que ça, Helena ? me demande Tom.

— C'est l'illustration de notre échec familial.

— Je ne comprends pas. On dirait la structure d'une sorte d'édifice inachevé.

Je sens une larme qui glisse sur ma joue. Après tout, pourquoi ne pas tout lui raconter, cela ne lui sera d'aucune utilité, mais ne dit-on pas que lâcher un peu de son malheur réduit le poids que l'on porte sur ses épaules ?

— Cela aurait dû être un complexe unique pour l'époque. Une cave avec toute la technologie moderne. Quelque chose de fabuleux aurait dû naître ici même. Mais voilà…

Tom ne dit rien. J'ai l'impression qu'il partage ma peine.

— J'avais réussi à convaincre ma mère qu'il fallait révolutionner notre domaine. C'était il y a de nombreuses années, avant que je ne parte étudier en France.

— Alors votre père avait accepté votre idée ?

— Non. Cela aurait été impossible. De toute sa vie, mon père n'a jamais daigné m'écouter, et encore moins suivre une de mes idées.

— Alors pourquoi cette construction inachevée ?

— J'ai soufflé ce projet à ma mère. C'est elle qui a imposé cela à mon père. Et puis… elle est tombée malade. Cela a été très rapide. Quand elle est morte, mon père a décidé de ne pas poursuivre le projet. Pour lui, en plus de représenter des dépenses inutiles, cela ne rimait à rien. Ma mère était la seule qui pouvait faire vivre ce rêve que j'avais eu. C'est après cet affront envers la mémoire de ma mère que j'ai décidé de partir.

J'ai le regard fixé sur l'ouvrage inachevé. Je ne parviens

même plus à visualiser ce qui n'existe que dans mon imagination. Au lieu de cela, ne subsiste qu'une immense tristesse. Un bloc immense de béton et d'armatures d'acier qui aurait pu être le renouveau du domaine.

Quand j'étais adolescente, je me suis souvent demandé ce que j'avais bien pu faire pour mériter tout ça, c'est-à-dire le manque d'attention de la part de mon père. Le fait qu'il se soit toujours évertué à faire le contraire de ce que je pouvais proposer. Oh bien sûr, certains pourraient objecter que j'ai toujours eu un toit sur la tête et à manger dans mon assiette. On peut aussi ajouter des vêtements sur le dos, la possibilité d'aller à l'école, bref tout ce qu'une partie des enfants les plus malheureux qui vivent sur cette planète n'ont pas, eux. Alors… ai-je le droit de me plaindre ? Qu'est-ce qui m'a manqué en définitive ? Un père aimant ? Même pas, parce que je pense que mon père, à sa façon, m'a aimée. Cette façon de voir la place des femmes dans la société, voilà ce qui a causé notre perte au sein de cette famille. Et voilà pourquoi je ne laisserai pas la moindre place pour un homme dans ma vie. Aimer c'est se soumettre, et pour moi… c'est inacceptable.

17

TOM

Vallée du Douro

16 avril

18H30

PORTUGAL

Je n'ai pas vu le temps passer.

Helena m'a fait une visite détaillée de tout le domaine.

J'ai pu apprécier toute la diversité des vignes, de la fabrication et de la mise en bouteille des vins différents de l'exploitation viticole.

Il y a bien quelques soucis qu'il faudra traiter sur les jeunes plants, mais ce n'est qu'un détail. Le domaine a un fort potentiel d'évolution. Le seul frein à son expansion s'est éteint en même temps que le père d'Helena. Cette dernière a les idées, le sens créatif et la poigne qu'il faut pour remettre à flot le domaine et l'emmener vers de plus hautes sphères.

De mon côté, ce n'est en aucun cas un acte de philanthropie qui m'anime, mais bien un investissement sur du moyen terme. Ce domaine me plaît. J'ai envie de le faire renaître de ses cendres, et j'y trouverai mon compte, j'en suis persuadé. C'est un nouveau défi et j'espère qu'Helena acceptera la proposition que lui fera la banque.

Cette fille est un sacré bout de femme. Elle a un tempérament comme j'en ai rarement vu, y compris parmi mes collaborateurs. Elle s'entendrait très bien avec Victor, mon maître de chai. Lui aussi est un roc. « Les problèmes ne sont que des évènements en attente d'une solution adéquate » a-t-il coutume de dire sans cesse. Ma distillerie alpine n'aurait pas vu le jour sans lui. Il faut dire que nous n'avons pas été épargnés par tout un tas d'ennuis qui n'ont pas manqué de se présenter à nous depuis que nous avons posé la première brique. Seul, je ne suis pas certain que j'aurais eu le courage et l'énergie pour faire face. Oui, mais voilà, j'ai Victor et Lili. Ces deux-là m'élèvent toujours plus haut que l'altitude de croisière. Porté par leur positivité et leurs encouragements incessants, je me dépasse constamment.

J'aimerais tellement transmettre cela à Helena.

J'ai l'intuition que cela ne va pas être de la tarte, comme dirait Lili.

J'ai aussi le sentiment qu'elle finira par y voir son intérêt.

— Vous rêvez les yeux ouverts, Tom ? dit-elle, ce qui a pour effet de me sortir de mes élucubrations.

— Pardon. J'étais en train d'imaginer ce que pourrait être votre domaine avec un peu de bonne volonté et beaucoup de travail.

Helena plante son regard dans le mien.

— C'est trop tard ! dit-elle.

J'aimerais lui dire que c'est faux. Que, si elle m'en laisse l'occasion, il y a encore une chance de sauver son exploitation ! Mais, ce n'est pas encore le moment de parler de cela. Il y a un temps pour tout et je dois être patient.

Nous poursuivons la visite avec les caves et je contemple l'agencement méthodique des cuves, des fûts et des bouteilles. Il y a une pièce gigantesque par type de vin. Le blanc, le rouge, bien sûr le Porto, et même le vinho verde. Nous ne sommes pas dans le gigantisme que je côtoyais quand je travaillais encore avec mon père dans notre domaine de Champagne, mais j'aime beaucoup le soin que j'observe partout autour de moi. Le père d'Helena n'était peut-être pas un homme facile, si j'en crois ce qu'en dit sa fille, mais il connaissait son métier.

— Je crois que nous avons fait le tour, Helena ! dis-je alors que nous nous dirigeons vers l'extérieur.

— Il y a une dernière chose que j'aimerais vous montrer avant que vous ne preniez congé, m'annonce Helena. Un petit plant de vigne…

— D'accord. Qu'a-t-il de particulier ?

— Il a été planté par ma grand-mère, Otilia Ribeiro.

— C'est d'elle que vient le nom du domaine ?

— Oui. La *Quinta de dona Otilia*.

— D'accord. Je vous suis.

— Nous devons reprendre la voiture et nous aurons à marcher un peu. Cela ne vous dérange pas, vous êtes sûr ?

— Bien sûr que non. Je n'ai rien de prévu. Je ne pars que demain.

Elle s'arrête net.

— Vous partez demain ?

— Oui. J'ai eu au téléphone un viticulteur qui réside tout près de Porto et qui peut me vendre 300 fûts de très grande taille. D'anciens *fort pipes* d'une contenance de 650 litres, comme les vôtres. Bien sûr, je suis loin des 1000 que j'étais venu chercher chez vous, mais c'est toujours mieux que rien. Mon whisky finira par vieillir dans d'anciens tonneaux à Porto !

Helena semble contrariée. Je ne comprends pas ce que j'ai dit qui pourrait avoir provoqué ce changement d'humeur. Elle n'a pas accepté de me vendre ses tonneaux, mais elle ne peut tout de même pas me reprocher d'aller en chercher ailleurs.

— Tout va bien ? je lui demande.

— Euh… oui. C'est seulement que j'ignorais que vous partiez demain.

— Eh bien, oui. En début d'après-midi, je prends la route vers Porto. Je n'ai plus rien qui me retienne ici.

— Oh…

— Quoi ?

— Non rien.

— Si, je vois bien que quelque chose cloche. Dites-moi !

En guise de réponse, elle me laisse en plan et file en direction de la vieille Volkswagen.

— Helena ! Attendez…

Je la rejoins alors qu'elle s'installe au volant de sa Cox en claquant la portière. Un court instant, j'ai peur qu'elle ne démarre en trombe en me laissant là. Heureusement, elle ne met pas le contact et je m'installe à ses côtés. Elle semble faire la tête. Comme si j'avais dit quelque chose qu'il ne fallait pas.

— Attachez votre ceinture, on y va ! ordonne-t-elle sur un ton très sec.

— Nous ne sommes pas vraiment sur la route, ce n'est

pas très utile sur les sentiers en...

Je n'ai pas le temps de finir ma phrase, elle a démarré et accéléré comme une furie. Je suis plaqué contre mon siège qui est dépourvu d'appui-têtes - fichue vieille bagnole -, ce qui a pour effet de faire partir ma tête en arrière.

— Eh ! Doucement, qu'est-ce qui vous prend d'un seul coup ? dis-je en me massant la nuque.

Mademoiselle Ribeiro n'a pas l'air encline à me répondre, je décide donc d'insister.

— Mais enfin, Helena, qu'est-ce que je vous ai fait pour vous mettre dans un état pareil ?

— Rien. Vous ne m'avez rien fait.

— Alors quelle mouche vous a piqué ?

Elle roule trop vite sur les sentiers terreux et cailouteux. Cette femme a un caractère changeant que je ne parviens pas à décrypter. C'est quand je lui ai dit que j'allais partir pour... Mais oui, c'est ça ! Elle est fâchée parce que je m'en vais. C'est sûrement ça. Mais c'est ridicule. Elle ne s'est pas laissé embrasser quand nous étions assis sur le rocher, la dernière fois. Et puis, qu'est-ce qui m'a pris à moi aussi ? Cela ne me ressemble pas. Pas du tout. Je n'ai jamais tenté d'embrasser une fille alors que je viens à peine de la rencontrer. Il faut croire que je ne suis pas dans mon état normal. C'est Helena qui a eu raison de m'éconduire. Alors pourquoi serait-elle maintenant furieuse contre moi parce que je pars demain ?

Elle reste muette jusqu'à ce que nous arrivions à la dernière partie du domaine qu'elle souhaite me montrer. Le ciel s'est assombri, tout comme l'humeur de ma guide. Un vent tourbillonnant souffle sur la terre battue alors que nous descendons de voiture.

Helena se met en route sur le sentier qui amène à la vigne primaire du lieu, celle qui a donné son nom au domaine. Elle n'a toujours pas décroché un mot et marche à vive allure. J'ai de grandes jambes, mais je dois presser le pas pour ne pas me faire distancer.

J'aperçois l'endroit recherché qui se situe un peu en amont, à environ deux-cents mètres. Les vignes sont plantées de façon méthodique et symétrique, mais elles sont très serrées ; il est quasi impossible de ramasser le raisin de façon mécanique par ici, il faut travailler à l'ancienne. Sur l'extrémité de la parcelle, il y a une cabane que certains employés utilisent pour la pause déjeuner, histoire d'avoir un peu d'ombre quand le soleil tape fort, ce qui n'est pas le cas à l'heure actuelle puisque le ciel est devenu aussi noir que de l'encre.

— C'est donc ici que la première vigne a été plantée ! dis-je pour rompre la glace.

Helena consent enfin à m'adresser un regard, c'est déjà ça, même s'il est de glace.

— Pourquoi ne m'avez-vous pas dit que vous partiez demain ? dit-elle en guise de réponse.

Je suis aussi surpris que décontenancé.

— Eh bien, je n'avais pas imaginé que c'était important… pour vous.

Elle baisse la tête, comme si je l'avais à nouveau blessée. Je ne sais décidément pas y faire avec les femmes. Je dois avoir un handicap en la matière, ou bien peut-être est-ce le cas pour tous les hommes ?

Comme elle ne dit rien, je cherche quelque chose de censé à ajouter. Je ne suis pas bien sûr de moi, mais tant pis, je me jette à l'eau.

— Est-ce que je me suis trompé ? dis-je en croisant les doigts.

— Vous ne comprenez rien ! me balance-t-elle à la figure.

— Là, je suis d'accord avec vous.

— …

Elle ne répond rien. J'ai voulu faire un peu d'humour et je me suis royalement planté. Je dois arrondir les angles si je veux rentrer vivant de cette visite.

— Il ne tient qu'à vous de m'expliquer. Quand j'ai tenté de vous embrasser hier, vous m'avez fait comprendre que… enfin que vous n'étiez pas réceptive, si vous voyez ce que je veux dire. Du coup, je me suis fait une raison. Je n'ai pas l'habitude d'importuner les femmes.

Elle me fusille du regard. C'est étrange parce que ses yeux, qui pourtant se sont voilés avec la colère qu'elle semble éprouver à mon égard, me semblent lumineux. C'est comme si j'étais irradié par ses pupilles qui m'envoient des éclairs.

— Vous n'êtes qu'un idiot ! lance-t-elle, comme une salve vengeresse.

Au même moment, un éclair zèbre le ciel qui s'est encore assombri.

Dix secondes plus tard, c'est le tonnerre qui éclate.

Helena hurle.

Je sursaute.

Elle s'accroche à moi comme si le ciel lui était tombé sur la tête.

— Hey ! Helena, ce n'est rien. C'est juste un orage et…

Je n'ai pas le temps de finir ma phrase qu'une pluie violente, portée par le vent, vient nous fouetter la figure.

Un nouvel éclair illumine le ciel.

— La cabane, là-bas, est-elle ouverte ? je lui demande en l'entourant de mon bras et l'entraînant vers la structure en bois providentielle.

Elle fait signe que oui en opinant de la tête.

— Venez ! dis-je.

Nous nous mettons à courir en direction de l'abri de fortune. Nos pieds font jaillir des gerbes d'eau à chaque fois qu'ils touchent le sol qui est maintenant détrempé. C'est presque irréel, la vitesse avec laquelle l'orage a changé le paysage environnant. Les vignes qui défilent sur les côtés, à mesure que nous courrons à grandes enjambées, n'ont plus rien de paisible, bien au contraire. Elles sont devenues diffuses, menaçantes.

Nous arrivons enfin à la porte de la cabane.

Le tonnerre éclate une nouvelle fois. Helena crie à nouveau.

J'ouvre la porte et la pousse à l'intérieur.

Aussitôt entré, je referme la lourde porte à l'aide du battant de bois qui fait office de serrure.

Je cherche un interrupteur, mais il n'y en a pas. Ce n'est pas étonnant puisqu'il n'y a pas d'électricité non plus. Alors qu'Helena reste figée, tremblante, j'aperçois ce qui doit être une lampe à huile au centre d'une petite table carrée. Par chance, j'ai toujours deux objets sur moi, qui ne me quittent jamais : un couteau suisse et un briquet. Ce dernier m'est très utile pour allumer la veilleuse d'une autre époque et apporter un minimum de clarté dans la pièce unique.

Je me tourne vers Helena qui n'a pas bougé d'un centimètre. On dirait une statue de cire, comme celles du musée Grévin, à Paris.

— Helena, ça va ?

En guise de réponse, c'est le tonnerre qui retentit une nouvelle fois dans les cieux sombres et déchaînés. Les murs de bois fins vibrent, apeurés eux aussi par les éléments en furie. Il y a quelques placards accrochés au mur, je les ouvre et ne trouve que de la vaisselle, des boîtes de conserve, quelques bouteilles de vin, mais rien qui pourrait me venir en aide. En fait, je cherche une couverture. Je continue à farfouiller partout, Helena est toujours inerte. Dans un coin du cabanon, il y a un évier, sans doute pour que les employés du domaine puissent se laver les mains après leur travail dans la vigne. Un morceau de savon et… une serviette éponge ! C'est mon jour de chance.

Je m'approche d'Helena et pose délicatement la serviette éponge sur sa chevelure trempée. Je la frictionne et tente de la rassurer alors qu'elle est prise de légers soubresauts. Je me place face à elle et termine le séchage de ses cheveux. Je vois qu'elle pleure. Un nouveau fracas dans les cieux la fait sursauter. C'est à cet instant que se produit l'impensable. Elle s'accroche à mon cou et se blottit contre moi. Je sens l'odeur de ses cheveux humide alors qu'elle repose son visage contre mon torse.

— Mes vêtements sont trempés, vous allez l'être aussi ! dis-je.

En m'entendant parler, je réalise à quel point ce que je viens de dire est stupide. En guise de réponse, Helena s'écarte de moi et déboutonne ma chemise qu'elle m'ôte tout en douceur. C'est elle qui a raison, mieux vaut rester muet et laisser faire les choses.

Je me retrouve torse nu tandis qu'Helena jette ma chemise gorgée de pluie au sol. Elle pose son visage sur ma poitrine et sa respiration s'accélère. Je sens son souffle chaud et cela provoque en moi des sensations trop longtemps contenues. Elle se hausse sur la pointe des pieds et ses lèvres se tendent vers les miennes. Elle dépose un baiser d'abord léger, et, alors que j'y réponds doucement, Helena semble prise d'une frénésie incontrôlable. Sa bouche s'empare de la mienne avec force, nos souffles et nos langues se mêlent en une multitude de baisers sensuels et puissants.

Je l'attrape par les épaules, mais j'ai du mal à nous séparer. Quand j'y parviens enfin, je dégrafe son corsage pendant qu'elle ôte son jean. Je la contemple en sous-vêtements et la trouve magnifique. Non seulement Helena a un visage d'ange, mais elle a un corps superbe et magnifiquement proportionné. Je suis en train de l'admirer, mais cela ne dure qu'un court instant puisqu'elle s'approche de moi et m'embrasse à nouveau, puis fait glisser la fermeture éclair de mon jean. De mon côté, je la déleste de ce qui lui reste de tissu sur le corps. En quelques secondes, nous nous retrouvons nus et haletants, nous étreignant avec passion.

L'orage redouble à l'extérieur, mais Helena ne l'entend même plus. Elle me pousse contre une des chaises posées autour de la table et me regarde avec ses yeux de braise, plus exactement son regard se fixe sur mon entrejambe et un sourire se dessine sur son visage. Elle arrache avec les dents la protection d'un préservatif sorti de je ne sais où, qu'elle vient ensuite dérouler sur mon sexe tendu. Elle m'embrasse à pleine bouche, puis vient s'asseoir sur moi et le jeu charnel peut commencer : l'irrésistible connexion, prise mâle et prise femelle s'emboîtant d'abord avec une infinie douceur, puis s'accélérant progressivement. Nous ne sommes plus qu'un. La symbiose est parfaite. Je ressens une intense brûlure physique, conséquence de notre étreinte charnelle, mais aussi au niveau de mon plexus solaire, ce qui est nouveau pour moi, alors je songe en me perdant dans les yeux d'Helena que c'est peut-être ça, le paradis sur Terre.

Nous faisons l'amour pendant un temps que je ne saurais définir, cela n'a plus d'importance.

Le rythme de notre union explosive s'intensifie, dictée par Helena qui, le souffle court, accélère encore un peu plus ses mouvements frénétiques, jusqu'à ce que la brûlure devienne si intense qu'elle nous consume entièrement, l'un et l'autre, quasiment en même temps. Le paroxysme de notre étreinte arrache un cri libérateur à Helena qui finit par s'écrouler dans mes bras.

Plusieurs minutes se sont écoulées.

L'orage s'est éloigné et la pluie s'est arrêtée.

Helena s'est assoupie, roulée dans une couverture qu'elle a dénichée dans un coffre collé à la fenêtre. Elle en a même extirpé un coussin. Peut-être que les ouvriers ont coutume de faire une sieste après le repas, avant d'attaquer le travail à nouveau ? Alors qu'elle est enveloppée dans sa couverture, je l'observe. Elle est très belle. Elle est recroquevillée en position fœtale, les yeux fermés, la respiration lente et régulière.

Je me rhabille avec mes vêtements encore humides, la sensation est extrêmement désagréable. Je ne sais pas vraiment si je dois réveiller Helena, bien que ce ne soit pas l'envie qui m'en manque. Et puis… j'ai faim. Je cherche quelque chose de comestible dans les placards près de l'évier. Je dois déplacer tout un tas de vieux trucs, de la vaisselle principalement, avant de tomber sur… un paquet de biscuits ! J'en extirpe un du paquet et croque dedans avec envie. Ce n'est pas si mal, même si je ne sais pas depuis combien de temps ces gâteaux secs sont là.

— L'orage est terminé ?

Helena a ouvert les yeux. Je regarde à travers la fenêtre l'horizon qui est dégagé à présent.

— Oui.

Elle se lève brusquement, son corps nu dissimulé par la couverture, à la recherche de ses vêtements disséminés un peu partout sur le sol.

— Venez, nous devons partir !

18

HELENA

Vallée du Douro

16 avril

22H00

PORTUGAL

J'ai lamentablement échoué.

Je me suis laissée dépasser par les événements.

J'ai laissé mes instincts primaires dicter ma conduite.

C'est un constat amer.

D'un autre côté, il y a quelque chose de singulier chez Tom. Il n'est pas comme tous les hommes. Je ne saurais dire exactement ce qui le différencie, mais je le sais, je le sens.

En tout cas, il n'est pas comme mon père, j'en suis sûre. Il respecte mon travail, le fait que ce soit moi qui dirige le domaine. Le fait que je sois une femme n'a pas l'air de lui poser problème, ou alors il cache bien son jeu. Je sais que dans la région, je fais dorénavant figure d'exception, je suis la seule femme à la tête d'une exploitation viticole. Quand j'étudiais en France, en Gironde, j'ai pu constater qu'il y avait un grand nombre de femmes à la tête de nombreux domaines. Voilà bien un point qui doit évoluer par ici. Je suis fière et heureuse d'être un précurseur en la matière, n'en déplaise à mon défunt père.

Cela ne me dit pas pourquoi j'ai agi de la sorte. Le fait de ne pas avoir eu la moindre relation physique depuis près d'un an y serait-il pour quelque chose ? Je me refuse à y croire. Cela n'a jamais été un problème pour moi. J'ai toujours eu besoin d'être un tant soit peu amoureuse pour pouvoir coucher avec un garçon, alors... Oh non ! Cela pourrait vouloir dire que...

Alors que j'envisage toutes les conséquences de mon instant de faiblesse, Tom Auster se racle la gorge, plus par politesse que par nécessité, j'en suis certaine.

— Hum... Est-ce que ça va, Helena ? demande-t-il.

Je quitte la route des yeux une seconde pour le regarder. C'est vrai qu'il est beau comme un Dieu, mais cela n'a aucune importance. Ce qui en a, en revanche, c'est son attitude vis-à-vis des femmes en général, et vis-à-vis de moi, en particulier.

— Non, ça ne va pas.

— Je m'en doutais un peu, si j'en juge par le fait que vous n'avez pas dit un mot depuis que nous sommes montés dans votre voiture. J'espère seulement que ce n'est pas de ma faute !

Je le fusille du regard.

— Si, ça l'est !

— Oh ! Vous m'en voyez désolé, mais... il me semble que c'est vous qui avez pris l'initiative de ce...

rapprochement, non ?

Décidément, les hommes ne comprendront jamais rien aux femmes.

— Tu le fais exprès ?

— Pardon, mais…

— Cela n'a rien à voir avec le fait que nous ayons couché ensemble ! Tu ne comprends pas ? Et puis, arrête de me vouvoyer !

Il me regarde avec des yeux étonnés. Il est clair qu'il ne voit vraiment pas ce qui me met dans un tel état. Je dois donc mettre les points sur les i.

— Je suis furieuse contre toi parce que… parce que tu t'en vas, voilà !

Tom Auster passe sa main dans ses cheveux, un signe que je parviens à interpréter maintenant que je le connais un peu. Cela veut dire qu'il est en train de cogiter.

— Tu veux que je reste ? demande-t-il.

— Tu as besoin de me le demander ?

— Je ne suis sûr de rien avec toi, Helena. Si tu veux tout savoir, j'ai toujours peur de dire ou faire le contraire de ce que tu attends de moi. Je n'ai pas l'habitude de composer avec quelqu'un d'autre… Enfin, avec quelqu'un de proche, je veux dire.

Ce garçon me désarme chaque fois. Il est d'une telle sincérité que cela me trouble. Je n'ai jamais rencontré quelqu'un comme lui. Il ne tergiverse pas avec la vérité. Il la déclare, et tant pis pour les dommages collatéraux.

Je respire à fond, pour reprendre un peu mes esprits. Je dois me calmer parce que, en définitive, Tom a raison. Il doit composer avec mes contradictions, et j'avoue qu'à sa place je ne saurais pas trop sur quel pied danser, moi non plus.

— Tu as raison ! C'est moi qui… ne tourne pas rond.

— Je n'ai pas dit ça ! rétorque-t-il.

— Je sais. C'est juste que… je suis à côté de la plaque ces derniers temps. Tout se bouscule dans ma tête. Il y a tellement de choses que je dois gérer, sans compter le fait que je vais sans doute perdre tout. Je me demande pourquoi je continue de lutter contre les événements. Je me sens un peu comme ces poissons qui doivent remonter la rivière à contre courant pour aller pondre leurs œufs, tu vois ce que je veux dire ?

— Tu parles des saumons ?

— Oui, c'est ça. Ce n'est qu'une lutte permanente, alors qu'il serait si facile de cesser de se débattre et de suivre le courant.

Voilà que je déballe mes faiblesses avec un homme. Il faut croire que je suis tombée bien bas. C'est clair, je touche le fond ! Je ne sais pas pourquoi j'agis à l'encontre de tous mes principes avec Tom. C'est étrange et inquiétant, parce qu'il ne me demande rien, lui. C'est moi qui lui expose mes états d'âme. J'étais pourtant droite dans mes bottes avant qu'il ne débarque dans ma vie. En plus, voilà que je m'expose à nue en lui demandant de ne pas partir comme il l'avait prévu. Non seulement je ne suis pas capable de remettre à flot le domaine que mon père a fichu en l'air, mais en plus j'enfonce le clou en allant à l'encontre de tous mes principes. Le premier étant de ne pas faire confiance à un homme.

Je sens une main ferme et douce à la fois qui m'agrippe l'épaule.

— Helena, ça va ?

Nous arrivons dans l'entrée du domaine. Dans la cour, le SUV loué par Tom a été nettoyé par l'orage. Toutes les traces de boues qui le maculaient ont disparu. La carrosserie reflète la lumière des lampadaires extérieurs.

— Il le faut bien, non ?

— C'est vrai. Pour les saumons, remonter la rivière à contre-courant est une question de survie. Ce n'est pas parce qu'il est plus facile de cesser la lutte, qu'il convient de le faire.

— Tu as sans doute raison. Cela dit, je ne suis pas très sûre d'être très heureuse de me voir comparée à un saumon.

Tom éclate de rire. Cela détend immédiatement l'atmosphère.

— Ce n'est pas faux, mais c'est toi qui as utilisé cette métaphore. Je tâcherais de faire mieux la prochaine fois... Dis, tu veux que je reste un peu ?

— Non. Il est déjà tard et tu dois partir demain.

Tom passe sa main dans ses cheveux et se gratte le haut du crâne.

— Voilà ce que je te propose : demain, je pars comme prévu pour Porto afin d'acheter mes 300 fûts. Ensuite, je peux repasser par ici avant de repartir pour la France. Qu'en penses-tu ?

Je résiste à l'envie de lui répondre que, oui, je veux qu'il revienne. Mais ce serait une terrible erreur, je le sais. Alors, je fais ce que je dois, je remets les pendules à l'heure.

— Non.

— Helena, je te le répète : je suis désolé, sincèrement.

— Je te crois, mais cela n'a rien à voir. J'ai eu un moment d'égarement et c'était ridicule. Tu as ta vie, et moi la mienne. Nous avons couché ensemble. C'était très agréable. Fin de l'histoire. Ce n'était que du sexe.

Je me tourne pour voir sa réaction. Dans ses yeux, un voile vient de passer qui, immédiatement, abaisse leur éclat habituel. Je m'en veux, il doit être blessé. Je ne peux pas faire autrement.

Tom ne dit rien. Est-ce que je fais fausse route ? Est-ce qu'il voyait plus qu'un rapprochement charnel entre nous ? Je dois balayer ces questions qui ne peuvent que m'entraîner vers ma perte.

— Nous y sommes, dis-je tout en coupant le moteur.

Il sort de ma voiture sans dire un mot. Il s'approche de son SUV et actionne le déverrouillage des portières. Avant de s'installer au volant, il se retourne vers moi alors que je viens de m'extirper de ma vieille Cox.

— Adieu, Helena. Et merci pour la visite du domaine.

Il s'engouffre dans son véhicule et démarre en trombe, disparaissant au bout du sentier dans un nuage de poussière.

Je sens une larme qui glisse sur ma joue. Je sais que je ne le reverrai plus. Je sais aussi que j'ai fait ce qu'il fallait.

Alors que j'ouvre la porte de chez moi, la lune m'envoie ses rayons blancs qui se reflètent sur mon visage humide. Je la regarde un instant, avant d'entrer et de fermer à clé.

19

TOM

Vallée du Douro

17 avril

5H30

PORTUGAL

J'ai très mal dormi.

Je n'ai pas arrêté de me réveiller.

Helena est une énigme pour moi.

Elle me demande de ne pas partir. Puis, l'instant d'après, elle m'annonce que je n'étais qu'une aventure sexuelle, et rien d'autre.

C'est le chaos dans ma tête. Autant aller prendre une douche fraîche et me préparer pour la route qui m'attend.

À 6h30, je descends dans la salle à manger prendre un

café. Je sais que je devrais avaler quelque chose, d'autant qu'il y a un choix énorme étalé sur la grande table centrale : pains, jambon, œufs brouillés ou durs, fromage, beurre, confiture, fruits ; mais j'ai l'estomac noué, même si ce n'est pas cela qui me fait le plus mal.

À 7h10, j'ai descendu mes bagages et je règle ma note. J'ai toutefois gardé ma chambre pour un éventuel prolongement de mon séjour, puis je charge le coffre de mon véhicule. Je sais que j'étais censé rester un peu après mon voyage à Porto, mais après ce qu'Helena m'a dit, je ne suis plus très sûr d'être le bienvenu.

À 7h30, je suis sur l'autoroute qui m'amènera jusqu'à Porto où j'ai rendez-vous avec un viticulteur qui, lui, a accepté de me vendre 300 fûts grands formats.

Je tente de me laisser hypnotiser par le serpent d'asphalte qui défile devant moi, si seulement cela pouvait faire le vide dans mes pensées. Mais non… Helena prend toute la place et j'ai une boule dans l'estomac qui m'empêche presque de respirer. Cela me brûle alors que je m'étais juré que cela n'arriverait plus jamais.

Il y a juste une chose que je viens de saisir comme une grande claque en pleine figure : on peut bien le vouloir de toutes ses forces, on ne domine pas ses sentiments.

20

HELENA

Vallée du Douro

17 avril

8H00

PORTUGAL

J'ai très mal dormi.

Pourtant, j'ai fait ce qu'il fallait.

Pas de doute.

Alors pourquoi faut-il que je me sente si mal ?

Je dois chasser cela. Me remettre au travail, voilà ce qu'il faut que je fasse.

Je dois aller m'occuper des vignes malades. Il faut traiter l'oïdium avec le stock de soufre que m'a laissé mon père. Encore heureux que Tom se soit rendu compte du problème pendant la visite du domaine, car sans lui cela aurait…

Il faut que je cesse de penser à lui.

STOP !

Allez Helena, au travail et sans tarder, cela te videra la tête de tes pensées parasites.

La matinée n'est pas de trop pour traiter la parcelle de vignes malades. Une douzaine d'employés s'affairent avec moi.

Il fait chaud aujourd'hui et je m'arrête une minute pour boire un peu d'eau fraîche quand mon portable sonne…

J'ai le cœur qui rate une marche.

Et si c'était…

Je regarde fébrilement mon écran.

C'est… la banque. Mon conseiller me demande si je peux passer le voir dans la journée. Il a une proposition à me faire. D'après ce qu'il avance, ce serait très intéressant pour moi. Je ne vais pas me réjouir avant d'en savoir davantage. Je sais que l'intérêt de mon banquier n'est pas forcément le mien.

J'ai rendez-vous à 11h.

Contrairement aux entrevues précédentes, je ne suis pas nerveuse. J'ai déjà entendu le pire la dernière fois, et il me tarde de voir ce qu'ils ont à me proposer cette fois-ci.

*

Il est presque midi quand je sors de la banque.

Je suis perplexe.

Je rentre au domaine et appelle immédiatement Luis, mon comptable, ainsi que Zé, mon maître de chai.

Ils s'installent dans mon bureau, en face de moi.

Je commence les explications :

— Comme vous le savez, j'avais rendez-vous ce matin avec la banque, pour donner suite à une nouvelle proposition. Elle est arrivée hier, et, d'après mon conseiller, elle n'a rien à voir avec les précédentes.

— Tu peux préciser ? demande Luis.

— Oui. Il y avait trois propositions de rachats précédemment. Pour faire court, les offres proposaient de racheter le domaine dans la globalité. L'intérêt est que les droits de succession sont inclus dans l'offre de rachat. Ce qui revient à dire que je récupère une somme d'argent, tout en n'ayant plus la moindre dette. Bien entendu, les offres sont venues de la part de grands groupes d'investisseurs étrangers. Inutile de dire ce que cela implique... L'autre possibilité consiste à parcelliser de façon officielle pour pouvoir vendre en morcelant le domaine, ce qui veut dire que je pourrais garder le Porto, ou bien le Vinho Verde, tout en vendant les autres parcelles.

— Tu comptais faire ça ? m'interroge Zé.

— C'était inévitable, même si rien de tout cela ne me convenait, mais j'allais devoir m'y résoudre, la mort dans l'âme, et le cœur serré. Et puis... il y a eu ce contact de la dernière chance. Mon conseiller m'a annoncé qu'une offre exotique leur a été adressée de la part d'un groupe d'investisseurs français. Une société d'investissement dans le domaine viticole qui se nomme GVP (Gestion Viticole et Patrimoine). Le PDG s'appelle Victor Amico. Jamais entendu parler de ce type. Quelle différence avec les offres précédentes ? Il s'agirait d'un partenariat, plus qu'un rachat pur et simple. Pour faire court, je garde la majorité, c'est-à-dire 51 % des parts du domaine. Pour ce qui concerne les 49 % restant, le groupe GVP attribue les parts entre des investisseurs particuliers, engagés dans une vision durable du terroir,. D'après mon conseiller en qui j'ai confiance, ce sont des amoureux du vin, des passionnés, mais aussi des consommateurs responsables, bref des investisseurs concernés qui souhaitent s'impliquer et agir.

Luis et Zé échangent un regard méfiant.

— Tu es sûre de devoir faire ça ? m'interroge Luis.

Je relève mes cheveux en arrière en expirant profondément.

— La vraie question n'est pas de savoir si je veux le faire, mais si j'ai le choix. C'est ça ou vendre la totalité du domaine, ou alors parcelliser. La banque m'envoie ce matin même, par e-mail, des exemplaires des contrats à consulter. Si jamais j'accepte l'offre, je prendrais contact avec ce Victor Amico. On verra bien où cela nous mènera, mais je dois dire que c'est un moindre mal par rapport à tout ce qui était envisageable jusqu'à présent. Je vais lire ces propositions de contrat, je vous dirai ce qu'il en est et nous en discuterons, ensemble. Cela vous va ?

Luis et Zé opinent de la tête. Je sais bien qu'ils sont réticents, mais nous sommes au pied du mur, et même si nous devons cette situation à la mauvaise gestion et à l'entêtement de mon père, c'est moi qui suis aux commandes à présent. C'est donc à moi de prendre la décision qui pourra – peut-être – sauver la *Quinta de Dona Otilia*.

Luis et Zé sortent de mon bureau. Je fixe l'écran de mon ordinateur, puis j'ouvre ma boîte mail. Je vais prendre le temps de bien lire ce contrat providentiel.

21

TOM

Vallée du Douro

17 avril

12H

PORTUGAL

Je serre la main de Tiago. Un homme chaleureux qui m'a demandé de l'appeler par son prénom dès le début de notre entrevue.

— Merci Tom ! J'espère que nous aurons le plaisir de nous revoir, me dit-il dans un français quasi parfait, si l'on fait abstraction de son accent portugais très prononcé.

— Je l'espère aussi.

— Le camion partira en début de semaine prochaine.

— C'est parfait. Je serai rentré en France et je pourrai m'occuper moi-même de la réception.

— Vous êtes sûr que vous ne voulez pas être livré plus tôt ? Je vous assure que ce n'est pas un problème. Le prix comprend la livraison par camion, et c'est à vous de décider de la date.

— Je sais. Mais c'est parfait comme cela, ne vous inquiétez pas.

Alors que je monte dans mon SUV, j'ouvre la fenêtre de ma portière pour lui faire un signe de la main.

Voilà une bonne chose de faite. J'avais espéré un nombre plus important d'unités, mais je ne rentrerai pas bredouille, ce qui aurait pu être le cas avec tous ces événements imprévus. Mais, à bien y réfléchir, l'imprévu n'est-il pas le sel de la vie ? Ce qui nous fait bouger quand tout pourrait rester figé ? Je ne devais pas éprouver de sentiment pour une femme, à nouveau. La dernière fois, j'ai voulu y croire et le destin s'est chargé de me ramener à la triste réalité. Aimer cela veut dire… souffrir. Il n'y a pas d'échappatoire. La vie est ainsi. Et je peux dire à présent que, pour l'avoir vécue, il n'y a pas de plus grande douleur que celle qui est engendrée par les affres de l'amour. Parce qu'elle est sournoise et qu'elle s'insinue partout, à tout moment, même quand on s'y attend le moins. Comment ne plus ressentir cette douleur ? Eh bien, d'après mon expérience, je dirais que c'est impossible. Il n'y a que le temps qui puisse atténuer son intensité. Mais ce n'est qu'un leurre, parce qu'elle est toujours là, tapie dans l'ombre, n'attendant que la réapparition d'un souvenir à partir d'une chanson, d'une odeur, d'un lieu, tous ces instants qui ne peuvent se perdre dans l'oubli.

Fort heureusement, Helena a réglé le problème.

Tel que vous me voyez là, j'étais parti pour replonger.

Helena a su me ramener à la raison.

Je vais retourner la voir, parce que c'est ce que j'ai dit, et j'ai pour habitude de faire ce que je dis. J'ai promis de ne pas partir comme un voleur. Je pense que je peux encore lui être utile. Je m'en irai quand j'aurai accompli une dernière chose, pour le domaine.

J'ai parcouru une centaine de kilomètres sur la route qui me ramène à elle… enfin, je veux dire au domaine.

J'enclenche le Bluetooth en cherchant sur l'écran digital de mon véhicule de location. J'arrive enfin à connecter mon téléphone sur les haut-parleurs du SUV. J'ai besoin d'avoir Victor au téléphone, pour savoir si tout est clair de son côté.

Deux sonneries retentissent avant qu'il ne décroche.

— Allo !

— Bonjour Victor.

— Salut Tom. Tout va bien ?

— Oui.

— Bizarre ton « oui ». Le ton n'y est pas, déclare mon maître de chai.

— Si, je t'assure.

— C'est toi qui vois. Tu appelles pour ton *projet* ?

— Bah oui. Alors ?

— Alors tout roule. Pas de problème. J'ai utilisé notre société d'investissement, comme tu me l'avais demandé. Tout est en place, aucun soucis.

— Super !

— Oh… juste une question, si tu le permets ?

— Bien sûr, qu'est-ce qu'il y a ?

— Oh, trois fois rien. C'est juste histoire de savoir. Dis-moi, Tom, le fait que GVP soit à mon nom… c'est une pure coïncidence, n'est-ce pas ? me demande-t-il sur un ton sarcastique.

Victor me connaît comme un frère. D'ailleurs, c'est lui qui a comblé le vide quand… mon véritable frère est mort. Il n'a pas pris sa place, non, mais il a comblé un manque. Ce n'est pas lui manquer de respect que de penser cela, enfin je l'espère. Toujours est-il qu'il est comme un frère pour moi. Mais, il est aussi mon associé et, à ce titre, je me dois de lui dire la vérité.

— Tu connais la réponse.

— Tu parles que je la connais ! Et, dis-moi, cette fille dont tu m'as parlé, comment s'appelle-t-elle déjà ?

— Helena.

J'entends un souffle dans le haut-parleur de ma voiture. J'imagine que Victor vient d'expirer par le nez, ce qui illustre son agacement.

— Tu es en train de replonger, Tom ?

— Mais non. Qu'est-ce que tu vas imaginer !

— Je te rappelle que, la dernière fois, on t'a ramassé à la petite cuillère avec Lili. Est-ce qu'on doit s'y préparer à nouveau, Tom ?

Cette fois, c'est moi qui expire avec agacement.

— Mais non voyons. Arrête de me traiter comme si j'étais un gosse. Je sais très bien ce que je fais.

— C'est toi qui vois. Revenons alors à notre affaire en cours. Pourquoi est-ce que GVP devrait dépenser une somme astronomique pour investir dans un domaine viticole portugais, alors que tu étais parti juste pour acheter des tonneaux à Porto pour faire vieillir notre whisky ?

Je prends un petit instant, histoire de trouver une réponse qui tient la route.

— L'occasion fait le larron ! dis-je en essayant d'y mettre un ton convaincant.

— Oh vraiment ?

— Bah oui. C'est une superbe opportunité. Le domaine est vraiment à haut potentiel, et tu sais bien que j'ai créé cette société d'investissement pour nous agrandir et nous diversifier.

— Bien sûr. Cela dit, si ta belle au bois dormant se met à creuser un peu, elle va vite découvrir ton nom associé au mien. Ce n'est pas très compliqué à trouver. Tu as pensé à ça ?

Je me gratte le menton, comme si cela pouvait m'aider à éclaircir le nuage opaque qui est venu s'immiscer dans ma vie.

— J'avoue que j'ai été un peu pris de court, mais, cela dit, la banque ne lui a laissé que quelques jours pour se décider, elle a eu trois propositions de reprise avant que je n'intervienne, et même si elles étaient différentes sur la forme, elles étaient toutes identiques sur le fond : elle perd le contrôle de son domaine, même si elle peut y rester et continuer à travailler.

— Tu veux dire que les propositions qu'elle a eues la privaient du management de l'exploitation ?

— Exact. C'est pourquoi elle ne va pas faire la fine bouche et va accepter mon offre.

— Monsieur Auster, vous m'avez l'air bien sûr de vous !

— Comment pourrait-il en être autrement. Notre société va injecter du sang neuf dans le domaine, et en plus Helena Ribeiro va pouvoir garder 51 % des parts de l'entreprise. En gros, elle reste à la tête, même si les décisions devront être votées, c'est tout de même une aubaine pour elle, non ?

Victor prend une pause avant de me répondre. Je sais qu'il aurait préféré qu'on en discute longuement autour d'un verre de whisky de notre production, mais rien de tout cela n'était prévu et je devais agir au plus vite.

— Victor, tu es toujours là ?

— Oui, je suis là.

— Tu m'en veux ?

— Mais non, c'est juste que…

— Je sais ce que tu vas dire, mais c'était une situation exceptionnelle et d'une extrême urgence.

— Elle est jolie ? me demande Victor, et sa question me ramène à mes propres contradictions.

— Ben… oui, mais cela n'a rien à voir.

— Bien sûr.

— Merde, Victor… tu sais bien que cette question est hors de propos.

— Je parierais ma chemise du contraire, rétorque Victor.

— Alors, considère que tu es déjà torse nu.

— Mais c'est que tu es comique, dis donc ! se moque mon meilleur ami.

Je sais que Victor aime me pousser dans mes retranchements. Je sais aussi qu'il ne fait que pointer du doigt mes propres faiblesses. Cela dit, ce qu'il affirme est stupide. Helena est une très belle femme, c'est vrai, mais cela n'a strictement rien à voir avec mon implication dans le sauvetage de son domaine.

— Bon, Tom, je n'ai pas à te dire ce que tu as à faire, tu es un grand garçon, mais je ne serais pas ton ami si je ne te rappelais pas le passé, et combien il t'a coûté, d'accord ?

Victor a pris un ton plus solennel cette fois. Je ne peux pas le contredire. Je sais qu'il était là quand j'étais au plus mal. Je ne peux pas tricher avec lui.

— D'accord.

— Bien. Maintenant que tout est clarifié, je vais mettre en place la suite de *ton* projet. Il ne reste plus qu'à attendre que ta « bella dona » accepte ton offre.

— Elle acceptera.

— Si tu le dis. Toutefois, je peux juste te poser une dernière question ?

— Vas-y.

— Pourquoi faut-il que tu lui caches le fait que c'est *toi* qui lui fais cette proposition ?

Je relève mes cheveux en arrière et me racle la gorge. Avec les années, Victor ressemble de plus en plus à cette petite voix que je tente souvent de faire taire, celle de ma conscience.

— Parce qu'elle est fière, beaucoup trop à mon avis. Il ne fait aucun doute qu'elle refusera mon aide pour sauver son domaine si elle sait que c'est moi qui lui propose.

Victor ne répond pas. Il semble prendre son temps pour intégrer ce que je viens de lui dire.

— Je vois.

— C'est vrai ?

— Si je t'assure.

— Ah ?

— T'es chiant, Tom !

— Toi aussi, Victor !

— Faut croire que c'est dans notre ADN. Bon, je finalise tout ça et je t'envoie une copie sur ton adresse e-mail, ça te va.

— Oui. C'est parfait.

— Tu m'étonnes !

C'est toujours comme ça entre Victor et moi. On se prend le chou, mais on s'adore. Je sais ce que je lui dois. Et puis, sans lui, et Lili, tout ça n'aurait jamais existé.

— Merci Victor !

— Ta gueule, gros con !

Je me disais aussi. C'est souvent comme ça que ça finit entre nous. Des mots qui ne reflètent en rien notre pensée. Une sorte de jeu puéril entre nous. Rien qu'une femme ne pourrait comprendre, j'en suis certain.

— Moi aussi, je t'aime ! lui dis-je, en étouffant une irrésistible envie de rire.

— Tu n'as pas intérêt à déconner cette fois, Tom !

— Ne t'inquiète pas.

— Ben si, justement ! dit-il en haussant le ton.

— Tout va bien, OK ?

— Mouais.

— Lili est dans le coin ? J'aimerais bien lui parler.

— Non. Et puis, je ne lui ai rien dit, alors on ne va pas l'inquiéter avec ta nouvelle lubie, compris ?

Sans vraiment le vouloir, ma tête fait un aller-retour de gauche à droite, une réaction involontaire indiquant que, non, ce n'est pas une lubie. C'est un super projet qui concerne une superbe femme. Je meurs d'envie d'en parler avec Lili. Je suis sûr qu'elle comprendrait, elle.

— Où est-elle ?

— Elle est descendue au village, elle avait quelque chose à faire.

— Quelle chose ?

— … Ben, je sais pas, moi… des courses, j'imagine.

— Ah ! Bon, alors quand elle rentrera, dis-lui bien qu'elle me manque et que je pense bien à elle. Je ne mange qu'au restaurant depuis que j'ai atterri au Portugal et ses bons petits plats me manquent aussi ! Tu lui diras, hein ?

— Sans faute. Bon, limite le nombre de tes conneries pendant ton séjour, OK ?

Je ris.

— Oui. Promis. Je t'appelle avant de partir pour l'aéroport.

— Si tu veux que je vienne te chercher, ça vaudrait mieux, ricane Victor.

Je raccroche.

Je sais bien que la seule motivation de mon ami, c'est de m'éviter une rechute. Mais, il se méprend. Cela n'a rien à voir avec la dernière fois. Et puis, Helena m'a bien fait comprendre qu'il n'y avait rien entre nous. Notre étreinte n'était qu'un rapprochement physique, rien de plus.

J'appuie sur la pédale de l'accélérateur alors qu'il ne me reste plus qu'une poignée de kilomètres avant d'arriver à la porte du domaine d'Helena.

Une demi-heure plus tard, j'arrive à destination. J'ai une boule dans la gorge et une autre au creux de l'estomac en apercevant le portail de la *Quinta de Dona Otilia*. Je stoppe mon véhicule juste devant l'entrée du domaine, laissant le moteur tourner et le pied sur le frein. Je ne saurais dire combien de temps je reste ainsi, inerte. Pour la première fois depuis que je suis arrivé ici, j'ai du mal à prendre une décision.

J'appuie le plus doucement possible sur l'accélérateur et je contourne la cour d'honneur où la fenêtre du bureau d'Helena attire mon regard. Il n'y a personne.

Je me souviens du chemin à travers les sentiers pour arriver vers la parcelle des vignes malades. La voiture ne peut pas aller jusqu'à cet endroit, aussi je termine le parcours en marchant.

Quand j'arrive, il y a des ouvriers qui s'activent. Ils saupoudrent de soufre les plants les plus touchés par la maladie. Les gars me regardent d'un drôle d'air, mais je fais comme si j'étais en mission, mandatée par leur patronne.

— Bonjour !

Ils relèvent la tête et me fixent comme si je descendais d'une soucoupe volante. Je fais comme si de rien n'était et je poursuis mon idée.

— Est-ce que quelqu'un parmi vous parle le français ?

Un type au visage taciturne, la cinquantaine bien tassée s'essuie les mains et s'approche de moi.

— Oui. Je parle le français. J'ai travaillé en France pendant plus de vingt ans. Est-ce que je peux vous aider ? me demande-t-il.

Je vais devoir la jouer fine. Le type a un discours avenant, mais ses traits trahissent sa méfiance.

— Je suis Tom Auster. C'est Helena… euh… mademoiselle Ribeiro qui m'envoie vous aider. C'est moi qui ai constaté que ces plants avaient contracté le mildiou et…

— Le quoi ? demande l'ouvrier qui parle français.

— Le mildiou. C'est une maladie. C'est pour ça qu'il y a des taches jaunâtres et huileuses sur les feuilles.

— Ah oui ! C'est la maladie. La patronne a demandé de mettre du soufre sur les parties les plus touchées.

— Il faut en mettre partout ! dis-je en haussant le ton pour être entendu par les autres ouvriers.

J'ai conscience que, si cela se trouve, personne n'a compris ce que je viens de hurler, parce qu'ils ne me comprennent probablement pas.

— Mais ce n'est pas ce qu'a dit la patronne et…

— C'est pour cela qu'elle m'envoie. Croyez-moi, faites ce que je vous dis si vous voulez sauver la parcelle.

Le type ôte sa casquette bouffée par les mites, se gratte la tête et me lance un regard qui percerait une porte blindée.

— C'est elle qui vous envoie ?

— Oui. Je vous l'ai dit.

L'ouvrier agricole retourne sur ses pas et dialogue avec ses collègues qui soupirent et haussent les bras en signe de mécontentement. Il semble être le plus âgé du groupe, ce qui lui donne une certaine autorité, j'imagine, pointe du doigt divers endroits de la parcelle et invective ses collègues sans ménagement. Cela semble efficace puisque les autres vont chercher les sacs de soufre et s'exécutent de mauvaise grâce.

Celui que j'imagine être le contremaître revient vers moi. Il réitère le même geste que tout à l'heure, c'est-à-dire retirer sa casquette et se gratter son crâne, ce doit être un signe d'intense réflexion chez lui.

— J'ai dit aux autres ce que vous avez demandé. Ils vont le faire. Il y a autre chose que nous devons faire pour sauver la vigne, ici ?

Je plonge mon regard dans le sien, et je le devine sincère. Le genre de type à qui l'on peut faire confiance, sur qui l'on peut s'appuyer en cas de coup dur. J'aime bien ce gars.

— Oui. Venez, je vais vous montrer…

22

HELENA

Vallée du Douro

18 avril

9H00

PORTUGAL

Je suis plantée devant ma vigne dont la terre est à présent blanchie par le soufre répandu partout. Il y en a autour de chaque pied. C'est invraisemblable. Ce n'est pas du tout ce que j'avais dit de faire. Il n'y avait pas à gâcher ainsi notre stock de soufre d'une façon aussi inconsidérée.

Antonio est à côté de moi. Il me regarde et, tout à coup, fronce les sourcils.

— Patronne, il y a quelque chose qui ne va pas ? m'interroge-t-il, l'air visiblement inquiet. On a fait quelque chose de mal ?

Je balaye du regard toute la parcelle. Elle a un côté irréel, comme si de la neige était tombée, mais s'était écrasée au sol sans toucher les vignes.

— Répétez-moi ce que vous m'avez dit tout à l'heure, s'il vous plaît, Antonio.

Mon contremaître soulève sa casquette et se gratte la tête.

— Hier, c'était presque l'heure du déjeuner. Il y a eu votre ami français qui est venu et qui a dit que c'était vous qui l'avez envoyé pour corriger une erreur au niveau de la façon de traiter la maladie de la vigne. Il a dit qu'il fallait en mettre aussi autour des plants qui n'étaient pas atteints, que c'était très important. Et, surtout, que c'était vous qui l'aviez mandaté pour superviser le traitement.

J'ai le regard noir alors qu'Antonio ne sait plus où se mettre.

— Et vous l'avez cru ?

— Eh bien, oui. Je veux dire… cela fait deux jours que l'on vous voit ensemble en train de faire le tour de la propriété. Cela m'a semblé tout à fait vraisemblable. En plus, vous nous aviez dit que c'était grâce à ce monsieur français que vous aviez découvert cette maladie. Que sans lui, on aurait sans doute perdu la parcelle ! Du coup, cela m'a semblé totalement vraisemblable. Je… je suis désolé. J'aurais dû vous appeler avant de faire ce qu'il nous a dit.

J'opine de la tête, mais je ne peux pas lui en vouloir. C'est vrai qu'à sa place, j'aurais probablement fait pareil dans les mêmes circonstances.

— Je suis vraiment désolé. Je…

— N'en parlons plus, Tony. Ce n'est rien. D'autant que j'ai fait quelques recherches sur Internet et… Tom Auster a raison. Il vous a donné les bonnes indications. Vous n'avez rien fait de mal. C'est juste que…

Je stoppe avant d'avouer que le fait qu'un homme se soit

permis de donner des ordres à mes employés m'insupporte au plus haut point.

— C'est juste que je n'aime pas l'idée de ne pas tout contrôler. Mais bon. N'en parlons plus. L'important c'est que les vignes soient sauvées. C'est le plus important.

— Alors tout va bien ? me demande mon contremaître.

— Oui. Tout va bien.

— Alors tant mieux.

— Juste une dernière chose, Tony. Savez-vous si Tom… je veux dire, monsieur Auster, est-il toujours dans le coin ? Est-ce qu'il vous a dit quelque chose ? A-t-il laissé un message à mon intention ? dis-je, alors que, allez savoir pourquoi, mon rythme cardiaque se met à accélérer de façon anarchique.

Antonio réitère inlassablement le même geste, signe qu'il se concentre, en soulevant sa casquette et se grattant frénétiquement le cuir chevelu.

— Eh bien… pas vraiment.

— Comment ça : *pas vraiment*. Il a dit quelque chose pour moi, oui ou non ?

— En fait, il a dit : *dites à mademoiselle Ribeiro que…*

— Que quoi ? dis-je, en haussant le ton, de plus en plus énervée.

— Ben justement. Il n'a pas fini sa phrase.

— Quoi ?

— Il s'est interrompu.

— Comment ça ?

— Il a dit : *dites à mademoiselle Ribeiro que… non. Oubliez ça !* Et il est parti.

Je reste là, les bras ballants, et la bouche grande ouverte. Je devrais ne pas être surprise pourtant. Après tout, j'ai fait ce qu'il fallait pour le faire fuir, alors que lui est revenu pour me voir. Puis il a aidé pour soigner la parcelle malade. Alors pourquoi faut-il que je sente une énorme boule qui m'oppresse au niveau du thorax et m'empêche de respirer ?

Je remercie Antonio et regagne ma vieille Cox. Je démarre en passant la première vitesse avec une hargne que je ne parviens pas à contrôler.

Mais enfin, Helena, qu'est-ce qui ne va pas chez toi ?

J'ai beau tourner et retourner cette question dans ma tête, je n'obtiens pas de réponse. Pourquoi suis-je dans cet état ? Le domaine est sur le point d'être sauvé. La solution apportée sur un plateau par la banque me semble très avantageuse, je reste majoritaire et mes investisseurs semblent être des passionnés, plus intéressés par le vin que par l'argent. Quoi demander de plus ? Oui, je sais, mais non… je ne veux pas le savoir. Et je ne laisserai pas ces pensées parasites envahir mon esprit. Point.

J'arrive dans la cour, là où se trouve mon bureau, non sans avoir au préalable malmené mon antique automobile. Je sors et en claquant la porte, un nuage de poussière s'envole du toit qui doit toujours être bleu ciel sous cette couche de terre ocre.

J'entre dans mon bureau et claque la porte sans ménagement derrière moi.

Je m'installe sur mon siège à roulettes et, tout en faisant avancer et reculer mon destrier de bureau, je ne peux m'empêcher de fixer mon téléphone.

Non. Ne fais pas ça, ce serait une énorme erreur.

Je pousse sur mes talons pour me rapprocher de mon bureau et stoppe ma main à quelques centimètres du téléphone fixe qui trône entre quelques dossiers et une plante verte qui n'a pas été assez arrosée. Mon pouce et mon index se crispent quand ils s'emparent du combiné. De l'autre main, j'appuie sur une touche qui met en action mes contacts récents. Je relâche la pression de mon doigt quand apparaît sur l'écran digital TOM AUSTER. L'icône Appeler apparaît en bas à droite de l'écran. Je me fige. Je ne sais pas si je dois. Non. En fait, je sais que je ne dois pas.

Je me relève brusquement et sors en claquant la porte.

Je monte dans ma Cox et décide d'aller boire un café en ville. Cela m'aidera à me remettre les idées en place.

Alors que j'avance sur le sentier qui remonte jusqu'à la route nationale, je peux voir une partie du domaine de façon panoramique. J'arrive bientôt au point de jonction entre le sol caillouteux et la route goudronnée quand… j'appuie de toutes mes forces sur la pédale de frein.

Je lâche un juron à voix haute sans le vouloir.

Là, en contrebas, dans une allée entre deux plants de vigne, j'aperçois le SUV de Tom, garé juste à côté de la camionnette hors d'âge de Luis, mon trésorier. Une centaine de mètres à l'intérieur des vignes, je peux distinguer les deux hommes en train de marcher et, apparemment, en grande conversation.

Qu'est-ce que vous êtes en train de fabriquer, tous les deux ?

Je sens une colère sourde m'envahir. Je fais demi-tour et redescends sur le sentier pour prendre l'allée principale qui va me mener à proximité du lieu où les deux comploteurs sont en train de mettre au point leur plan machiavélique. Parce que… qu'est-ce que Tom est en train de faire, à votre avis ? Monsieur Auster était censé être parti hier pour la France. Au lieu de cela, je le débusque en train de… en train de faire je ne sais quoi avec Luis, mon comptable, mais aussi mon maître d'œuvre.

Qu'est-ce que vous êtes en train de manigancer, tous les deux ?

Je gare mon véhicule assez loin d'eux pour qu'ils ne puissent entendre le bruit caractéristique de ma Volskwagen. Tant pis, je ferai plusieurs centaines de mètres à pied pour pouvoir les observer en toute discrétion.

Je presse le pas pour ne pas en manquer une miette. Il faut absolument savoir ce qui se trame entre ces deux-là. Décidément, je n'apprends pas de mes erreurs. Je sais pourtant qu'il ne faut pas faire confiance aux hommes, qu'ils ne cherchent qu'à prendre les rênes du pouvoir, surtout s'il est exercé par une femme.

J'arrive enfin à proximité des deux traîtres.

J'avance prudemment, recroquevillée comme si j'étais une petite fille en train de jouer à cache-cache. Fort heureusement, les plants de vigne forment une cachette opaque et, comme le vent souffle fort aujourd'hui, le bruit des feuillages couvre mes pas que je m'efforce de rendre légers.

Je tends l'oreille... Mais ce qui est bien pour couvrir le bruit qui émane de moi est mauvais pour écouter de façon claire et intelligible le dialogue entre Tom et Luis.

— J'ai du mal à vous comprendre, monsieur Auster, mais j'approuve ce que vous... Par contre, je ne sais pas si... De vouloir vous… Parce que... Sans compter que….

Rien à faire, je n'arrive pas à entendre ce que mon trésorier est en train de dire à Tom. Par contre, je n'ai pas à rougir de mon léger accent portugais quand je parle en français, parce que celui de Luis est vraiment très prononcé. Pour autant, ce n'est pas le problème du moment. Je dois me rapprocher encore si je veux découvrir ce que complotent ces deux-là. Je m'expose au risque d'être découverte, mais tant pis. Je vais me cacher derrière le tronc d'un des arbres qui apportent un peu d'ombre sur les bords des plants alignés. Une chance que Tom et Luis ne se soient pas aventurés plus loin dans le parterre. Je fais encore quelques pas, puis je m'arrête derrière un amandier providentiel. Je n'ose pas les regarder, de peur d'être vue, et je ralentis le débit de ma respiration, puis je jubile en entendant distinctement les paroles prononcées à tout juste deux mètres de moi.

— Vous vous trompez, monsieur Lopes ! dit Tom, sur un ton élevé, comme s'il était quelque peu irrité. Mademoiselle Ribeiro est une femme forte, de caractère. Je suis persuadé qu'elle parviendra à relever le domaine.

— C'est vraiment ce que vous croyez ? demande Luis.

— Oh que oui ! J'ai passé un peu de temps avec elle et je n'ai pas besoin de bien longtemps pour découvrir la personnalité des gens que je rencontre. Ce dont je suis certain, c'est que c'est une battante. Elle trouvera une solution équitable pour sauver le domaine, et tous les emplois qui vont avec, par la même occasion.

Quelques secondes s'écoulent avant que Luis ne se décide à répondre. Ce qui me permet de tenter d'y voir un peu plus clair dans leur conversation. Plusieurs points s'étalent sur la feuille blanche qui vient d'apparaître dans mon esprit. Premièrement, on dirait que Tom Auster est en train de prendre ma défense. Je n'arrive pas à y croire. C'est le monde à l'envers. C'est Luis qui semble douter de moi, et Tom qui vante mes louanges. C'est totalement inattendu, et j'avoue que j'en suis toute retournée.

Je n'ai pas le temps de poursuivre ma réflexion que Luis enfonce le clou.

— Ce n'est pas ce qu'elle nous a laissé voir ces derniers temps. Elle est agitée et n'arrive pas à prendre les bonnes décisions.

— Vraiment ? rétorque Tom. Et quelles devraient être ces

bonnes décisions, d'après vous ?

— Elle aurait dû vendre. Ce n'est pas un travail pour elle. Son père avait raison. C'est un travail difficile, et elle n'a pas l'expérience.

Je dois être en plein cauchemar. Non, mais quel hypocrite celui-là ! Dire qu'il avait dit qu'il ferait tout son possible pour me venir en aide quand j'ai hérité du domaine. Que nous parviendrons à pérenniser l'entreprise ! Et voilà le résultat. Un vrai Judas.

— Je pense que vous vous trompez, monsieur Lopes. Helena… je veux dire, mademoiselle Ribeiro est tout à fait apte à diriger ce domaine. Elle a étudié en France et je crois savoir qu'elle a décroché plusieurs diplômes très recherchés en viticulture.

Ce traître n'a fait que me jouer la comédie. En réalité, il a toujours été d'accord avec les préjugés archaïques de mon père. Merci Tom, pour l'avoir démasqué.

— Mouais… Tout ça, ce n'est que des feuilles de papier. Il n'y a qu'une seule chose qui fonctionne ici.

— Et vous allez me dire laquelle.

— L'expérience. Il n'y a que ça qui compte. La fille du patron est allée s'instruire en France, mais… ici, on ne fait pas du Bordeaux. Ici, on fabrique du Porto, du Vinho Verde, et du vin de la région. Et connaître son terroir, savoir comment réagit la vigne dans notre région, tout ça, ça ne s'apprend pas chez vous autres Français, sans vouloir vous manquer de respect.

— Je vois.

— Je n'en suis pas certain.

— Si, je vous assure. J'ai bien compris votre pensée. Pour vous, une femme ne peut pas diriger un domaine viticole, et encore moins si elle n'a fait qu'étudier le métier, plutôt que de le pratiquer, et qui plus est dans un autre pays que le vôtre. C'est bien ça ?

— Euh… eh bien… oui.

— Alors j'ai un scoop pour vous, monsieur Lopes. Je suis sûr que vous vous trompez sur toute la ligne. Et non seulement j'en ai la conviction, mais je prends le pari que Helena Ribeiro vous démontrera d'ici peu votre énorme erreur d'appréciation. Parce que, non seulement elle ne vendra pas son domaine, mais en plus, elle va lui faire prendre une autre dimension. Elle finira par gagner parce que… vous avez tort et que vous vous trompez sur elle. Sur ce, je vous souhaite une bonne fin de journée.

J'entends ses pas qui s'éloignent. Je suis en train de trembler. Parce que si Luis se trompe sur mon compte, je suis bien forcée d'avouer que, pour ce qui me concerne, je me suis trompée sur celui de Tom. Ce n'est pas possible la façon dont il vient de me défendre bec et ongles contre les idées reçues de mon trésorier.

Je l'entends aussi qui repart vers son véhicule. Je vais attendre encore un peu avant de remonter vers le mien.

Je devrais me focaliser sur l'hypocrisie de Luis, mais ce n'est pas ce qui monopolise mes pensées, non. Je ressens une gratitude folle pour Tom Auster. Ce qu'il vient de dire me bouleverse. Se peut-il que je me sois trompée complètement sur son compte et sur ses intentions ?

J'entends son SUV qui démarre et qui s'éloigne dans la direction opposée de celle où j'ai garé ma Cox. Une autre portière claque. C'est celle de Luis. Sa camionnette prend le départ, elle aussi. Il en a pris pour son grade. En plus, Tom est resté calme et il a renvoyé dans les cordes mon employé avec classe.

Alors que je quitte ma cachette, et que je remonte dans la direction opposée à celle qu'ils viennent de prendre, j'ai un sourire accroché aux lèvres. Quand j'entre dans ma vieille voiture, il ne s'est toujours pas effacé de mon visage.

23

HELENA

Vallée du Douro

19 avril

14H00

PORTUGAL

Je n'aime pas cet endroit.

Je sais bien que la salle d'attente d'un banquier n'est pas censée être très fun, mais là c'est vraiment exagéré. Tout est gris, terne. J'ai une pensée saugrenue en imaginant un dépressif entrer dans cette salle et avoir l'envie soudaine d'en finir avec la vie.

— Mademoiselle Ribeiro, si vous voulez bien me suivre ?

Les paroles de la jeune femme de l'accueil me font sortir illico de ma rêverie éveillée.

— Oui.

Je lui emboîte le pas jusqu'au bureau des conseillers. Un rapide coup d'œil me permet de constater que les bureaux ne valent pas mieux que la salle d'attente. Ils gagneraient à engager une décoratrice d'intérieur.

Non, mais sérieusement Helena. Dans un moment pareil, tu penses à la déco de la banque.

Allez comprendre comment fonctionne l'esprit humain. Je suis à quelques minutes de prendre une décision d'une extrême importance pour le domaine… et pour moi, et je suis là, à m'indigner de l'intérieur terne et sans âme de ma banque. Je ne dois pas tourner rond. Je suis certaine que personne d'autre que moi ne formule des pensées aussi saugrenues dans des moments pareils.

— Bonjour mademoiselle Ribeiro, dit mon conseiller.

C'est un homme qui doit approcher la cinquantaine, il devrait faire un peu plus de sport parce que son costume mal taillé ne cache pas suffisamment son ventre proéminent.

Voilà que je recommence. Stop. Concentre-toi un peu.

— Bonjour.

— Asseyez-vous, je vous en prie.

Je m'exécute, en constatant que le siège sur lequel je suis à présent est aussi dur que laid.

— Mademoiselle Ribeiro, nous sommes là aujourd'hui pour déterminer votre choix concernant les possibilités qui vous ont été offertes…

— Imposées, vous voulez dire !

Cela m'a échappé. C'était plus fort que moi. Quand on offre quelque chose, c'est censé être un cadeau, non ? Là, j'ai le choix entre l'épée, le revolver ou… le fouet.

Le conseiller en surpoids me regarde avec des yeux ahuris.

— Je vous demande pardon, mademoiselle ?

— Vous avez dit : *offertes*. Vous ne m'offrez rien. Vous m'imposez un choix entre vendre mon entreprise ou… la céder à des tiers. Cela n'est pas une offre. C'est un ultimatum.

Le conseiller transpire abondamment au niveau du front. De grosses gouttes de sueur glissent jusqu'à ses sourcils fournis. Il s'éponge maladroitement le visage avec un mouchoir à l'aspect douteux, puis le range dans la poche de sa veste.

— Je vous rappelle que nous ne faisons que notre métier. Il ne s'agit pas de mettre sur le dos de l'agence la mauvaise gestion de votre entreprise par votre… défunt père. Je tiens à vous dire que, par le passé, j'ai tenté de raisonner votre père. Il n'a rien voulu savoir. Il ne fallait pas interrompre les travaux de l'hôtel qui auraient dû rapporter au domaine une nouvelle source de revenus. C'était une bonne idée et…

— Ce n'était pas celle de mon père.

— Je vous demande pardon ?

— L'idée.

— L'idée ? répète le conseiller, tout en s'épongeant à nouveau le front, mais cette fois-ci avec un mouchoir qu'il extrait de la poche de son pantalon.

— Elle était de moi.

— Vous voulez dire que c'est vous qui êtes à la source des travaux d'envergure pour faire du domaine viticole de votre père… un haut lieu touristique ?

— Oui. C'est moi. Ou plutôt, c'était moi… par l'intermédiaire de ma mère. Si l'idée était venue de moi, il n'aurait même pas voulu en entendre parler.

— Je vois.

— Vraiment ?

Nouveau passage du mouchoir sur le front.

— Oui... enfin, je pense. Ce que nous n'avons pas compris, à l'agence, c'est l'arrêt soudain des travaux du complexe. C'est là que tout s'est mis à aller de travers, mademoiselle.

Tu ne crois pas si bien dire, et j'en sais quelque chose.

— Mon père ne croyait pas au projet touristique, à l'hôtel-restaurant qui aurait porté la Quinta de Dona Otilia vers de nouveaux horizons. Un lieu d'œnotourisme. Les gens seraient venus de partout pour visiter la région, mais aussi profiter du vin. Dans le même temps, les visiteurs auraient pu observer, avec un guide, le processus de fabrication. Quand ma mère est décédée, ce fut la fin. Mon père n'avait pas voulu la contrarier, d'autant qu'elle était déjà malade. Mais à peine fut-elle enterrée, qu'il décida d'arrêter le chantier.

Le banquier me fixe, et je peux voir dans ses yeux une certaine empathie.

— Le problème est qu'il a contracté des dettes colossales pour ces travaux, et... pour rien en définitive, puisque cela n'a pas abouti. C'est bien malheureux, je le concède, mademoiselle. Pour autant, les entreprises qui ont travaillé sur le chantier devaient être payées. Les crédits octroyés doivent aussi être remboursés. Il n'y a pas d'échappatoire, même si je sais parfaitement que vous n'y êtes pour rien, mademoiselle Ribeiro. Cela étant dit, l'ultime proposition que nous avons reçue me semble tout à fait acceptable. Tout ne serait pas perdu pour vous, mademoiselle.

Tout ne serait pas perdu, pour moi.

Je me demande ce que cela peut bien vouloir signifier en réalité. Je suis restée éveillée une partie de la nuit à éplucher le contrat, celui de la société française GVP.

— J'aurais bien aimé rencontrer le PDG, ce Victor Amico, et voir en face le visage de mon futur *partenaire*, dis-je en levant le menton.

Mon conseiller qui continue à perdre toute l'eau de son corps en transpiration me regarde avec des yeux ronds.

— Je vous ai dit, déjà, qu'il ne peut pas se déplacer actuellement. C'est pourquoi j'ai organisé une visioconférence qui devrait débuter d'ici… dix minutes. Auparavant, je voulais être certain que vous avez bien étudié le contrat et que tout est clair pour vous. Si vous avez des questions avant que nous procédions à la visioconférence, je suis tout disposé à y répondre.

*

Une heure plus tard, je sors enfin de la banque.

J'ai vu la tête de Victor Amico, et après lui avoir posé quelques questions, l'homme m'a immédiatement plu. Un type droit et à l'air honnête. Il m'a assuré que je garderai le pouvoir décisionnaire et que son groupe se contenterait de faire, à l'occasion, certaines propositions, mais qu'en aucun cas elles ne seraient mises en application sans mon consentement. J'ai demandé à ce que cela soit écrit noir sur blanc dans le contrat. Il m'a indiqué l'alinéa où cela figurait déjà, tout en me gratifiant d'un franc sourire.

J'ai aimé son discours, ce qu'il m'a dit : « Ne vous inquiétez pas, mademoiselle Ribeiro. Notre objectif est de contribuer à la sauvegarde d'un domaine ancestrale et authentique. La sauvegarde de votre patrimoine est ce qui nous motive, nous avons une vision durable de votre terroir. Nous sommes des amoureux du vin, pas seulement en tant que produit fini, mais depuis la première vigne plantée, jusqu'à sa commercialisation. Nos partenaires en France sont plus que satisfaits de notre entente. Nous n'avons aucunement l'idée de vous prendre la direction de votre domaine, ce n'est pas notre philosophie. »

Alors, oui, j'avais un peu la main qui tremblait au moment où j'ai signé le contrat de partenariat, mais… j'ai le sentiment que tout va bien se passer.

24

TOM

Aéroport de Grenoble

Rhône-Alpes - France

19 avril

15h15

Je suis en approche de la piste.

Il y a toujours un peu d'adrénaline au moment de l'atterrissage, même après un grand nombre d'heures de vol.

Le poste de pilotage du HONDAJET HA 420 est moderne et épuré. J'ai trois écrans de contrôle grandes tailles devant moi, la vue de mon cockpit est dégagée, le temps et clair, et il n'y a presque pas de vent.

Je tiens bien les commandes en main et je réduis les gaz.

Bon Dieu, ce que j'aime piloter !

Alors que la tour de contrôle me répète ses consignes d'atterrissage, j'ai le visage d'Helena qui vient me hanter, et ce n'est vraiment pas le moment. La phase d'atterrissage est toujours un instant délicat, et même parfois très complexe, comme lorsque j'atterris sur une piste d'un grand aéroport international, car oui on peut se poser sur ces aérodromes gigantesques, même en jet privé. Tout d'abord, on doit garder une vitesse constante de 200 nœuds, soit 370 km/h, pendant les sept derniers kilomètres d'approche, et, croyez-moi, ce n'est pas si évident. Les freins et les volets doivent être rétractés, ce qui me force à effectuer les vérifications pour préparer l'atterrissage plus rapidement qu'en temps normal, les vols commerciaux pouvant arriver sur la piste toutes les trente secondes. Par conséquent, il faut reprendre de la vitesse après l'atterrissage, sous peine de se faire rapidement chahuter par un vol commercial qui ne serait pas très heureux de devoir remettre les gaz parce qu'un petit avion privé lui bloque la piste.

Heureusement, l'aéroport de Grenoble n'est pas un mastodonte, c'est idéal pour moi. Pour autant, ce n'est pas le moment de penser à Helena *maintenant*.

Finalement, je parviens à me concentrer et à poser mon jet sans encombre. J'ai un lieu de stationnement, puisque l'avion de la société Auster est basé dans cet aéroport tant que c'est moi qui l'utilise le plus souvent.

Après avoir réglé toutes les formalités des frais de stationnement, de douanes, et tout le tralala, je peux enfin attendre sereinement l'arrivée de Victor qui tenait visiblement à venir me chercher.

Je le vois qui m'attend sur le tarmac, encore un privilège pour ceux qui viennent en avion privé. Victor sort du gros XC90 Volvo et lève les bras au ciel alors que j'arrive à sa hauteur, tirant ma valise à roulettes.

— Tu as réussi l'exploit de revenir entier à bord de cet

engin de malheur ! Félicitation Tom !

— Si tu parles de mon jet…

— Tu as un jet ? Je croyais que c'était celui de ton père ! ironise mon meilleur ami.

— Tu as bien un gros SUV, toi ! Je croyais que c'était le mien !

Victor sourit, puis me tend les bras.

— Bien joué. Un point partout alors ?

— Oui, crétin.

— Moi aussi, je suis content de te revoir, dit-il tout en m'étreignant avec vigueur.

Je parviens, non sans mal, à me dégager de ses bras.

— On dirait que je suis parti depuis six mois, dis-je en souriant.

— Oui, mais avec cette fille, qui sait si tu allais finir par revenir un jour, répond Victor qui ne plaisante qu'à moitié. Allez viens, mets ça dans le coffre et raconte-moi ton aventure portugaise. Au fait, tu veux conduire ?

— Non merci. Quand on a la chance d'avoir un chauffeur de grande classe comme toi, il serait vraiment stupide de s'en priver.

— Tu as raison. J'ai oublié la casquette et les gants de conduite à la maison, mais je ferai attention la prochaine fois, promis !

Nous quittons l'aéroport de Grenoble en poursuivant nos plaisanteries habituelles. J'avoue que ça me fait du bien, ces « punchlines » avec Victor. Depuis que l'on se connaît, on a toujours fait ça. C'est un peu comme un match de boxe « verbal » pour nous. Une habitude vieille de près de vingt ans, quand on était encore au collège, parce que Victor est un ami d'enfance, ou plus exactement d'adolescence.

Nous nous sommes connus au collège. C'était le jour où je me faisais casser la figure par la bande qui régnait dans la cour de récréation. J'étais seul contre trois. J'avais donné quelques coups de poing, mais le nombre l'avait finalement emporté... jusqu'à ce qu'un garçon d'une autre classe de quatrième que la mienne vienne à ma rescousse. Je me souviens encore de ce que Victor avait dit en arrivant derrière mes tortionnaires :

— Salut. Vous ne trouvez pas que la balance penche trop d'un seul côté ?

Les autres ont cessé de me bourrer de coups de pied dans les côtes pour se retourner et voir d'où venait cette phrase au ton étonnamment calme.

— Tu veux quoi, toi ? Tire-toi, espèce de connard, si tu ne veux pas qu'on te fasse la même...

C'était le plus grand des trois, je ne me souviens même plus comment il s'appelait. Ce dont je me souviens, en revanche, c'est qu'il n'a pas eu le temps de finir sa phrase parce qu'un énorme coup de tête lui a explosé le nez. Comme Victor était plus petit que son adversaire malheureux, son front a tapé pile sur l'arrête nasale de mon bourreau. Cela a produit un son dont je me souviens parfaitement, on aurait dit un biscuit trop sec que l'on brisait en deux. Le grand balaise s'est retrouvé par terre, les mains rougies tenant son appendice nasal. Il se releva et tenta de frapper Victor au visage, mais celui-ci, avec une magnifique aisance, esquiva du buste le coup de poing de mon adversaire qui était aussi devenu le sien, puis enchaîna avec une vitesse diabolique en assénant un jab du gauche, suivi aussitôt par un direct du droit qui atteignit le nez déjà touché par le coup de boule précédent. Cette fois, le grand gaillard s'écroula pour de bon, KO. Les deux autres, d'abord surpris, s'observèrent pour décider de ce qu'il convenait de faire. Comme Victor se mit à nouveau en garde, ils prirent la fuite en courant. Le balaise au nez cassé, retrouvant ses esprits, les suivit en chancelant, non sans les insulter copieusement tout en tentant de les rattraper. Victor s'approcha alors de moi et me tendit la main pour m'aider à me relever. Ce fut le début de notre amitié. Par la suite, il me persuada de le rejoindre au sein de son club de boxe qu'il pratiquait depuis qu'il avait dix ans. On devint amis et partenaires d'entraînement sur le ring, et grâce à cela j'appris aussi à me défendre seul.

Le trajet jusqu'à notre distillerie ressemble à un interrogatoire. Victor tente de me faire sortir les vers du nez.

— Bon alors, tu vas me le dire ? me demande-t-il, sans quitter la route des yeux.

— Quoi ?

Cette fois, il tourne la tête et me fixe avec un regard dépité.

— Tu es amoureux de cette fille ?

Ce qui est bien, avec Victor, c'est que le garçon ne s'embarrasse jamais du superflu. Droit au but, pas de chemin détourné.

— Qu'est-ce que tu vas chercher ? On s'est déjà expliqué au téléphone, tu ne vas pas recommencer avec ça.

— J'ai fait tout ce que tu m'as demandé, oui ou non ? demande-t-il en repositionnant sa tête dans l'axe de la route.

— Euh… oui. Qu'est-ce que tu veux dire ?

— Je veux dire que j'en ai parlé avec Lili et…

— Tu en as parlé à Lili ?

— Oui, et alors ?

— Cela devait rester entre nous.

— Lili, c'est la famille, rétorque Victor.

Victor a raison. Je sais aussi qu'il m'a aidé, avec Lili, la dernière fois. Mais là, c'est différent.

Cela dit, je ne peux pas le contredire à propos de Lili.

— C'est vrai.

— Oh ! Monsieur Auster reconnaît qu'il a eu tort, waouh ! Je le note.

— Je reconnais que tu as eu raison, c'est différent.

Victor se tourne dans ma direction et me gratifie d'une remontée de sourcils qui en dit long sur sa pensée.

Notre discussion change de ton au fil du trajet qui nous ramène au domaine. On échange toutes les données techniques relatives au partenariat avec l'exploitation d'Helena. Victor est très doué pour ces choses-là, bien plus que moi. Pour ce qui me concerne, je lui cède volontiers tous les détails de fonctionnement, toute la paperasse aussi. Je ne supporte pas ça. Déjà quand on était adolescents, c'est lui qui remplissait les papiers pour les inscriptions au club de boxe. Plus tard quand j'ai fait de lui mon maître de chai, je lui ai laissé le soin de rédiger son contrat, que j'ai tout de même relu avant de le signer.

Bref, tout est carré en ce qui concerne notre proposition de partenariat avec la *Quinta de Dona Otilia*. Il ne manque plus qu'une chose : la signature d'Helena, ce que ne manque pas de me faire remarquer Victor.

— Encore une chance que notre filiale existait déjà depuis l'an dernier. Comment aurais-tu fait, sans cela ? demande Victor, alors qu'il quitte la vallée pour s'engager sur les routes sinueuses de montagne qui vont nous amener jusqu'à la distillerie.

— J'avoue que c'est un peu ça qui m'a décidé à aller voir la banque d'Helena. Je connaissais la situation qu'elle m'avait détaillée de long en large. Je savais aussi qu'elle n'aurait jamais accepté que je lui vienne en aide.

— J'ai cru comprendre ça, oui.

Pas la peine d'entrer dans les détails. Inutile d'expliquer à Victor pourquoi Helena est comme cela, son histoire avec son père.

— C'est vrai qu'elle est fière et qu'elle ne supporte pas que quelqu'un lui vienne en aide. C'est comme ça. Nous avons tous nos failles et nos limites, n'est-ce pas ?

— Je suppose, répond Victor. C'est d'autant plus problématique, comme je te l'ai dit au téléphone.

— Problématique ?

— Oui. Si j'en crois le portrait que tu m'as fait d'elle, c'est une jeune femme brillante, intelligente. Elle va donc très vite découvrir que c'est toi qui es derrière cette proposition. Et là, ça risque de te péter à la figure !

Sur le fond, Victor a raison. Je sais bien qu'Helena risque de mal prendre la chose. Cependant, cela ne change rien.

— Si le contrat est signé, elle ne pourra plus rien y faire.

— Tu prends un sacré risque, dit Victor.

— Je ne vois pas en quoi cela serait dommageable pour notre entreprise. Même si elle cassait le contrat, ce qui ne risque pas d'arriver, j'en suis persuadé, cela ne nous coûterait rien.

Victor me regarde avec un air affligé.

— Tu le fais exprès ? me demande-t-il.

— Je ne comprends pas !

— Ah ça… c'est sûr ! Qu'est-ce que tu peux être bête, parfois… surtout lorsqu'il s'agit d'une fille. Je ne parlais pas de ta société, patate ! Je parlais de ta relation avec cette… Helena.

— Quelle relation ? Il n'y a rien entre nous et…

Victor ne répond rien pendant quelques secondes, puis il finit par lâcher :

— Bien sûr.

Nous restons silencieux pendant la fin du parcours.

Si seulement cette affirmation pouvait être la vérité. La boule qui me tord l'estomac m'indique le contraire.

25

HELENA

Vallée du Douro

20 avril

8H00

PORTUGAL

Je suis montée sur le point le plus élevé du domaine.

Je me suis levée tôt pour y parvenir avant que les employés n'arrivent.

J'aime ces instants où je suis seule avec les vignes.

L'éclat du soleil naissant illumine le paysage que j'admire en contrebas. Contre toute attente, je ne vais pas perdre ce lieu. Mieux que ça, je vais avoir l'opportunité de le remettre dans une nouvelle dynamique, en tout cas c'est mon vœu le plus cher, et je ne manquerai pas d'en parler lors de la première réunion avec… mes partenaires.

Je suis en train de me projeter dans un proche avenir

lorsque le son caractéristique indiquant l'arrivée d'un SMS sur mon smartphone me ramène à la réalité.

Je cache mon écran avec ma main libre pour tenter d'y voir un peu mieux. L'écran de mon téléphone portable ne dispose pas d'un filtre antireflet assez efficace, et j'ai du mal à lire mon message.

Quand je découvre le nom de l'expéditeur, mon cœur fait un bond. J'ai du mal à y croire. Il s'agit de Rita, ma meilleure amie, que je n'ai pas vue depuis… une éternité. Je fais quelques pas en direction de ma voiture, entre dans l'habitacle où le toit me permettra de voir l'écran sans difficulté.

« Salut Helena, tu pourrais me dire que ça fait un sacré bout de temps et… tu aurais raison. Je viens d'arriver de Genève et je suis dans la région pour quelques jours. Je vais passer voir ma mère et les cousins, mais… il faut absolument que je passe te voir. Cela fait trop longtemps… quatre ou cinq ans, si j'ai bonne mémoire. Ma mère m'a dit pour ton père. Je suis désolée. J'attends ta réponse pour me mettre au volant. Je t'embrasse. Rita »

Je reste figée, le téléphone à la main et le regard vissé sur le texto. Depuis le temps que ma meilleure amie ne s'était plus manifestée, j'en avais presque fait mon deuil. On se connaît depuis toujours. Elle est née dans le même village que moi, on a fréquenté la même école, puis le même collège, et enfin le lycée. Après cela, ses parents ont quitté le Portugal pour la Suisse, son père devait travailler sur un gros chantier immobilier pendant au moins un an. Finalement, les salaires suisses ont eu raison de lui. La famille de Rita n'est jamais revenue vivre au village. Dès lors, je ne la voyais plus que pendant l'été, au mois d'août, là où tous les Portugais partis tenter leur chance à l'étranger revenaient en masse au pays. Mais nous rattrapions en un mois de vacances toute l'année passée l'une sans l'autre.

Aujourd'hui, les choses sont un peu différentes. Déjà,

l'éloignement pendant mes études viticoles en France avait un peu distendu l'élastique de notre amitié. J'ai toujours pensé que plus on s'éloignait géographiquement de nos relations, plus on avait de chances de les rompre, pas d'un coup sec, mais petit à petit, sans vraiment en avoir conscience. On s'appelle de moins en moins, puis les coups de fil sont bientôt remplacés par des SMS, puis par… plus rien. C'est ainsi. Personne n'y est pour rien.

Je reste un temps comme suspendue, en arrêt. Je ne sais pas si j'ai envie d'évoquer avec Rita tout ce qui s'est passé avec mon père. En même temps, ai-je vraiment le choix ? Je présume que non. Je lui réponds qu'elle peut passer au domaine quand elle veut, que ça me fera plaisir de la revoir après si longtemps. Alors que je presse la touche d'envoi du message, je me demande si c'est bien vrai. Suis-je vraiment heureuse de la revoir après tout ce temps ? Je n'ai pas encore trouvé de réponse à mon questionnement qu'un nouveau texto arrive sur mon téléphone :

« Super ! Tu es libre pour déjeuner ? Je t'invite. Si c'est bon pour toi, je passerai vers 11h30, ce qui nous laissera le temps d'arriver au resto pour l'heure du déjeuner. OK ? »

Je lui réponds que c'est une bonne idée. Cela fait des lustres que je n'ai pas discuté avec une amie, sans compter que, malgré le fait d'être entourée par tous les gens du domaine, je ressens une sorte de… solitude. Je sais bien que c'est totalement irrationnel, mais je n'y peux rien.

Rita arrive à l'heure.

Nos retrouvailles sont ponctuées d'embrassades et d'éclats de voix, principalement de sa part. Elle m'affirme que je n'ai pas changé, je lui retourne le même mensonge. La revoir me ramène dans le passé, ce qui me trouble parce que je navigue entre deux sentiments : le plaisir de la revoir et de reprendre nos discussions entre filles, comme autrefois, comme quand j'étais au plus mal. Et d'un autre côté, l'obligation de me tourner vers mon propre passé, alors que j'aimerais plutôt l'effacer. Cela dit, l'étreindre me fait du bien. C'est comme un petit rayon de soleil qui parvient à filtrer entre les nuages.

Rita écarte les bras en direction du domaine qui s'étend à l'horizon, puis déclare :

— Alors maintenant, tout ça est à toi ?

Je balaye du regard les premières vignes qui apparaissent sur la ligne d'horizon.

— J'en ai bien peur ! dis-je.

Rita n'a pas l'air de comprendre ma réaction.

— Attends, n'était-ce pas ce que tu voulais ? Reprendre le domaine familial et en faire quelque chose de plus moderne ?

Comment lui dire que les circonstances ont changé et que ce que je voulais, moi, c'était juste l'approbation de mon père, qu'il me fasse confiance, qu'il accepte mon implication dans la gestion du domaine, qu'il réalise mes compétences, qu'il admette ma… valeur ? Mais non, rien de tout ça au bout du compte. Mon père est mort, et, avec lui, la possibilité qu'il me reconnaisse un jour comme… quelqu'un de bien. Mais, bien entendu, je ne peux pas dire ça à Rita. Comment pourrait-elle comprendre ? Elle qui n'a toujours entretenu que des relations d'amour et d'encouragement avec sa famille.

— Si. Mais pas comme ça.

— Mouais… tu n'as pas changé, à ce que je vois. Bon, tu m'expliqueras tout ça plus en détail devant une bonne table, d'accord ? dit-elle avec un entrain qui me rappelle nos jeunes années.

— OK. On y va avec quelle voiture ? je demande en apercevant sa grosse berline allemande qui stationne dans la cour.

Rita se tourne vers ma vieille Volkswagen et se cache le visage entre les mains avant de lâcher des petits cris stridents.

— Non, je n'y crois pas. Tu as encore ta vieille Cox !

— Bah oui, elle roule toujours, alors…

— Alors on la prend ! Cela me rappellera nos virées ensemble. Trop cool ! déclare Rita, en se dirigeant vers son Audi rutilante.

— Je prends mon sac dans ma voiture et *let's go* !

Nous avons parcouru à peine deux kilomètres sur la Nationale que Rita actionne la manivelle qui fait descendre avec un bruit aigu la vitre de sa portière.

— Qu'est-ce que tu fais ?

— Ce qu'on faisait quand tu venais d'acheter cette bagnole ! répond Rita.

Mon amie d'enfance déverrouille sa ceinture de sécurité et se contorsionne dangereusement pour faire glisser ses jambes à l'extérieur. Elle y parvient, non sans difficulté, et laisse l'air fouetter ses chevilles nues.

— Tu n'imagines pas comme tout ça a pu me manquer, Helena. Je suis si heureuse de te revoir !

Je tourne ma tête vers elle et le spectacle qu'elle m'offre me fait presque honte.

— Euh… Rita, tu as ta robe remontée jusqu'à ta taille, je te signale. Si l'on croise quelqu'un, il va avoir une vue dégagée sur… enfin bref, cache-moi tout ça, s'il te plaît.

Rita se met à rire à gorge déployée.

— Peut-être que cela attirera un beau jeune homme dans mes filets. Cela ne me ferait pas de mal de batifoler un peu pendant mes vacances ! dit Rita, le plus naturellement du monde.

— Tu es sérieuse ?

— Je ne plaisante jamais en ce qui concerne les hommes, déclare-t-elle en battant des paupières. D'ailleurs, je meurs d'envie de savoir ce qu'il en est de ton côté. Alors, tu as trouvé ton prince charmant ?

Nous arrivons devant le parking du restaurant, ce qui m'évite d'avoir à répondre dans l'immédiat.

— Sauvée par le gong, déclare Rita en débouclant sa ceinture de sécurité. Mais, tu ne perds rien pour attendre, j'ai bien l'intention de te sortir les vers du nez.

Rita m'invite, mais elle a laissé à ma convenance le choix de l'établissement. Elle a quitté la région depuis si longtemps qu'elle n'est plus vraiment à la page en la matière. J'ai donc choisi un petit restaurant avec vue sur le Douro, à seulement quelques kilomètres de chez moi. L'avantage c'est qu'on peut venir sans réserver quand on connaît le patron, ce qui est le cas.

Nous sommes installées près de la baie vitrée, ce qui nous permet de jouir du spectacle magnifique que nous offre le fleuve et ses rives en escaliers parsemées de vignes. Ce tableau idyllique est une des beautés multiples de la région, et les touristes qui naviguent sur le Douro à bord de bateaux de croisière s'émerveillent du paysage alentour.

Le garçon nous apporte la carte. Rita le dévore des yeux en croisant ses jambes avec sensualité. Je lui donne un coup de pied léger sous la table.

— Mais quoi ? beugle-t-elle, en se massant la cheville, tout en ne quittant pas du regard le serveur qui repart vers le comptoir en nous laissant un moment pour consulter la carte.

— Tu ne vas tout de même pas faire du rentre-dedans au serveur ? Je le connais, il s'appelle Ricardo, et je te signale qu'il a une petite copine ! dis-je en fronçant les sourcils.

Rita remet en place sa queue de cheval, puis elle prend la carte des apéritifs pour s'en servir comme d'un éventail.

— Je ne suis pas jalouse ! répond Rita, loin d'être décontenancée par ma remarque.

— Sa copine l'est, elle.

— Pff... souffle-t-elle. En tout cas, il est beau gosse ton Ricardo, il m'a donné des palpitations.

Je soupire.

— Ce n'est pas *mon* Ricardo, et... j'avais oublié comme tu es insortable.

— Ce que tu peux être rabat-joie ! Dis donc, tu as pris un coup de vieux Helena. Si j'ai bonne mémoire, tu n'étais pas si farouche autrefois.

Je ne peux nier l'affirmation de mon amie. Mais c'était une autre époque.

— J'ai grandi, dis-je pour ma défense.

— Dis plutôt que tu as... vieilli, répond Rita en me gratifiant d'un clin d'œil, comme pour me signifier que ce n'est pas une critique, mais une petite pique sans animosité.

Elle poursuit :

— Ne me dis pas que tu as fait vœu de chasteté ?

— Ce n'est pas parce que je ne saute pas sur le premier garçon qui passe que j'ai décidé de devenir bonne sœur, Rita ! Tu ferais mieux de choisir ce que tu veux prendre comme apéritif avant que Ricardo ne revienne, il risquerait de te faire perdre toute dignité et tu ne sauras même pas lui signifier ton choix...

— Je le prendrai bien, lui, comme apéritif ! poursuit Rita

Je tente de contenir l'envie de rire qui monte en moi, mais

c'est peine perdue, surtout avec la tête que me fait Helena. Il y a du monde attablé autour de nous, et je ne parviens pas à retenir un immense éclat de rire qui résonne dans la salle. Je colle mes mains sur ma bouche, mais mon corps est secoué de spasmes. Cela amuse beaucoup mon amie et nous rions ensemble. Cela me fait un bien fou. J'ai l'impression que je n'ai pas ri comme cela depuis une éternité.

Helena glousse encore quand Ricardo vient prendre notre commande.

— Vous avez choisi, mesdames ? demande-t-il avec un air sérieux, ce qui contraste avec nous deux.

Helena consulte la carte des vins et s'arrête en pointant une ligne de texte que je ne parviens pas à déchiffrer de là où je suis assise.

— On va prendre une bouteille de Champagne ! déclare-t-elle en tapotant la carte plastifiée avec son index.

Je tente de voir sur ma propre carte des vins l'endroit où elle a posé son doigt et… je me fige. Elle a choisi une bouteille de Champagne Auster… Je consulte plus en détail les différents vins français sur la carte, et… je constate que c'est l'unique choix en matière de Champagne. Dans le cas contraire, j'aurais pu penser que c'était un signe du destin. Peut-être existe-t-il un lien occulte avec le fait que je n'arrête pas de penser à Tom Auster depuis qu'il est parti. Mais là, non. Rita voulait du Champagne, et il n'y avait qu'un seul choix. C'est du pur hasard, rien d'autre.

Je reviens au moment présent. Ricardo demande si nous avons fait notre choix pour déjeuner. Rita choisit un plat de poisson frit, tandis que je commande une salade au poulet. C'est léger et je n'ai plus d'appétit depuis peu.

Ricardo nous sert une coupe de Champagne et je ne peux m'empêcher de lire la marque *AUSTER* sur l'étiquette. Il replace la bouteille dans le seau à glace, et alors qu'il s'apprête à partir avec, Rita le stoppe.

— Finalement, laissez-nous la bouteille. Cela fait des années que nous attendions de nous retrouver. Il faut fêter ça !

Nous trinquons et je déguste pour la première fois la célèbre boisson de la famille de Tom. Je sens les bulles éclater sur ma langue et je suis bien obligée de reconnaître que la réputation de ce Champagne n'est pas usurpée. C'est délicieux !

— J'adore le Champagne ! déclare Rita en s'essuyant les lèvres du bout des doigts. Pas toi ?

— Je n'en bois pas très souvent. Ce n'est pas très facile d'en trouver par ici. Et puis… ce n'est pas donné !

Rita sourit.

— C'est jour de fête, Helena ! déclare mon amie d'enfance tout en se servant une seconde coupe.

En attendant l'arrivée du plat principal, Ricardo, toujours dévoré des yeux par Rita, nous a apporté quelques petites choses à grignoter. Mais, malgré les petits pains, le fromage, les olives et le pâté de thon, j'ai la tête qui commence à tourner. Il faut dire que nous entamons une troisième coupe. Je sais bien que ce n'est pas raisonnable, je sais aussi que Rita me connaît bien, et qu'elle sait que si elle veut me tirer quelques confidences sur ma vie, il vaut mieux qu'elle trouve un allié pour l'aider : le champagne remplit ce rôle à merveille.

— Alors tu es une patronne à présent ! dit Rita.

Je prends la peine d'avaler un petit pain avec du pâté de thon avant de répondre, plus par souci de reprendre un peu mes esprits que par faim, je dois dire.

— Eh bien, c'est un peu plus compliqué que ça, en réalité, mais… oui, on peut dire ça !

— Waouh ! Mais c'est fantastique, Helena. Bien sûr, je ne veux pas occulter la mort de ton père, mais… tu vas enfin pouvoir faire tout ce que tu veux avec le domaine. Je me souviens comme tu te mettais la tête à l'envers à cause de ton père et du fait qu'il refusait chacune de tes idées. D'ailleurs, c'est même pour ça que tu es partie étudier en France, n'est-ce pas ?

Rita dit vrai. Elle connaît la situation conflictuelle qui existait entre mon père et moi, pour une raison très simple : elle était ma meilleure amie et, à ce titre, ma confidente. On ne se cachait rien à l'époque. Elle me disait tout de sa vie, et moi je faisais de même. C'était un temps où nous n'avions aucun secret l'une pour l'autre.

— C'était, en partie, à cause de cela. Je voulais surtout apprendre le métier. Comme il était impossible de le faire ici, je devais partir.

— Je comprends ça, mais… pourquoi être partie en France ? Je veux dire, tu pouvais très bien décrocher tes diplômes et faire tes stages, ici, au Portugal.

— Parce que je voulais apprendre auprès des meilleurs. Et quel autre pays que la France, n'est-ce pas là qu'ont été produits les plus fameux vins du monde ?

Helena porte sa coupe à ses lèvres. Elle se délecte de son breuvage.

— Je ne peux qu'être d'accord avec toi. Quand tu veux du champagne, tu vas voir les Français.

On nous apporte nos plats et nous poursuivons notre discussion. Rita me raconte sa vie en Suisse, son mari, ses enfants. De l'extérieur, on pourrait penser que le tableau est idyllique, surtout quand on sait d'où Rita est partie. Ses parents étaient sans le sou. Quand on était adolescentes, Rita m'avoua un jour qu'elle avait toujours envié ma vie, mais attention… sans jamais me jalouser. Je ne suis pas d'accord avec l'idée que l'envie est un sentiment négatif, voire malsain. Pour moi, c'est même tout le contraire. J'estime que l'envie est un moteur, c'est quelque chose de positif, on veut quelque chose et l'on travaille dur pour l'obtenir, on fait ce qu'il faut. En revanche, la jalousie est une émotion négative. On peut se réjouir de la réussite de quelqu'un, et désirer avoir la même chose. Et l'on peut aussi jalouser cette personne, mais là on passe du « côté obscur ». Souvent, la personne jalouse critique, dénigre, allant même parfois jusqu'à la calomnie. Croyez-moi, quand on est venu au monde dans un petit village, c'est quelque chose à laquelle il est difficile d'échapper. Avec l'envie, c'est différent. Dire que c'est même un péché capital est une ineptie. C'est même tout le contraire. On peut manquer d'argent et souhaiter en avoir quand on est la meilleure amie d'une jeune fille dont la famille est l'une des plus aisées du village, mais - et c'est là que j'admire Rita -, ne jamais tomber dans la jalousie, le ressentiment. Pour Rita, les perspectives étaient limitées. Ses parents n'auraient pas pu lui payer de longues études, alors, le jour de ses seize ans, elle m'a avoué qu'elle avait un plan. Et quand je vois où elle en est aujourd'hui, je suis obligée de reconnaître que cela a fonctionné à merveille.

Quand on en arrive au dessert, je me risque à lui poser la question qui me taraude depuis qu'elle a repris contact avec moi.

— Je me demandais… dis-je presque en chuchotant.

Rita pose ses coudes sur la table pour approcher son visage du mien, sans doute pour mieux m'entendre.

— Quoi ? dit-elle.

Je la fixe droit dans les yeux, et je sens une certaine mélancolie m'envahir. Mes yeux deviennent humides et ma voix se met à trembler.

— Pourquoi si longtemps… sans s'appeler, sans se voir ? On était si proches, autrefois.

Rita attrape ma main et la prend entre ses paumes.

— C'est comme ça. Aucune relation ne résiste à l'éloignement. Personne n'y peut rien, c'est la vie, déclare-t-elle.

— Tu crois vraiment à ce que tu dis ? dis-je, tout en essuyant une perle sur ma joue.

— Tout à fait.

— C'est bien triste.

— C'est pour ça que je t'ai sentie distante en arrivant. Tu m'en veux ? me demande Rita.

Je baisse la tête, l'air misérable, et je déclare d'une traite :

— Je me suis retrouvée toute seule quand tu as quitté le village. Tu étais le contre poids qui me permettait de tenir face à la dureté de mon père. Quand tu es partie, je t'en ai voulu terriblement. Surtout parce que je savais bien que tu n'étais pas amoureuse de lui. Qu'il était juste l'instrument qui te permettait de t'extraire d'ici, de partir en Suisse !

Rita ne dit rien. Ses yeux marrons n'arrêtent pas de me scruter. La pression de ses mains se fait plus forte sur mes doigts. Comme elle ne répond rien, je lui demande :

— Les choses ont-elles changé avec le temps ?

— Que veux-tu dire ?

— Est-ce que tu l'aimes aujourd'hui ?

Elle lâche ma main et se recule tout contre le dossier de sa chaise.

— C'est le père de mes enfants.

Pas la peine d'en dire davantage. Je pense avoir saisi l'orientation de sa réponse. Je reste un instant silencieuse. Comme par le passé, quand Rita est partie, j'essaie de me mettre à sa place, mais je n'y parviens pas. Je n'arrive pas à concevoir qu'on puisse suivre un homme à l'étranger, puis l'épouser, et enfin faire deux enfants avec lui... sans l'aimer. Je sais bien que chaque personne agit en fonction de sa personnalité, son vécu, ses aspirations, mais... c'est quelque chose que j'ai le plus grand mal à concevoir. Peut-être est-ce Rita qui a raison ? D'ailleurs, je n'ai jamais cherché l'amour d'un homme, à part peut-être...

— Tu espérais une autre réponse ? me demande Rita.

Il me faut quelques secondes pour m'extraire de mes pensées.

— Je... je ne sais pas.

— Je me doute que tu aurais préféré une autre réponse, mais... c'est comme ça. On ne peut pas forcément tout avoir dans la vie. J'ai fait des choix discutables, mais aujourd'hui je suis heureuse avec mes enfants.

Je relève la tête et plonge mon regard dans celui de mon amie. Elle ne raconte pas d'histoire, elle ressent vraiment une certaine forme de bonheur. Qui suis-je, moi, pour dire ce qu'est le bonheur ? Je le cherche depuis si longtemps.

— Excuse-moi, Rita. Après tout, c'est toi qui as repris contact, et... au lieu d'être heureuse de te revoir, je t'envoie tout un tas de reproches à la figure, c'est... nul. Pardon.

Rita me gratifie d'un sourire bienveillant.

— Cessons de ressasser le passé, d'essayer de trouver un coupable pour quelque chose qui en est exempt. Comme je te l'ai déjà dit, c'est la vie. C'est elle qui éloigne les gens, même les meilleures amies. Au lieu de cela, vivons l'instant et fêtons nos retrouvailles ! dit-elle tout en extirpant la bouteille de champagne de son seau à glace. Donne-moi ta coupe, que je te refasse le plein !

Avec Rita, les choses sont toujours ainsi. Elle apporte de la légèreté à la vie. Elle a toujours pansé mes plaies, au sens propre comme au figuré. Quand j'étais gamine et que je me battais contre des garçons, c'est elle qui venait m'aider, c'est encore elle qui me soignait comme elle pouvait. Elle me reprochait constamment de vouloir tenir tête aux garçons qui se moquaient de moi, ou bien tentaient de me dominer. C'était quelque chose que j'avais dans le sang. Impossible de me laisser faire, hors de question qu'un garçon puisse m'asservir. Alors je jouais des poings et, la plupart du temps, je finissais à terre, le nez en sang ou la lèvre fendue, parfois même j'arborais un œil au beurre noir que Rita tentait de dissimuler à grand renfort de fond de teint.

— Tu as raison ! dis-je en levant ma coupe de champagne pour faire tinter nos verres l'un contre l'autre. À nos retrouvailles !

Le repas se poursuit alors que l'ambiance s'est détendue. Ne dit-on pas que les vrais amis peuvent se perdre de vue pendant des années et, quand ils se retrouvent, reprendre leur relation là où elle en était avant la séparation ? C'est un peu ce que je ressens à présent. Je dois bien avouer que j'ai même un peu honte de l'accueil que j'ai fait à Rita à son arrivée. J'étais dans le ressentiment, il me fallait un exutoire à tout ce que j'ai enduré ces dernières semaines. Elle était la coupable idéale. Je me réjouis de m'en rendre compte là, maintenant, plutôt qu'après. Il est encore temps de rattraper le coup, comme disait ma mère. Alors, hop, ni une ni deux, c'est ce que je m'évertue à faire.

— Bon, vas-y ! dis-je avec un sourire en coin.

Rita sort le visage de sa coupe de champagne.

— Quoi ? rétorque-t-elle, comme si elle ignorait de quoi je veux parler.

Je lève les yeux au ciel.

— La question qui te brûle les lèvres depuis que tu es arrivée, vas-y, pose-la.

Mon amie d'enfance a les yeux qui se mettent à briller et la mine réjouie, comme l'enfant qui vient de découvrir ses paquets au pied du sapin, le soir de Noël.

— C'est vrai, je peux ? demande-t-elle, histoire de se rassurer et de ne pas faire de boulettes, puisque cela a toujours été sa grande spécialité.

— Puisque je te le dis.

— Bon. OK. Alors… tu as un homme dans ta vie ?

Bingo. Bon, d'accord, connaissant Rita, j'avoue que cela n'était pas très difficile à deviner, mais tout de même, elle aurait pu changer avec les années et… non, je pense de travers, Rita ne changera jamais. C'est aussi pour cela que je l'aime.

— C'est compliqué.

Avant qu'elle ne puisse râler et me dire que ma réponse est nulle, notre charmant serveur vient me sauver en demandant si nous voulons des cafés. Rita répond par l'affirmative et expédie l'importun sans ménagement. Cela me fait sourire parce que je ne suis pas du tout surprise par son attitude.

— Tu crois que je vais me contenter de ta réponse merdique ? dit-elle en croisant les bras sur sa poitrine et en me fustigeant du regard.

— Cela serait étonnant.

— Alors ? Tu as un homme dans ta vie, oui ou non ?

— Officiellement, non.

Rita soupire, la mine dépitée.

— Non, mais tu ne vas pas me dire que rien n'a changé dans ta relation avec les mecs depuis tout ce temps ? Si ?

C'est toujours difficile d'être mise devant le fait accompli, et je dois avouer que Rita est une véritable experte en la matière, avec elle on prend l'autoroute, jamais la nationale, et encore mois les chemins de traverse. Rita est « cash », elle va droit au but. C'est vrai que parfois, cela fait mal, mais… il n'y a jamais d'hypocrisie avec elle. D'ailleurs, à bien y réfléchir, c'est sans doute pour cela qu'elle n'a jamais eu beaucoup d'amies, à part moi. La vérité peut blesser, et je sais de quoi je parle.

— Alors ? s'impatiente Rita.

Je capitule. De toute façon, je n'aurais pas la paix tant que je ne lui aurais pas donné un os à ronger.

— J'ai rencontré quelqu'un.

Un petit rire sardonique sort de la bouche de Rita. Elle ouvre de grands yeux, et affiche un air satisfait.

— Ah tout de même ! Et alors, c'est qui ce mec ? Un beau gosse ?

Je n'ai jamais compris comment une fille comme Rita, qui bave la bouche grande ouverte, chaque fois qu'elle aperçoit ce qu'elle considère être un beau spécimen de mâle, a pu se marier avec un homme… ordinaire. Son mari n'est vraiment pas le genre d'hommes à faire se retourner les femmes sur son passage. Je n'irai pas jusqu'à dire qu'il est laid, mais… disons qu'il n'est pas très affriolant. En plus, avec les années, cela n'a pas dû s'arranger, déjà qu'il commençait à avoir du ventre à l'époque où Rita et lui n'avaient pas encore quitté le Portugal. Enfin bref, j'imagine que ma meilleure amie a fait le choix de la raison plutôt que de la passion.

— Tu viens, sans le savoir, de le rencontrer indirectement, dis-je en jubilant intérieurement d'attiser sa curiosité.

Rita relève ses cheveux en arrière, visiblement intriguée par ce que je viens de lui dire.

— Quoi ? Explique-moi parce que je n'y comprends rien.

Attends ! Ce n'est tout de même pas le serveur que j'ai voulu croquer en guise d'apéritif ?

Je pouffe et place mes mains sur mes lèvres pour ne pas me faire remarquer par tous les clients du restaurant.

— Mais non, idiote ! Qu'est-ce que tu vas imaginer ? En plus, il doit avoir dix ans de moins que moi !

— Et alors ? Ce sont de vrais étalons à vingt ans, ces jeunes hommes, affirme Rita en passant la pointe de sa langue sur ses lèvres.

— Tu n'as pas honte ? Espèce de grosse perverse ! Je te rappelle que tu es mariée.

Rita lève les yeux au ciel.

— Et puis après. Du moment qu'il n'est pas au courant, rétorque Rita en se servant une nouvelle coupe de champagne. Bon alors, tu m'expliques ! Si ce n'est pas le serveur, comment puis-je avoir rencontré – indirectement – ton bel étalon ?

J'ai soudain envie de m'amuser.

— Tu le tiens entre tes mains, dis-je, scrutant sa réaction.

Rita manque de s'étouffer en avalant une gorgée de travers. Elle attrape sa serviette pour contenir une quinte de toux sonore.

— Quoi ? Je n'y comprends rien. Allez, vas-y, dis-moi de façon claire et précise ce que tu essaies maladroitement de me faire comprendre.

Je prends une profonde inspiration avant de me lancer.

— Tu vois la marque inscrite sur l'étiquette ? dis-je en désignant la bouteille de champagne plongée dans le seau à glace.

— Bah oui, je ne suis pas encore sénile ! rétorque Rita, qui commence à perdre patience.

— Eh bien, c'est lui.

On dirait que le plafond du restaurant vient de s'écrouler sur la tête de Rita. Elle me regarde comme si j'étais un pauvre moineau hirsute, tombé de son nid.

— OK. Donc tu as complètement pété un câble en vivant loin de moi pendant toutes ces années.

— Non, je t'assure. J'ai fait la connaissance de Tom Auster, l'héritier de la marque prestigieuse de champagne Auster.

Rita ouvre une large bouche dont aucun son ne sort, à mon grand étonnement. Ce n'était pas mon intention, mais j'éprouve une soudaine satisfaction d'être parvenue à clouer le bec à ma meilleure amie, ce qui n'est pas chose facile.

— Tu as rencontré un riche héritier ? balbutie Rita, visiblement éprouvée par cette nouvelle.

— Oui.

— Merde alors ! lâche Rita en extirpant la bouteille millésimée de la glace.

Rita lit la sérigraphie *Auster* sur l'étiquette et termine la bouteille en remplissant nos deux coupes.

— C'était totalement inattendu. C'est mon père qui avait contracté un accord avec Tom Auster. Il devait lui vendre tous nos grands tonneaux à Porto. Quand le fils Auster est arrivé ici, il ne s'attendait pas à tomber sur moi.

— Tu m'étonnes ! Et après, que s'est-il passé ? Tu lui as fait visiter ta cave ?

Je tente de réprimer le fou rire qui pointe son nez. Peine perdue. Rita a toujours eu cette faculté de me faire rire, même dans les pires situations. Je reprends mon souffle avant de répondre.

— T'es bête, tu sais ?

— Ben quoi ! Au fait, il est comment physiquement le fils Auster, c'est un beau mec ? poursuit Rita.

— C'est en effet un très bel homme.

— J'en étais sure ! Merde, tu es vraiment vernie, Helena. Tu t'en rends compte, au moins ?

Rita et ses jugements à l'emporte-pièce, voilà bien une chose immuable. Comme si c'était si simple. Elle continue son travail de sape :

— Tu as couché avec lui ?

Je prends un air outré.

— Rita ! Qu'est-ce que c'est que cette question ? Tu n'as pas honte de me demander ça, et puis…

— Donc c'est oui !

Je tente de lui faire un regard noir, mais c'est un sourire gêné qui s'affiche sur mon visage.

— J'y crois pas. Mademoiselle sainte Nitouche, pff !

Je dois rougir parce que Rita me scrute le visage comme si ses yeux étaient un scanner en action.

— Ce n'était pas prémédité, dis-je pour me défendre.

Rita se penche vers moi et elle affiche un visage plus sérieux que jamais.

— Il a glissé sur toi par inadvertance et tu avais oublié de mettre ta culotte ?

Elle me fixe et ses yeux se mettent à briller alors que je tente de cadenasser l'envie de rire qui s'est emparée de moi. Mais je perds.

Fou rire.

Deux adolescentes qui pouffent à l'évocation d'une relation sexuelle.

C'est puéril, mais Dieu que cela fait du bien.

— J'espère que c'était un bon coup, au moins ! me lance Rita alors que nous retrouvons peu à peu notre calme.

Je tente de reprendre une certaine contenance à défaut d'une parfaite dignité, et pour ce faire je porte ma coupe de champagne à mes lèvres. Quand je termine mon ultime gorgée de vin français, je prends la peine d'essuyer la commissure de mes lèvres avec la serviette de table. C'est sans doute stupide, mais cela me donne une certaine prestance pour reprendre le match amical contre ma meilleure amie.

— D'abord, cela ne te regarde pas, et puis…

— Tu dis ça parce qu'il est nul au lit ? me demande Rita.

Elle a vraiment le don de me couper dans mon élan. C'est une habile tentative de déstabilisation, mais je ne suis pas née de la dernière pluie, ma chère.

— Hein ? Mais non, pas du tout ! Qu'est-ce que tu vas imaginer ? C'était… très bien.

Rita sourit de toutes ses dents. Elle sait que je suis entrée dans son jeu et qu'elle m'a manipulée comme quand nous étions adolescentes. Attention, je ne parle pas de manipulation négative, non, Rita est mon amie. Simplement, elle a toujours été capable de me soutirer des confidences avec son air de ne pas y toucher. Aujourd'hui, je suis peut-être une adulte, mais je tombe toujours dans les mêmes pièges, même s'ils sont aussi visibles que le nez au milieu de la figure.

Après le café et l'addition, nous quittons le restaurant en riant. Cela m'avait manqué : partager un bon moment avec une amie, enfin avec Rita, parce qu'à dire vrai, je n'ai pas d'autres amies. Mon père me disait souvent que j'étais une handicapée de la vie, que si j'étais la plupart du temps seule, c'était parce que j'avais le don d'irriter les autres. Je me demande aujourd'hui s'il n'avait pas raison. Je dois dire que même mon frère n'aimait pas ma compagnie. Il me reprochait d'être toujours sur la défensive, agacée, irritée. Pourtant, moi je ne le repoussais pas, alors que… c'était lui le roi de la maison, le chouchou de mon père. Lui, pouvait tout faire, avait toujours raison, et surtout, il avait droit à l'oreille attentive de mon père. Cet imbécile n'a jamais compris à quel point il était chanceux.

— Tout va bien, Helena ? me demande Rita, alors que nous approchons de ma voiture.

— Euh… oui, pardon. J'étais dans mes pensées.

— Je vois ça. Ton roi du champagne ?

Cette supposition me ramène à l'instant présent. C'est drôle comme Rita peut avoir des idées fixes.

— Non. Je pensais à mon frère… et à mon père.

Cette fois, Rita ne répond rien. Elle a compris que le sujet est très sensible et… douloureux. Je lui en suis reconnaissante.

Nous nous installons dans la Cox et alors que je démarre, Rita demande :

— Je suis là pour encore une bonne semaine. Promets-moi que nous n'allons pas en rester là.

— Bien sûr que non.

— Ah ! Tant mieux. Et puis, j'ai très envie d'en savoir davantage sur ton étalon français, dit-elle en appuyant sur le mot *étalon*.

Je prends la route dans un nuage pétaradant qui s'extirpe du pot d'échappement de ma vieille bagnole d'un autre temps.

— Eh ben dis-donc ! Tu ne crois pas qu'il serait temps de changer de voiture ? ironise Rita.

— Jamais de la vie ! C'est ma Cox et je la garderai jusqu'à ce que la mort nous sépare, dis-je, en caressant le volant élimé.

— Mouais ! Si tu veux mon avis, cela ne devrait plus trop tarder, ta Choupette chérie semble nous faire une grosse crise d'asthme, dit Rita.

Je tends l'oreille, mais n'entends rien d'inquiétant. Je secoue la tête.

— Tu dis n'importe quoi. Ma voiture est increvable, elle ne m'a jamais fait défaut.

Le reste de la route se passe dans la bonne humeur. Rita a ouvert la vitre et laisse l'air lui caresser le visage. C'est à ce moment que l'image de Tom Auster vient frapper mon esprit. Je le vois assis à la place qu'occupe Rita actuellement. Je ne sais pas ce que je donnerais pour qu'il soit là, à côté de moi, maintenant. Cette pensée me trouble autant qu'elle m'irrite. Je dois le chasser de mon esprit. Je dois me libérer de son emprise.

L'entrée de mon domaine se profile à l'horizon.

26

TOM

Domaine Golden Sky

Saint-Jean-d'Hérans

Rhône-Alpes – France

18H30

— Tom ! Enfin, te voilà !

Lili avance vers moi en écartant ses bras.

— Viens m'embrasser, dit-elle alors qu'elle n'est plus qu'à deux mètres à peine.

Avec Lili, c'est toujours plus que de raison. C'est une étreinte digne de retrouvailles après des années d'absence. En même temps, c'est aussi pour cela qu'on l'aime, Lili. Après deux bises version ventouse, elle me détaille de pied en cap.

— Bonjour Lili.

— Mouais, bonjour. Dis-donc, tu as encore maigri, dit-t-elle, visiblement contrariée.

— Euh… non, je ne crois pas.

— Bien sûr que si. Tu as bien perdu deux ou trois kilos. On ne mange pas à sa faim au Portugal ? demande-t-elle en croisant les bras sur sa poitrine.

Je préfère en rire. Il n'y a jamais de demi-mesure avec Lili, avec elle une cuillère à café devient une louche, si vous voyez ce que je veux dire. La vérité, c'est que comme c'est elle qui s'occupe de la cuisine à la distillerie, c'est aussi elle qui me remplit mon assiette. Ce qui revient à dire que j'ai toujours des repas trop copieux, et qu'il suffit que je me mette à manger des proportions normales pour… perdre du poids.

— Je vais m'occuper de toi, mon garçon. Je vais te préparer tout de suite quelque chose de consistant, tu dois être affamé !

— Non, pas tant que ça.

Elle m'accroche le bras et m'entraîne vers les cuisine. Au sein de ma distillerie de whisky, j'ai fait construire une sorte de résidence. Il y a plusieurs logements qui vont du studio jusqu'aux deux-pièces, mais qui ressemblent à des maisonnettes individuelles. J'aurais pu faire bâtir un lotissement sur plusieurs étages, avec des appartements, mais la réalité est que je déteste ces logements où règnent la promiscuité et le bruit. Donc, même si nous ne sommes pas si nombreux que ça à travailler dans mon domaine, j'ai fait en sorte que chacun puisse se sentir chez lui, dans un endroit sans mur mitoyen, sans voisins au-dessus, ou en dessous.

En revanche, pour ce qui concerne les repas, les choses sont différentes. Tous les employés viennent, s'ils le souhaitent, prendre leur repas dans une salle prévue à cet effet. Il y a la cuisine et la chaîne de service, comme dans une cafétéria en fait, où Lili mène la danse.

— Allez entre ! ordonne-t-elle. Je t'ai préparé une petite

collation.

Chez Lili, une petite collation équivaut à un buffet pour dix. Heureusement, Victor ne tarde pas à nous rejoindre et il va pouvoir m'aider à ingurgiter tout ce que j'aperçois sur le comptoir : pain tradition, jambon de pays, fromage, pâté, rillettes, cornichons.

— Je me suis dis qu'une planche de charcuteries te plairait, non ? dit Lili avec un air satisfait.

— C'est parfait. Merci Lili. Tiens, voilà Victor. Viens casser la croûte avec moi, Victor !

Grâce à la sollicitude de Lili, je recharge mes batteries. Elle veille sur moi depuis si longtemps que j'oublie parfois à quel point elle est importante dans ma vie. Elle en fait toujours trop, surtout pour ce qui concerne son domaine de prédilection : la nourriture, mais c'est sans doute comme ça qu'une véritable mère traiterait son fils. Parce que, oui, Lili a toujours été une mère pour moi.

J'ai profité de ce tête à tête avec Victor pour revenir sur les détails de la transaction concernant notre implication dans *La Quinta de Dona Otlia*. Victor excelle dans ce domaine, alors que moi, je suis allergique à la paperasse, c'est pourquoi je le laisse s'occuper de cela.

La planche est maintenant vide et Victor s'éclipse, il a une tonne de travail qu'il a négligé ces derniers temps par ma faute. Notre participation dans le domaine viticole d'Helena n'était pas prévu. Victor s'est attelé à tout mettre en place. Il a laissé son travail de côté à la distillerie.

Je n'ai pas le temps de m'étendre sur le sujet parce que Lili vient me rejoindre à table. Elle s'installe en face de moi et me fixe, comme si elle attendait que je lui fasse une révélation.

— C'était bon ? demande-t-elle.

— Bah oui… comme toujours.

— Bien. Maintenant, si tu me parlais de ta nouvelle conquête.

Il faut bien avouer qu'il n'y a jamais eu de secret entre Victor, Lili et moi, et ce depuis toujours. C'est quelque chose qui s'est mis en place dès le début de notre relation. Quand Lili a quitté l'entreprise de mon père pour venir avec moi dans les Alpes, nous nous sommes jurés de toujours tout nous dire, le bon comme le mauvais. C'est une sorte de pacte que nous avons fait, à trois. C'est aussi notre clé de voûte. C'est ce qui fait que nous tenons bon face à l'adversité. Je ne suis donc pas étonné par le fait que Victor se soit confié à Lili à propos de mon nouveau projet, même si je lui avais demandé d'attendre un peu avant de lui en parler.

— Ma nouvelle conquête ?

— Tu as bien compris, réplique-t-elle.

Elle croise ses bras sur sa poitrine.

— Ce n'est rien de sérieux.

— Vraiment ?

— Oui. C'est une fille que j'ai rencontrée pendant mon séjour au Portugal. On s'est, comment dire, rapprochés… mais c'était juste physique. Il n'y a rien entre nous. Tu n'as pas à te faire de soucis, je t'assure Lili.

Lili se frotte les yeux.

— Tom, loin de moi l'idée de m'immiscer dans ta vie intime, tu le sais. Mais dois-je te rappeler ce qui est advenu la dernière fois ?

— Non, inutile de me le rappeler.

— Très bien.

Je baisse la tête, comme si je venais d'être à nouveau pris le doigt dans le pot de confiture.

— Ne t'inquiète pas, Lili.

— Tu en es bien certain ? demande-t-elle.

— Oui.

Elle attrape mes mains dans les siennes.

— Tom, tu sais qu'en matière de sentiment amoureux, c'est un peu la roue de la chance. Tu peux tomber sur le bon numéro et rencontrer l'amour de ta vie, du premier coup. Et tu peux aussi chercher longtemps avant de rencontrer ton âme sœur. D'ailleurs, certains ne sont pas forcément destinés à la trouver. C'est un cadeau du ciel quand on a cette chance.

J'ai des images d'il n'y a pas si longtemps qui me traversent l'esprit, qui viennent par vagues, par bribes. Un fracas de tôle froissée et de verre brisé. Je chasse ces souvenirs d'un passé révolu en plantant mon regard dans celui de Lili.

— Cela ne risque pas de se reproduire, Lili. Tu peux dormir tranquille.

Lili me fixe, avec cette capacité si particulière qu'elle a de sonder mon être jusqu'au plus profond de mon cœur.

— Ta bouche est en train de me dire quelque chose, mais… tes yeux te trahissent, Tom.

Je n'ai jamais su pourquoi j'ai toujours persisté à vouloir cacher quelque chose à Lili alors que cela n'a jamais fonctionné. Elle lit en moi comme dans un livre ouvert, et cela s'est accentué après la mort de ma mère. Je n'étais encore qu'un enfant, à peine adolescent, c'est elle qui m'a permis de pleurer dans les bras d'une personne aimante et compatissante. Sans elle, j'aurais pris exemple sur mon père, lui qui ne montrait aucune émotion, jamais, même dans les moments les plus sombres, même quand ma mère a été mise en terre.

— C'est terrible Lili.

— Sûrement moins que tu ne le crois, me dit-elle avec un visage incarnant toute l'empathie du monde.

— Je crois bien que…

— Que ?

— Je suis amoureux ! dis-je à toute vitesse, comme pour me débarrasser au plus vite de cette phrase, conscient de sa dangerosité.

Lili ne dit rien, mais je suis certain qu'elle n'en pense pas moins. Je suis conscient que je lui ai fait endurer la dernière fois, ainsi qu'à Victor. J'ai commis une erreur, je le sais aujourd'hui. C'est d'autant plus vrai que la fille dont j'étais tombé amoureux n'éprouvait, en vérité, rien pour moi, c'était une femme vénale, habile en manipulation, qui n'en avait qu'après ma supposée fortune, qui en réalité était celle de mon père. Lili m'avait bien mis en garde, mais j'étais aveugle, à l'époque.

— Tu ne dis rien ? risqué-je en regardant le bout de mes chaussures.

— Il n'y a rien à dire. Les choses sont ainsi. Je me doutais bien que ce jour arriverait, à nouveau. Et c'est très bien.

Je n'arrive pas à croire ce que j'entends.

— C'est très bien ?

— Oui.

— Mais Lili, tu sais ce qui est advenu la dernière fois que je suis tombé amoureux et…

— Et quoi ? Tu t'es trompé, tu as cru que cette femme t'aimait comme toi tu l'aimais, mais c'était faux. Quand tu t'es réveillé, tu n'as pas eu la force de le supporter et tu as fait une bêtise. Fin de l'histoire.

— Fin de l'histoire ?

— Plus exactement, fin de *cette* histoire.

Je tente de comprendre le sens profond de ce que vient de dire Lili. Je suis conscient qu'elle sous-entend aussi que cette rupture n'était pas non plus la fin de ma vie, même si c'est ce que je croyais à l'époque, mais seulement la fin d'un chapitre. Là est la nuance... qui fait toute la différence.

— Tom, ça va ? demande Lili, m'extrayant de mes pensées.

— Oui. Je mesurais tout le bien fondé de tes paroles, Lili. J'ai beaucoup de chance de t'avoir à mes côtés.

— Enfin des paroles sensées ! dit Lili en levant les bras au ciel. Les nuages opaques seraient-ils en train de se dissiper dans ta tête ? As-tu décidé de faire un peu de ménage dans ton esprit ? Vas-tu enfin daigner m'écouter et accepter mes conseils ? Si c'est bien vrai, que l'univers en soit remercié parce que ces derniers temps, j'avais un peu l'impression de n'être utile qu'à faire la cuisine.

Je pose mes mains sur les siennes, à plat sur la table qui nous sépare.

— Tu sais bien que c'est absolument faux. Je veux bien admettre que j'ai du mal à exprimer ce que je ressens, parfois, mais... j'ai toujours écouté tes conseils. C'est juste que j'ai du mal à les mettre à exécution.

— Je m'en étais aperçu, figure-toi.

Nous rions.

— Alors, à ton avis, qu'est-ce que je te conseille de faire à présent ? m'interroge Lili.

— Tu veux dire... à propos d'Helena ?

— Non, à propos de ton fichu Whisky des Alpes ! se moque Lili.

— Désolé.

— Mouais. Alors, qu'est-ce que tu crois qu'il convienne

de faire à présent ?

— Euh…

— Jésus, Marie, Joseph ! dit Lili.

Il se passe alors quelque chose que j'ai toujours trouvé incroyable. Quand Lili me vient en aide, et Dieu sait qu'elle l'a fait à de nombreuses occasions depuis qu'elle s'occupe de moi, son physique change, son visage change, un peu comme si elle laissait la place à… une autre Lili. Je sais que cela peut paraître dingue, mais c'est l'effet que cela me fait. C'est comme si elle était soudain entourée d'une aura lumineuse, d'une force vive venue de je ne sais où. Cela provoque en moi un regain d'attention. Je sais qu'à cet instant, c'est important. On ne joue plus, on ne plaisante plus. On plonge au cœur des mystères de l'existence. Alors j'ouvre grand mes yeux, mes oreilles et mon cœur. C'est ce qui se produit à cet instant précis.

— Tom, mon garçon. Tu es amoureux de cette jeune fille… Helena. Tout en toi le trahit. Tes sentiments forment un amalgame de lumière qui flotte au-dessus de ta tête et je vois une couronne lumineuse qui sort de ton cœur. La question n'est pas de savoir si tu aimes cette femme.

J'écarquille les yeux, tel un enfant qui se réveille d'un rêve très beau.

— Ah non ?

— Non. C'est une évidence. Tu es amoureux.

Je me gratte la tête, l'air dubitatif.

— Quelle est la question alors ? demandé-je.

Lili ferme les yeux, elle semble contrariée.

— La question est de savoir ce que tu vas faire de cela. Vas-tu te refermer comme une coquille d'huître ? Je te rappelle qu'après ton… *accident*, tu avais fait la promesse de ne plus jamais aimer. Tu t'en souviens ?

Je baisse machinalement la tête.

— Oui.

— Je t'avais dit à l'époque que c'était une stupidité sans nom, ça aussi tu t'en souviens ?

J'opine de la tête, sans trop oser ouvrir la bouche.

— Et maintenant ? poursuit Lili.

— Je… je ne sais pas.

— Si tu sais ! s'emporte Lili. Tu veux que je te dise, moi, ce que tu devrais faire, si tu étais toi.

— Si j'étais moi ?

— Oui, si tu étais toi. Le vrai toi. Celui qui est bien plus grand que tu ne l'imagines. Celui qui écoute son cœur et qui laisse vibrer son âme. Celui qui n'aurait pas peur de se tromper, celui qui n'aurait aucune crainte d'échouer, celui qui, comme un enfant qui apprend à marcher, ne redouterait pas de tomber…

Je prends la flèche de l'ultime vérité décochée par Lili en plein cœur.

— Toutes tes joies, autant que toutes tes peines. Toutes tes réussites, aussi bien que tous tes échecs… n'ont d'autre but que de te ramener à toi, Tom.

Je sens une larme scintiller sous les paupières de mes yeux fermés.

— Regarde-moi, Tom, dit Lili.

J'ouvre les yeux, laissant s'échapper des perles humides qui roulent le long de mes joues.

— N'aie jamais peur de ce que tu peux faire, Tom. Pour le meilleur, comme pour le pire. Tu dois aller de l'avant. Tu dois réapprendre à vivre. Et je crois qu'Helena est venue pour te le rappeler, parce que c'est plus audible pour toi.

— Plus audible ? demandé-je.

— Oui. Tu ne m'écoutes pas très souvent… sans doute parce que je suis une vieille dame un peu folle, mais cette Helena t'ouvre une nouvelle route, un nouveau chemin. Un retour parmi les vivants. Tu comprends ?

Je réponds sans réfléchir :

— Je n'étais pas mort !

Lili soupire.

— Tu sais très bien ce que je veux dire.

Bien sûr que je le sais. C'est juste que je refuse de l'admettre. Je ne veux pas prendre le risque de… d'aimer à nouveau. Je sais la douleur immense, dévorante, annihilante que l'on ressent quand tout s'arrête. Surtout quand on ne s'y attend pas.

Certaines images du passé ressurgissent dans ma tête alors que Lili se lève, puis se dirige en direction de la cuisine, pour revenir presque aussitôt avec un mug à la main.

— Tiens, bois ça, cela te fera du bien !

Lili pose le mug de café noir sur le bord de la table, face à moi.

— Arrête de te torturer l'esprit, Tom. Tu vas nous faire une méningite. Je retourne m'occuper des autres. Nous terminerons cette conversation plus tard, d'accord ?

Je fais signe que oui et la remercie pour le café. Elle a l'air satisfaite et s'en va.

Je souffle sur ma tasse et mon regard se perd dans les volutes qui s'échappent de ma boisson. Je revois le passé. Yann avait embauché Victor comme maître de chai dans la distillerie qu'il tentait de créer. J'avais éprouvé une certaine jalousie à l'époque. Mon frère me prenait mon meilleur ami. J'ai encore un peu honte d'avoir éprouvé cela. Victor s'était formé pour cela, et très vite il était devenu aussi compétent que les meilleurs. C'était une magnifique opportunité pour lui. Et moi ? Yann m'a demandé de me joindre au projet. Lui, moi et Victor, nous allions créer le meilleur whisky français ! J'ai refusé. J'ai été un idiot... Puis, alors que tout se mettait en place sans moi, le pire est arrivé : l'accident de mon frère, puis son décès. J'ai touché le fond. C'est alors que Lili émit l'idée que je pouvais reprendre le projet de mon frère. Elle m'annonça qu'elle viendrait s'installer à la distillerie avec moi, si je le souhaitais. Victor se contenta d'admettre que c'était une bonne idée. J'ai réfléchi pendant plusieurs jours, et je me suis réveillé un matin en ayant la conviction que c'était mon salut, il fallait que je parte, que je poursuive le rêve de mon jumeau décédé. J'ai donc tout quitté et j'ai atterri dans les Hautes Alpes. J'étais plutôt doué pour ce qui concerne la vigne, le champagne, mais pour le whisky... c'était une autre histoire. Même si Victor m'avait rassuré en m'indiquant qu'il était là et que la fabrication du whisky n'était pas plus compliquée que la fabrication du champagne, j'avais du pain sur la planche. Alors je me suis formé à mon tour, et j'ai lu tout ce qui se rapportait à la production du whisky, en commençant par le commencement. De l'Irlande, à l'écosse, sans oublier le Japon qui avait réussi l'exploit de devenir une référence mondiale en matière de production et vente de whisky dans le monde. Pendant tout ce temps, j'apprenais aussi auprès de Victor. Au bout de deux ans, nous étions arrivés à la première production issue de notre distillerie, un whisky français, alpin, biologique, où tout était fait sur place.

Le temps a fait son œuvre. Plongé dans le travail et mettant au point la conception de notre whisky, ou plutôt de celui de Yann, j'allais mieux. On se remet de tout, même du pire avec le temps. Je pouvais à nouveau penser à Yann sans tomber dans le pathos. Sur le plan sentimental, j'avais fini par admettre que l'amour était un piège, et j'étais guéri. Mon ex n'était plus un souvenir douloureux. Pour ce qui me concerne, je m'étais fait une promesse : ne plus jamais tomber dans le piège de l'amour. Ce n'était qu'illusion et souffrance. C'est ainsi que j'ai pu poursuivre ma route. J'ai eu des aventures, certes, mais toujours sur le plan physique, jamais rien de sérieux. Dès qu'une fille commençait à s'attacher à moi, je mettais fin à notre relation. C'était clair dans mon esprit. J'ai parfois dû faire face à l'incompréhension. Certaines de mes aventures souhaitaient plus, mais je mettais les choses au clair aussitôt. Et puis, dans le trou perdu où je vivais, il n'y avait pas beaucoup de possibilités. Je descendais dans la vallée une fois par mois, et je sortais en boîte ou dans un bar. Je terminais la nuit à l'hôtel avec une femme pas trop farouche. Cela me suffisait, je pouvais ainsi satisfaire mes instincts primaires quand cela devenait nécessaire. Je devais parfois faire face au regard réprobateur de Lili qui ne disait rien, mais n'en pensait pas moins. Je devinais ses pensées. Elle aurait voulu que je mène à nouveau une vie saine, que je puisse retrouver un certain équilibre en retrouvant une vie amoureuse « normale », mais qu'est-ce que la normalité dans ce domaine ?

Je cligne des yeux et refais surface. Mon café est presque froid. Je ne peux que constater que le mur de mes résolutions, celui que je croyais d'une solidité à toutes épreuves, est à présent en train de se fissurer. Je termine d'un trait mon café tiède avant que Lili ne décide de revenir à la charge. J'aurais peut-être de nouveaux arguments à présenter pour ma défense d'ici ce soir.

Je sors du bâtiment qui nous sert de cantine et vais me réfugier dans ma maisonnette, rester un peu seul me donnera peut-être l'occasion de faire le point sans influence extérieure et d'y voir un peu plus clair.

J'entre chez moi et je vais m'affaler sur mon lit. Je ferme les yeux et… c'est le visage d'Helena qui apparaît dans ma tête. Il n'y a pas à dire, je suis mal barré !

27

HELENA

Vallée du Douro

27 avril

22H00

PORTUGAL

Alors que je sors de la douche et que je m'apprête à aller me coucher, mon portable sonne. Je m'enroule précipitamment dans une grande serviette éponge et me précipite dans ma chambre. J'attrape mon téléphone et constate une notification m'indiquant qu'un SMS de Rita vient d'arriver. J'ouvre le message :

« Salut Helena. Je n'ai pas eu de tes nouvelles depuis des lustres (bon OK, depuis trois jours), je te rappelle que je rentre en Suisse après-demain. J'aimerais beaucoup qu'on puisse se voir avant mon départ. En plus, tu me diras où tu en es avec ton french lover… Si tu n'es pas encore couchée, appelle-moi. Bise. Rita »

J'ai eu tellement à faire cette semaine que je n'ai plus

pensé au prochain départ de mon amie. C'est vrai qu'entre le traitement de ma vigne malade et la mise en place administrative de ma collaboration avec mon nouveau partenaire français, je n'ai pas eu une minute à moi. Cela dit, ce n'est pas plus mal. Cela m'a évité de trop penser à lui. Rita a raison, je n'ai pas pu empêcher de le voir apparaître dans mon esprit dans des moments tout à fait incongrus. Je suis allée démarcher hier une coopérative qui pourrait m'acheter une partie de ma production. Il faudra à ce propos que j'en parle avec Victor Amico. Nous échangeons par e-mail et j'avoue que, pour l'instant, je suis très agréablement surprise de la tournure des événements. Se pourrait-il que, contre toute attente, l'entreprise GVP soit une merveilleuse opportunité pour le domaine ? Il n'y a qu'un petit détail que j'ai remarqué en épluchant en détail le contrat qui nous lie. J'ai constaté que Victor Amico n'est pas l'unique dirigeant du groupe GVP, il est cofondateur. Jusqu'ici, ce n'est pas très grave, ce qui est étrange c'est que je n'ai pas vu le nom de l'autre personne notifié sur les documents. Nulle part. Je suis peut-être paranoïaque, mais c'est quelque chose que je dois éclaircir avec monsieur Amico lors de notre prochaine visioconférence.

En attendant de régler ce problème, je vais me sécher les cheveux, avant d'aller me blottir sous ma couette et d'empoigner mon smartphone pour appeler Rita. Dès la première sonnerie, j'entends mon amie :

— Allo ?

— Bonsoir Rita. Je ne te dérange pas ?

— Bien sûr que non. Je ne t'aurais pas demandé de m'appeler dès ce soir, si cela avait été le cas.

— Tu as raison.

— Comme toujours ! répond mon amie. Bon alors, tu as contacté ton étalon français depuis la dernière fois ?

Avec Rita, il n'y a jamais d'échauffement. On entre directement dans le vif du sujet.

— J'ai eu beaucoup de boulot et…

— J'en étais sûre ! me coupe Rita.

C'est peine perdue. Inutile de me trouver des excuses. Rita n'est pas du genre à se laisser berner par de fausses justifications. J'ai beau le savoir, j'ai toujours l'espoir que, cette fois-ci, cela pourrait passer, mais… non, pas avec Rita.

— Tu as raison. Je… C'est vrai, je n'arrive pas à l'appeler, capitulé-je.

J'entends Rita qui soupire à l'autre bout du fil.

— Ma pauvre Helena. Et je peux savoir pourquoi, si ce n'est pas trop te demander.

— Parce qu'il est hors de question que je lui demande quoi que ce soit.

— Que tu lui… Ma parole, tu es vraiment givrée, ma vieille, tu sais ça ? Il n'est pas question de lui demander quelque chose, juste de… prendre de ses nouvelles. Cela se fait quand on apprécie quelqu'un. Et puis, il t'a aidée, à ce que tu m'as dit, non ?

— Oui. Avec le mildiou.

— Le quoi ?

— C'est une maladie… dans les vignes.

— Je vois. Donc, ce garçon est gentil, il te file un coup de main, il est beau comme un Dieu, tu couches avec lui, et tu le laisses partir comme si c'était un vaurien. En plus, il est hors de question que mademoiselle Ribeiro puisse s'abaisser à contacter ce type bien sous tous rapports. J'ai bien saisi la situation ?

Je ferme les yeux et baisse la tête. J'ai envie de raccrocher parce que je sais bien que Rita a raison, que mon comportement n'est pas normal. Cela dit, je n'ai jamais prétendu que j'étais une fille « normale ».

— Je suis comme ça, c'est tout. Je ne peux rien y faire !

La voix de Rita résonne dans mon portable, j'écarte le haut-parleur de mon oreille.

— Si justement ! Tu peux y faire quelque chose. Tu peux… changer d'attitude, bordel !

Je rapproche mon iPhone tout contre mon oreille.

— Rita, on ne s'est pas vu depuis des années, et si c'est pour m'engueuler que tu me contactes, alors tu…

Rita ne me laisse pas finir ma phrase :

— Oui. C'est vrai, tu as raison, mais… qui d'autre que moi peut se permettre de te remettre les idées en place par ici, hein ? Dis-moi !

Difficile de lui donner tort. Avant il y avait mon frère, mais cela fait bien longtemps qu'il est parti vivre sa vie. Alors, oui, il n'y a qu'elle dans mon entourage. Cela dit, si elle croit me faire changer d'avis, elle se fourre le doigt dans l'œil.

— Rita, tu ne sais pas tout ce qui s'est passé dans ma vie depuis ton départ du Portugal. Tu ne sais pas comme la vie a été difficile pour moi. J'ai dû me battre pour partir étudier en France. Et même là, j'ai dû ruser pour que mon père ne me fasse pas obstacle. Tu comprends ce que je te dis ?

— Oui. Je comprends que ton père était un odieux misogyne qui voyait la femme juste bonne à faire des enfants, les élever et faire la bonniche pour monsieur. Ah oui, j'oubliais qu'il fallait aussi lui préparer ses repas. Le tableau est correct ?

— Mouais. C'est en gros un peu ça. Tu sais bien que pour cette génération d'hommes, ici, au Portugal, ils sont tous issus du même moule. C'était la même chose pour ton père, non ?

— Oui. C'est aussi pour cela que je suis partie dès que j'en ai eu l'occasion. Dieu merci, la nouvelle génération a évolué, on en est plus là, à présent. Ce que je veux dire, Helena, c'est que tu dois apprendre à faire confiance aux hommes. Ou plutôt, tu peux commencer avec Tom Auster, qu'en dis-tu ?

J'en dis que je ne sais plus où j'en suis. Voilà.

Depuis le temps que j'agis de la sorte, c'est presque devenu un réflexe chez moi. Dès qu'un homme entre dans le décor, j'ai mon radar personnel qui se met à clignoter et à sonner. Je sais bien que mon enfance, l'attitude de mon père à mon égard, tout cela a contribué à la façon dont je me suis construite. Pourtant, j'ai rencontré des hommes formidables, certains d'entre eux m'ont montré que tous n'étaient pas à loger à la même enseigne. Un de mes professeurs, pendant mes études en viticulture quand j'étais en France, était même le parfait antagoniste de mon père. Cependant, malgré cela, j'en suis toujours au même point. Pourquoi ? Je n'en sais rien. Il faut croire que les vieilles habitudes ont la vie dure. Ou alors, c'est moi qui déraille ? C'est aussi une possibilité parfaitement envisageable. D'ailleurs, c'est l'option que semble avoir choisie ma meilleure amie.

— Tu ne réponds rien ? poursuit Rita, passablement agitée.

— C'est compliqué, dis-je pour ma défense.

— Bon, voilà ce que je te propose. On se voit demain matin pour un petit déjeuner gargantuesque. C'est moi qui invite. Je tiens absolument à ce que tu me déballes tout ce que tu as sur le cœur, tout ce qui t'empêche d'admettre que ce garçon t'a tapé dans l'œil. Qu'est-ce que tu en dis ?

Je dois reconnaître que me confier à quelqu'un ne peut que me faire du bien. En plus, Rita est la meilleure option pour cela. Elle me connaît par cœur et ne fait pas de concession. Je ne réfléchis pas longtemps avant de répondre.

— D'accord.

— C'est vrai ? demande Rita.

— Bah oui.

— Fantastique ! Je craignais que tu ne te défiles à nouveau. C'est une bonne réponse, mademoiselle Ribeiro.

— Rita ?

— Oui. Quoi ?

— Merci.

— Il n'y a pas de quoi. Cela m'avait manqué… nos discussions endiablées. Alors, rendez-vous demain matin. Quelle heure ?

— Neuf heures ?

— Parfait. Je viendrai te chercher. Bonne nuit.

— Toi aussi.

Je pose mon téléphone sur la table de nuit et j'éteins la lampe de chevet. Le silence nocturne m'apaise. Je sens le sommeil me gagner, la dernière image qui s'affiche dans ma tête, avant de sombrer dans les bras de Morphée, est le visage de Tom Auster. Cela me procure une boule de mélancolie au niveau du sternum. Je me revois en train de le chasser du domaine, en lui disant qu'il n'était qu'une aventure d'un soir. On peut mentir aux autres, mais là, seule dans ce grand lit vide, je sais que c'était bien plus que ça.

28

TOM

Domaine Golden Sky

Saint-Jean-d'Hérans

Rhône-Alpes – France

2 mai

Matin

J'ai passé une sale nuit.

J'ai très peu dormi, et quand j'y suis enfin parvenu, mon sommeil était parsemé de cauchemars dont je ne me souviens plus les tenants et les aboutissants. Depuis mon retour, je n'arrive plus à dormir comme avant. Cela se ressent aussi sur mon travail à la distillerie. J'ai un mal fou à être concentré. Pire encore, j'ai perdu l'envie. Je n'aurais jamais cru cela possible, mais c'est comme si je n'avais plus goût à rien.

Je suis devant ma tasse de café, attablé dans la cuisine du domaine. Je me triture les méninges pour tenter de me recentrer sur mon travail. Cela fait presque une semaine que je suis revenu, il y a un tas de paperasses qui se sont entassées sur mon bureau, mais je n'ai toujours pas pu me résoudre à y jeter un coup d'œil. Le seul dossier que j'ai ouvert concerne notre groupe d'investissement GVP. Je me suis juste assuré que tout était en ordre, et je n'ai rien à dire. Victor a géré cela comme il faut, fidèle à ses habitudes. Je peux compter sur lui.

Alors que j'avale une énième gorgée de café fort, Victor entre et avance vers moi d'un pas rapide, suivi de près par Lili. Je renonce à terminer ma tasse que je repose sur la table. L'arrivée de ces deux-là ne me dit rien qui vaille. J'ai comme un pressentiment…

— Tom, on doit te parler ! clame de sa voix rauque Victor.

— Que se passe-t-il ? dis-je en faisant circuler mon regard de l'un à l'autre.

— Qu'est-ce que tu fabriques ? demande Victor.

— Comment ça ?

— Lili et moi, nous nous sommes parlé, dit-il en me lançant un regard sévère.

— Comme toujours, non ? dis-je en tentant une pointe d'humour qui ne les émeut pas le moins du monde.

— Il faut que tu repartes là-bas ! déclare solennellement Lili.

— Là-bas ! Où ça, là-bas ?

— Ne fais pas l'imbécile ! dit Victor. Entre tout ce que tu m'as raconté à propos de cette fille et ce que Lili a… ressenti, il n'y a pas à perdre une minute. Tu dois y retourner sans plus attendre !

Je les regarde tous les deux, pensant d'abord à une plaisanterie. Mais à voir leur mine grise et sinistre, ce n'est absolument pas le cas. Ils parlent sérieusement.

— Vous êtes tombés sur la tête, tous les deux ? demandé-je, en tentant de me lever pour être au même niveau qu'eux.

Victor appuie sur mon épaule, me forçant à me rasseoir, puis ils s'installent tous les deux sur le banc qui me fait face.

Lili prend la parole la première.

— Je te connais comme si je t'avais fait. Depuis tes treize ans, c'est moi qui m'occupe de toi, vrai ou faux ? demande-t-elle en fronçant les sourcils.

Je ne sais pas encore où ils veulent en venir, mais je me souviens de la dernière fois où je les ai vus tous les deux avec une tête comme celle-là.

— Euh… oui.

— Bien. Alors, tu vas m'écouter cette fois-ci. Il n'est pas question que tu fermes ta porte au bonheur, tu comprends ce que je dis ? demande Lili, en haussant la voix.

— Pour être honnête, pas vraiment.

— Ce que tu peux être bête parfois, ce n'est pas Dieu possible ! poursuit-elle. Tu vas prendre ton foutu avion et repartir illico presto retrouver cette jeune femme pour lui dire ce que tu ressens. Maintenant, est-ce que c'est plus clair ?

J'ouvre de grands yeux. Ma parole, ils sont tombés sur la tête. Je viens à peine d'arriver, je ne vais tout de même pas retourner chez Helena. Surtout après avoir été éconduit comme je l'ai été.

— Vous n'allez pas bien ? dis-je, en tapant du plat de mes mains sur la table. Lili, tu as perdu la boule ou quoi ? Victor, je t'en prie, dis quelque chose !

Victor plante son regard droit dans le mien.

— Lili a raison.

— Quoi ? Toi aussi, tu t'y mets…

— D'accord, alors écoute bien ce que j'ai à te dire monsieur Auster.

Aïe, quand Victor se met à m'appeler par mon nom, c'est que quelque chose ne va pas. En général, c'est quand je prends une décision unilatérale sans lui en parler au préalable. Mais bon, là, il s'agit de ma vie privée. Cela ne regarde que moi.

— Depuis ton retour, tu tournes en rond comme un lion en cage. Tu ne fais rien de tes journées. Je te signale que je me débrouille tout seul pour le filtrage à froid. Tu n'es même pas venu voir comment cela se passait.

— Mais je…

— Tais-toi et écoute, cela vaudra mieux. Je disais donc que tu restes enfermé dans ton bureau ou dans ta maisonnette à longueur de journée. Depuis que tu es venu reprendre l'affaire de Yann, cela n'était jamais arrivé. Cela nous ramène à des jours sombres et c'est inquiétant. Alors, si mon avis compte encore un peu pour toi, je suis parfaitement d'accord avec Lili. Tu prends ton jet et tu vas régler le problème avec ta belle Hélène.

— Elle s'appelle Helena, dis-je.

— Mouais. C'est pareil.

— Mais tu as besoin de moi, ici ! dis-je pour tenter de reprendre la main.

— Premièrement : Tu ne fiches rien depuis ton retour, désolé de te ramener à la dure réalité. Deuxièmement : Je n'ai jamais eu besoin de toi pour m'occuper du triple brassage, puis du filtrage. Ce ne sera pas une première. Alors, pour la dernière fois, tu prends ton fichu avion et tu décolles en direction de celle qui te met la tête à l'envers.

Je sais bien que tenter de trouver du soutien auprès de Lili est peine perdue. D'ailleurs, elle opine de la tête aux paroles de Victor. Deux contre un. J'ai perdu la partie, je le sais. Je tente toutefois de jouer ma dernière carte :

— Euh… vous savez qu'ici, c'est moi le patron ?

Ils se mettent à rire, tous les deux. Pas vraiment le genre de réaction que j'aurais souhaité, mais tout à fait celle que j'attendais d'eux.

— Allez, file faire ta valise, ensuite passe un appel à l'aéroport pour ta procédure de décollage. Par contre, j'ai un peu de travail ici, avec le brassage de l'eau, donc tu ne m'en voudras pas si je te laisse te débrouiller pour te rendre à l'aéroport de Grenoble.

J'observe Victor, puis mon regard converge vers Lili.

— OK, vous avez gagné. Je vais me préparer.

— À la bonne heure ! déclare Lili, le sourire retrouvé. Tout le mal qu'il faut se donner avec cette tête de mule, si ce n'est pas malheureux.

Lili et Victor s'éloignent en marchant côte à côte. Ils poursuivent leur dialogue, sachant pertinemment que je les entends encore.

— Tu sais Lili, c'est un grand enfant. Sans nous, il est perdu ! déclare Victor.

— Je sais bien. Il peut remercier le ciel de nous avoir ! répond Lili.

Ils sont maintenant à une vingtaine de mètres de ma position, mais j'entends encore quelques bribes de conversation.

— Et puis… tu sais bien qu'il… avec l'âge… plus aussi séduisant qu'autrefois… ferait bien de ne pas louper le coche !

Ils disparaissent derrière les baraquements dans un éclat de rire pendant que je les regarde avec, à mon tour, un sourire aux lèvres.

29

HELENA

Vallée du Douro

3 mai

9H00

PORTUGAL

Rita va repartir en Suisse.

Avant son départ, je me rends chez ses parents qui gardent ses enfants pendant son séjour ici, histoire de leur claquer une bise, et de souhaiter bon voyage à mon amie d'enfance.

— Alors ? dit Rita.

Je sais très bien ce qu'elle veut dire avec ce mot unique.

— Je t'assure que j'ai sérieusement pensé à tout ce que tu m'as dit au téléphone l'autre jour. J'ai retourné ça dans ma tête une bonne centaine de fois.

— Et ?

— Il me faut un peu de temps, mais je sais que c'est toi qui es dans le vrai. Je devrais contacter Tom et… lui dire que je suis désolée pour ce que je lui ai dit la dernière fois.

Alors que la mère de Rita vient nous servir un café avec des biscuits, je vois que Rita n'est pas complètement satisfaite de ma réponse. Elle s'attendait sans doute à ce que je réagisse au quart de tour.

— Tu aurais déjà dû le contacter. Chaque jour qui passe est un jour perdu, ajoute-t-elle, histoire d'enfoncer le clou.

Je remercie la mère de Rita qui s'éloigne, nous laissant converser entre nous.

— Que veux-tu que je te dise ?

— Que tu vas l'appeler aujourd'hui !

— Aujourd'hui ! Mais…

— Il n'y a pas de mais qui tienne. Ou alors, tu lui envoies un texto, si tu as la frousse. C'est moins élégant, mais c'est un premier pas. Tu as ton téléphone sur toi ? m'interroge-t-elle.

— Qui ne l'a pas ?

— Parfait, dans ce cas pas une seconde à perdre. Tu lui rédiges un texto vite fait, lui indiquant que tu as besoin de lui parler et lui demandant si tu peux l'appeler. Cela sera moins difficile, parce que s'il te répond oui, c'est qu'il n'a pas décidé de t'oublier à jamais et qu'il t'a pardonné.

Je reste figée. Rita a un pouvoir de persuasion que j'avais presque oublié. J'obéis, tel un robot, et sors mon smartphone de mon sac à main.

— Tu ne l'as pas effacé de tes contacts au moins ?

— Non.

— Ouf !

Je fais défiler mes contacts jusqu'à la lettre T. Rita regarde par-dessus mon épaule.

— Tu l'as mis à T ? demande-t-elle, l'air ahuri.

— Bah oui, il s'appelle Tom.

— Il s'appelle Tom Auster. Tu aurais pu le mettre à A, pour son nom de famille.

Je hausse les épaules.

— J'ai couché avec ce garçon, tu sais. Alors, je peux l'appeler par son prénom, tu ne crois pas ? En plus, je ne connais pas d'autre Tom, donc aucune ambiguïté.

— Mouais. Bon, allez, vas-y, écris-lui !

Cela claque presque comme un ordre, comme quand nous étions gamines.

— On dirait presque que tu ne me laisses pas le choix, Rita.

— En effet. Quand tu nages à contre-courant, il est nécessaire de te remettre dans le droit chemin. Tu te souviens, quand nous étions ados, combien de fois tu as fait le contraire de ce que tu voulais vraiment. Heureusement, j'ai toujours lu en toi comme dans un livre ouvert. Combien de fois ai-je dû presque t'obliger à agir dans ton intérêt, presque malgré toi ?

Je n'ai pas besoin de réfléchir bien longtemps. C'est arrivé un nombre incalculable de fois, je suis bien obligée de l'admettre.

— J'étais une gamine, à l'époque. J'ai changé, tu sais. Même si tu n'as pas l'air de t'en apercevoir !

Rita croise les bras sur sa poitrine et me fustige du regard.

— Tu as peut-être changé physiquement, mais pas dans ta façon de te prendre en main… Bien sûr, loin de moi l'idée de m'immiscer dans ta vie professionnelle. En revanche, pour ce qui concerne les garçons… je crois que je t'ai rendu service à de nombreuses reprises, vrai ou faux ?

Je baisse la tête.

— Vrai.

— Ah, tout de même ! Donc, je pense que tu peux me croire encore une fois quand je te dis qu'en ce qui concerne ce garçon…

— Cet homme !

— Oui. Si tu veux. Donc, en ce qui concerne cet *homme*, tu es en train de faire une énorme erreur, et ça, je peux te dire que je le sens au plus profond de moi.

Quel argument trouver pour faire vaciller mon amie ? Elle a toujours eu une sorte de sixième sens, un atout très précieux qui lui a toujours permis de savoir très vite à qui elle avait affaire. Cela lui a évité bien des déconvenues par le passé. L'ennui est qu'avec moi aussi, elle a toujours eu cette faculté instinctive de savoir si mon petit copain du moment était un type bien ou un mec à éviter en se mettant à courir à toutes jambes. Je ne l'ai pas toujours écoutée, à mon grand regret. Cela aurait pu m'éviter des cascades de larmes et des kilos en trop. Oui, parce qu'après chacune de mes ruptures, je ne trouvais rien de mieux que de me consoler avec des pots de *Ben & Jerry's*. Bref, ce qu'elle est en train de me dire à présent n'arrange pas mes affaires, mais je ne peux pas faire comme si de rien n'était. Le passé plaide pour Rita. Je devrais m'incliner. Mais, c'est plus fort que moi, il faut à tout prix que je résiste.

— L'erreur serait de croire en l'amour.

Rita se fige et me regarde comme si j'étais un extraterrestre descendu de sa soucoupe volante.

— Mais, Helena, l'amour existe ! C'est une certitude.

— Je sais.

— Alors je ne comprends pas ce que tu viens de dire.

Je tapote l'extrémité de mon biscuit sur le rebord de ma tasse de café.

— C'est pourtant simple. Oui, l'amour existe, mais… il n'apporte pas le bonheur. C'est même tout le contraire.

Rita fait une grimace qui indique que j'ai atteint un point sensible. Elle ne peut pas laisser dire cela, ce serait aller contre ses idées, contre ce qui est enraciné en elle depuis toujours.

— Tu ne penses pas vraiment ce que tu dis ! Si ?

Mon biscuit se rompt en deux morceaux. Normal, à force de jouer avec… Je ramasse les miettes et les dépose sur le bord du plateau.

— Et pourtant, c'est le cas… Depuis le temps que tu cherches à me caser avec un garçon. Depuis qu'on se connaît si j'ai bonne mémoire. Mais, ce que j'ai pu observer m'indique le contraire, Rita ! L'amour n'apporte que pleurs et tourments. Oh bien sûr, il y a bien une période faste, mais si éphémère que cela ne vaut pas la peine de s'y attarder. À la fin, c'est toujours la même chose.

Rita remplit à nouveau sa tasse. Un peu de caféine lui permettra peut-être de faire la part des choses. Ce n'est pas la première fois qu'elle et moi discutons un point de désaccord, mais c'est la première fois que cela prend un tournant si sérieux. Cette fois-ci, aucune pincée d'humour pour rendre le sujet plus léger.

— Donc, si je te suis bien, tu refuses une histoire avec Tom Auster sous prétexte qu'elle pourrait finir mal, c'est ça ?

Avant de répondre, je lui présente ma tasse vide afin qu'elle la remplisse aussi.

— Dans les grandes largeurs, c'est à peu près ça, oui.

Rita me fustige du regard.

— Tu as conscience de l'énormité de ta logique à deux balles ? me demande-t-elle sans me laisser le temps de répondre. On se connaît depuis qu'on est gamines. J'ai été ta confidente pendant de nombreuses années. Je te connais Helena, sans doute mieux que tu ne l'imagines.

Elle se penche vers moi et m'attrape par les épaules. Son regard se fige et elle semble sonder mon âme. Je sais qu'elle est mon amie, et le fait d'avoir perdu le contact ces deux dernières années n'y change rien. C'est comme ça. Ce le sera peut-être jusqu'à la fin de nos vies. Rita et Helena. Comme autrefois.

— Je sais de quoi tu as peur, poursuit-elle. Tu peux le cacher à qui tu veux, mais pas à moi. Je sais ce qui se cache, là, dans ta petite tête, bien tapi à l'intérieur. Le décès de ta mère a été un choc et cela t'a anéanti. Mais, il faut que tu comprennes qu'elle t'aimait et qu'elle ne t'a pas abandonnée. C'était le destin, la faute à pas de chance. Mais elle ne t'a pas laissée volontairement, tu comprends ?

Une perle salée suit la forme de ma joue. Avant qu'elle ne s'échappe puis s'écrase au sol, je la balaie d'un revers de main.

— Je sais bien tout ça, dis-je en reniflant.

— Tu crois ? Parce que je n'en ai jamais vraiment eu l'impression. Et puis, s'il n'y avait que la mort de ta mère. Tu m'autorises à parler de ton père ? Parce qu'il y en a des choses à dire. Lui, après cette tragédie familiale, il t'a carrément mise au placard. Déjà qu'il ne s'occupait pas beaucoup de toi avant, mais sans ta mère pour contrebalancer, c'est comme si tu n'existais plus !

— Tu exagères, Rita.

— Vraiment ? Parce que c'est exactement ce dont je me souviens. Combien de fois t'ai-je consolée à ce propos ? Des centaines.

Je baisse la tête, réflexe involontaire plus qu'abdication.

— Et ton cher frère... on en parle ? Il n'a rien trouvé de mieux que de ficher le camp quand tu avais besoin de lui. Monsieur s'est senti pousser des ailes et a choisi l'aventure, dans tous les sens du terme. Pendant ce temps là, toi, tu es restée avec papa, alors que lui perdait son chouchou. Tu parles d'une partie de plaisir ! Et puis, pour couronner le tout, parce qu'il fallait bien porter l'estocade, il a fallu que, moi, je te quitte aussi. Mon départ pour la Suisse a dû te faire... un mal de chien. Je le sais aujourd'hui. Je l'ai toujours su. C'est pour ça que j'ai cessé de te contacter. C'était trop dur. Je me sentais coupable. Voilà, c'est dit.

Nous restons là, face à face, silencieuses. J'aimerais dire à Rita que ce n'est rien. Que tout ça n'est que fantaisie, des idées stupides issues de son imagination hyperactive, mais ce serait mentir, parce qu'elle a raison ! Je n'avais plus qu'elle à une époque. Quand elle est partie, elle aussi, j'ai cru que j'allais mourir. Je me suis sentie seule comme jamais. Je suis restée inerte pendant une longue période. Heureusement, il y a eu cette opportunité de partir étudier les métiers de la vigne en France, sans cela... Le plus étonnant, c'est que Rita est revenue dans ma vie, même si ce n'est que pour quelques jours, c'est comme si, pendant tout ce temps où nous étions restées sans nous voir, nous avions occulté ce desserrement des liens qui nous unissaient autrefois. Avec le temps, je ne savais plus vraiment laquelle de nous deux avait cessé la première d'appeler l'autre. Mais, en définitive, quelle importance aujourd'hui ? Inutile de remuer le passé, surtout s'il est douloureux.

— Tu as raison, Rita. J'ai beaucoup souffert de ton départ. Cela a été très difficile de continuer à vivre au jour le jour, sans toi près de moi. Sans doute parce que depuis si longtemps, tu étais toujours à mes côtés. Par contre, tu peux me croire quand je te dis que tu n'y es pour rien.

— Un peu tout de même ! rétorque Rita.

— Non. On ne vit pas pour les autres, même pour une amie très proche. Chacun a sa vie. C'est comme ça. Tu devais partir, toi aussi. D'ailleurs, regarde-toi aujourd'hui ! Tu as réussi ton pari, non ? Je veux dire, tu as un mari…

— Mieux vaut ne pas trop s'étendre sur ce sujet, crois-moi ! me coupe Rita.

J'imagine que tout n'est pas rose dans son couple, mais… qui peut se targuer de vivre le bonheur parfait dans son ménage ?

— Bon. Alors, tu as tes enfants.

— Oui, de ce côté-là, tu as raison, je suis comblée.

— Et ce n'est pas rien, crois-moi, dis-je en haussant les épaules.

Rita me scrute et elle perçoit mon trouble immédiatement.

— Et toi, tu y penses de temps en temps ?

— Tu veux dire… sur le fait d'avoir des enfants ?

— Oui.

— Eh bien… comme toutes les femmes, non ?

— Oui, mais toi ?

Je ferme les yeux et vois *La Quinta*.

— Pour l'instant, mon seul bébé c'est le domaine. Et il est souffrant. C'est ma seule préoccupation à l'heure actuelle.

Rita attrape mes mains et les serre plus fort que de raison.

— Mouais… Tu as la trentaine, ma vieille. Il serait vraiment temps que tu te préoccupes de te trouver un homme, mais ça c'est déjà fait, moi je dirais… Et ensuite de faire un bébé !

J'hallucine. Ai-je bien entendu ? Je tente de faire le tri.

Elle pense que Tom Auster est l'homme de la situation. Non seulement, c'est une supposition infondée, mais en plus l'idée de faire un bébé avec lui… c'est vraiment dépasser les bornes. Cela me fait sortir de mes gonds.

— Rita, parfois tu ferais mieux de te taire. Tu dis vraiment n'importe quoi. Sache, pour ta gouverne, que je ne me préoccupe *pas* de me trouver un homme. Alors, fonder une famille… on en est loin !

Rita me gratifie d'un lumineux sourire. Le genre « cause toujours ma vieille ».

— On en reparlera dans quelque temps… rétorque-t-elle, sans perdre de son assurance. Allez, viens ! Sortons faire quelques pas pendant que maman s'occupe encore des enfants pour les derniers instants de répit qu'il me reste.

Elle se lève et m'invite à la suivre.

— Je préviens ma mère, et on y va.

Je préférerais rentrer au domaine, mais c'est vrai que Rita va repartir dans quelques heures et c'est sans doute notre dernière rencontre avant un moment.

Rita revient tout sourire et me prend par la main.

— Allez, viens ! J'ai quelque chose à te montrer. On peut prendre ta voiture ?

— Euh… oui, bien sûr.

— Super ! Alors en route.

Nous sortons de *Peso da Régua*, c'est le nom du village où nous avons grandi, Rita et moi. Le moteur de ma vieille Cox rugit et ce n'est pas évident de s'entendre quand je roule à basse vitesse. C'est sans doute pour cela que Rita ne me dit rien.

— Prends par là ! m'ordonne-t-elle, alors que j'arrive au croisement de la rue *Joao de Lemos*.

Après être passée devant la caserne des pompiers volontaires, je m'interroge tout haut.

— Mais… c'est la direction du fleuve. Tu nous emmènes vers le Douro ?

Rita me gratifie d'un sourire en guise de réponse.

— Je continue tout droit ? dis-je en espérant autre chose qu'une grimace pour seule réponse.

— Oui. Tu prends la Nationale 108 et tu continues tout droit.

Je poursuis ma route sur quelques centaines de mètres avant d'apercevoir au loin, le célèbre *ponte da Régua*, un magnifique ouvrage traversant le fleuve.

— Tu veux que je passe sur le pont après le rond-point ?

— Non ! répond Rita. Laisse la voiture un peu avant, il y a des places de stationnement. On va prendre le petit pont piétonnier, là, juste avant.

Je suis les consignes de mon amie et profite d'une place de parking libre un peu plus loin, avant de sortir de la voiture et de suivre Rita qui marche d'un pas alerte. Pour elle, c'est facile grâce à ses grandes jambes. Je peine à la suivre, avant qu'elle ne s'arrête en plein milieu du pont, déposant ses coudes sur la rambarde de bois peint.

— Viens voir, Helena ! me lance-t-elle.

Je me pose droite comme un i à côté de ma meilleure amie. Je ne sais pas ce qu'elle a derrière la tête, mais elle a piqué ma curiosité, c'est certain.

— Quoi ? je lui demande.

— Bah, ouvre tes yeux ! Qu'est-ce que tu vois devant toi ? m'interroge-t-elle comme si j'étais une demeurée.

Devant moi se dresse le *ponte de Régua*. De là, la vue sur le fleuve Douro est splendide ! Pour les rares touristes de passage, elle permet d'observer les environs sur trois cent soixante degrés et offre une superbe vue panoramique. De notre piédestal, la version parallèle et piétonne de l'édifice principale, on peut admirer le savoir-faire du génie civil portugais. Le pont est construit en arc avec un tablier supérieur, l'édifice date de la Seconde Guerre mondiale, mais il a toujours fière allure.

— Je suis de la région, tu es au courant ? dis-je sur un ton moqueur.

Rita ne relève pas mon sarcasme. Elle est concentrée sur la structure qui traverse le fleuve, sur laquelle des camions et des automobiles passent de façon continue, traversant le Douro pour filer sur la rive d'en face.

— Tu te souviens de ce qui s'est passé sur ce pont, Helena ? me demande-t-elle avec un air grave qui lui déforme quelque peu le visage.

Je tente de faire marcher le disque dur organique qui me fait office de cerveau. J'ai une page d'erreur 404 qui apparaît sur l'écran de mes pensées.

— Euh… non, cela ne me dit rien, je réponds un peu honteuse.

— L'accident de bus, tu ne te souviens pas ? demande-t-elle à nouveau.

Cela me dit quelque chose, mais je ne parviens pas à rassembler le puzzle. Je me souviens que cela remonte à notre enfance, il y avait eu un bus qui était tombé du pont routier. Mais j'étais gamine et je ne me rappelle plus trop des circonstances, encore moins des détails.

— C'était quand on était petites, c'est ça ?

— Oui. On avait dix ans.

J'avais vu juste, mais où veut-elle en venir avec cette histoire ? J'avoue que je ne comprends pas.

— En fait, c'est ma grande sœur qui me parlait tout le temps de cet accident.

— Vitoria ?

Rita opine de la tête.

— L'histoire c'est que ma sœur avait une amie, enfin une camarade de lycée, tu vois ? Elle s'appelait Gloria.

Je fronce les sourcils.

— Tu veux dire qu'elle était dans ce bus quand il est tombé du pont ?

— Non. Laisse-moi te raconter toute l'histoire sans m'interrompre, s'il te plaît. D'accord ? Après tu comprendras.

— D'accord.

— Bien. Donc, cette copine de ma sœur qui s'appelait Gloria était tombée sous le charme d'un jeune garçon qui s'appelait Jorge. Ils s'étaient connus pendant un été. Lui l'avait invitée à danser pendant le bal de village. Ensuite, ils s'étaient retrouvés dans tous les villages proches qui organisaient des bals pendant les festivités du mois d'août. Bref, à la fin de l'été, le garçon avait avoué à Gloria qu'il était tombé amoureux d'elle et il lui avait demandé si elle aussi éprouvait quelque chose pour lui…

Rita s'interrompt, mais je n'ose pas lui demander de poursuivre. Heureusement, après un court arrêt, elle reprend son histoire.

— Comme Gloria était une bonne copine de ma sœur, elle lui avait confié qu'elle n'avait pas pu lui répondre immédiatement. Elle lui avait seulement dit qu'elle y réfléchirait. En fait, elle éprouvait bien quelque chose pour ce jeune homme, il faut dire que était très séduisant et qu'en plus c'était un gentil garçon. Mais voilà, Gloria se méfiait des garçons parce que… sa mère lui avait toujours dépeint les hommes comme des brutes épaisses qui n'avaient qu'une idée en tête avec les filles, enfin inutile de te faire un dessin ! Du coup, Gloria s'était ouverte à sa meilleure amie, ma sœur Vitoria, avouant qu'elle était tombée amoureuse de ce jeune homme, mais qu'elle ne savait pas quoi faire…

Rita stoppe une nouvelle fois son récit. Je me doute qu'elle attend une réaction de ma part. Effectivement, elle a piqué ma curiosité. Cela dit, je ne vois toujours pas quel peut être le lien entre l'accident de bus qui a marqué l'histoire du village et surtout du pont, à moins que…

— Jorge était dans le bus ? dis-je en hurlant presque.

Un éclair fait soudain briller le regard de Rita qui me regarde comme si je venais de trouver le Saint Graal. Elle se tourne face au pont où s'est produit l'accident.

— Tu vois quand tu veux ! déclare-t-elle, sans quitter l'édifice qui nous surplombe de toute sa grandeur.

Je fixe la construction gigantesque moi aussi. Je ne vois qu'une armature d'acier avec le vide qui vient épouser le fleuve en contrebas. Cela me donne des frissons dans le dos. J'essaie d'imaginer ce qui a pu se dérouler il y a plus de vingt ans.

— Il est mort dans l'accident, c'est ça ? je lui demande.

— Oui. Quelle tristesse, tu ne trouves pas ? Ce garçon partait travailler, il était amoureux d'une fille qui l'était aussi en retour. Malheureusement, ce pauvre garçon ne l'a jamais su. Il est parti sans savoir les sentiments que Gloria éprouvait pour lui.

Le vent tourbillonnant fait voleter mes cheveux qui s'entremêlent dans les branches de mes lunettes de soleil. Je remets une mèche en place.

— Bon, d'accord. C'est malheureux ton histoire, mais pourquoi voulais-tu me raconter ça avant ton départ ? J'avais oublié à quel point tu peux être étrange parfois. Qu'est-ce que tu veux me dire avec cette histoire, Rita ?

Elle se retourne lentement. Ses gestes sont mesurés, comme si elle devait économiser la plus petite parcelle d'énergie, elle seule sait pourquoi. Elle finit par m'attraper par les épaules. Je vois que ses yeux se mettent soudain à briller.

— Je suis venu te montrer ce pont et te raconter l'histoire tragique qui y est liée afin que tu comprennes enfin qu'il ne faut pas… avoir peur de vivre, Helena.

— Hein ?

— Tu as bien compris.

— Pardon, mais en fait… non. Je ne vois pas le rapport entre cet accident de bus, la mort de ce Jorge, le fait que cette Gloria n'a pas osé lui dire qu'elle…

Tout à coup, cela fait *tilt* dans mon esprit. Cela éclate comme une évidence. En fait, c'était là, mais je ne voulais pas le voir.

— Tu commences enfin à comprendre ? murmure Rita, la voix devenue presque inaudible à cause du vent de plus en plus violent. Gloria était engluée dans sa légende familiale, en réalité je ne sais plus trop de quoi il s'agissait, mais ma sœur m'avait raconté quelque chose comme une peur irrationnelle des garçons, du fait qu'ils ne cherchaient qu'à abuser des filles, bref… tout cela n'était pas *sa* peur, mais celle de sa mère.

Rita s'interrompt, mais je n'ose pas reprendre la parole. Je sais maintenant ce que ma meilleure amie a voulu me faire passer comme message.

— Toi, tu n'oses pas te laisser aimer par un homme, parce que tu as assimilé le comportement de ton père envers les femmes, et donc envers *toi*, comme si c'était un trait inhérent à tous les hommes, tu vois ? En réalité, c'est totalement faux.

Tout le monde n'a pas cette vision des rapports hommes/femmes. Ton père a complètement faussé ton appréciation de la situation. Du coup, tu penses que toutes les histoires ont la même destination, que les hommes cherchent toujours à soumettre les femmes, à les dominer parce qu'une femme vaudrait moins qu'un homme. Je me trompe ?

Non, elle ne se trompe pas. Même si cela me fait mal, je sais bien qu'elle a raison. En même temps, ce n'est pas une découverte pour moi. Je sais parfaitement où j'en suis et à qui je le dois. Il y a longtemps que j'ai compris la manipulation paternelle dont j'ai été la victime. Pour autant, le fait de savoir cela ne m'a pas permis de m'en libérer. On peut prendre conscience que quelque chose d'irrationnel nous pourrit la vie, et ne pas parvenir à s'en extraire pour autant. Et ça, c'est ma vie.

Je tente une parade, même si j'estime mes chances de reprendre la main face à Rita à… dix pour cent environ.

— Tu m'as déjà dit la même chose autrefois… avec d'autres mots, et en utilisant une autre métaphore, mais je me souviens que c'était pratiquement la même chose, dis-je en relevant la tête pour soutenir le regard de mon amie.

— Exact. Je m'en souviens très bien. C'était le jour de ton dix-huitième anniversaire. Malheureusement, je ne suis pas parvenue à te libérer du joug de ton paternel. Pas plus ce jour-là qu'un autre, cela dit.

Quand on a raison, on a raison. Que puis-je répondre à cela ? En plus, avec Rita, il est inutile de tenter le moindre subterfuge pour s'en sortir, elle me connaît trop bien. C'est d'ailleurs étrange comme on peut reprendre une relation là où on l'avait laissée, alors qu'un *break* de plusieurs années est passé par là. On dit que les vrais amis peuvent se perdre de vue pendant des années et se retrouver un beau jour comme si de rien n'était. Je ne peux que constater la véracité de cette affirmation, en tout cas pour ce qui concerne Rita et moi.

— Et cette fille ? Sais-tu si elle a regretté de n'avoir pas dit ce qu'elle ressentait à ce pauvre garçon ?

— Difficile à dire. Ce n'était pas mon amie, mais celle de ma sœur. D'après ce que ma frangine m'a expliqué, je dirais que… oui. Elle a exprimé ses regrets, une fois. Mais ce n'était pas pour elle. C'était pour lui. Elle connaissait ses propres sentiments, lui non. Jorge est mort en croyant que Gloria ne l'aimait pas. C'est triste de quitter ce monde dans cette situation.

— Sauf que Tom n'est pas mort, lui.

— Que connais-tu de l'avenir, madame Irma ? On ne sait jamais ce qui peut se passer. On devrait toujours dire qu'on les aime à ceux qu'on aime. Et puisque j'en parle… je t'aime, vieille tête de mule !

Je ne sais pas pourquoi, mais entendre Rita me dire qu'elle m'aime me fiche une trouille bleue.

— Tais-toi ! dis-je en plaquant ma main sur sa bouche.

Elle reprend la parole après un temps d'arrêt.

— Ah ben, merci ! Je te dis que je t'aime et toi…

— C'est ta faute ! Avec ton histoire, j'ai peur qu'un drame arrive, maintenant.

Rita pouffe.

— Décidément, tu ne grandiras jamais. Ta vie doit être impossible si tu crois à tous ces bobards, ces superstitions. Tu ne passes jamais sous une échelle ? Si un chat noir croise ton chemin, c'est la fin du monde ? se moque-t-elle.

Je réalise que ces *bobards* me viennent de ma mère, et de ma grand-mère aussi. J'ai été élevée avec ces recommandations. Ma mère les tenait de sa propre mère. J'imagine qu'il n'est pas aisé de s'en débarrasser sans renier son éducation, le respect que l'on a pour sa famille, ce qui semble important aux yeux de celle qui nous a mis au monde.

Rita m'extirpe de mes souvenirs d'enfance.

— Tu es partie loin là, non ? demande-t-elle.

J'esquisse un sourire.

— C'est vrai. Je revoyais ma mère et ma grand-mère. Elles étaient très superstitieuses. Du coup, moi aussi.

Rita fronce les sourcils.

— Mouais ! Tu sais que tu es un être libre, hein ?

Cette fois, c'est moi qui fais la moue.

— Euh… bah oui, je sais.

— Ah oui, vraiment ? Entre les délires de ton père sur la place des femmes dans la société et les méchants garçons qui veulent tout le temps leur faire du mal et ne leur laisser que des miettes, et les superstitions de ta mère… tu m'étonnes que tu sois un peu à l'ouest, ma vieille !

Je tente de garder mon sérieux, mais je sens que cela va être problématique.

Rita me gratifie d'une grimace hilarante, le genre de tête de folle furieuse pour se moquer de moi.

Je ne parviens plus à réprimer mon fou rire. Cela sort avec une force qui m'étonne moi-même. J'éclate de rire, entraînant mon amie dans la vague.

Soudain, un autocar passe sur le pont en face de nous.

Je le fixe et, tout en reprenant mes esprits après cette tranche de rire, prends une décision radicale. Dans la foulée, je sors mon téléphone portable de ma poche et m'active sur l'écran digital.

— Qu'est-ce que tu fais ? me demande Rita en reprenant son souffle.

— J'envoie un texto à Tom.

— Merci mon Dieu ! s'exclame Rita.

— Non, merci à toi, dis-je en lui déposant un baiser sur la joue.

30

TOM

Aéroport de Grenoble

Rhône-Alpes – France

3 mai

12h30

Mon téléphone m'avertit de l'arrivée d'un SMS alors que je signe les dernières formalités pour mon vol vers Porto. Ce doit être Victor qui me souhaite bon voyage. Quelle n'est pas ma surprise quand je découvre que le texto en question vient… d'Helena !

Bonjour Tom, je sais que ça peut paraître totalement insensé de te contacter comme ça après ce qui s'est passé entre nous, enfin, je veux dire, après t'avoir repoussé et demandé de partir, mais… comment dire… j'ai fait une erreur. Je viens de discuter avec ma meilleure amie, qui est aussi ma seule confidente, et je sais à présent que j'ai mal agi. Je suis une fille compliquée, tu as pu t'en apercevoir. Enfin, je viens officiellement te présenter mes excuses et j'aimerais beaucoup que tu m'appelles pour qu'on puisse discuter de tout ça. J'espère sincèrement que tu dépasseras la colère que tu dois ressentir envers moi et que tu voudras bien me pardonner pour reprendre là où nous en étions avant que… avant que je ne fasse n'importe quoi. J'attends fébrile une réponse de ta part. Appelle-moi ! Helena.

— Monsieur Auster ? Si vous voulez bien vous donner la peine de signer votre carte d'embarquement, s'il vous plaît !

— Euh… oui, pardonnez-moi.

Je termine les formalités et me dirige avec mon bagage vers le hangar où m'attend mon jet privé. Je relis le message d'Helena afin d'être sûr de ne pas avoir rêvé.

Tout comme l'aéroport de Porto où je vais me rendre, celui de Grenoble attribue, lui aussi, une piste spécialement pour les avions privés. Abrité par un hangar en métal ondulé mon HondaJet m'attend. Je presse le pas. Je sais que c'est ridicule si l'on se réfère au voyage qui m'attend, mais après ce message d'Helena, je brûle d'envie de la prendre dans mes bras, et de l'embrasser.

Une petite demi-heure s'est écoulée et je suis aux commandes de mon avion.

Le ciel est dégagé.

J'ai résisté à l'envie de répondre à Helena aussitôt. Je préfère lui faire la surprise. Je ne la contacterai pas en atterrissant à Porto. Je louerai un véhicule, comme la première fois, puis je roulerai vers elle, arrivant sans prévenir dans la cour de son domaine. C'est un enchaînement de circonstances, mêlé à des prises de décisions rapides et appuyées par Lili et Victor, qui m'a conduit à foncer en plein ciel en direction de Porto, à peine quelques jours après après en être parti. Quand j'y réfléchis un instant, c'est totalement insensé, voire immature. J'ai la livraison des fûts qui doit avoir lieu dans la semaine. Il y a mille choses à faire à la distillerie. Et moi, je vole vers une fille qui, la dernière fois, m'a envoyé sur les roses. C'est du grand n'importe quoi. Je ne tourne pas rond. C'est d'autant plus vrai que cela va totalement à l'encontre de ma ligne de conduite, celle que je m'étais fixée après une peine de cœur qui aurait pu m'être fatale. Seulement voilà, je suis comme tous les autres. La raison ne l'emporte pas sur les palpitations incontrôlables du cœur.

Je surveille mes instruments de navigation. Tout est en ordre. Je profite du spectacle céleste. C'est juste magnifique. Je fonce à 682 km/h et pourtant j'ai l'impression de me traîner. Cela ne va pas assez vite. Je voudrais me téléporter pour être instantanément à ses côtés. Je m'extrais des derniers cumulonimbus et me retrouve face au soleil radieux. Je fixe mon regard sur les nuages pour ne pas être ébloui. C'est là que j'aperçois le visage de Yann. Je l'imagine en train de me rabrouer, comme il aimait le faire de son vivant. Je sais très exactement ce qu'il me dirait : q*u'est-ce que tu es en train de faire, patate ?* Ce que je suis en train de faire ? Je vais rejoindre la femme qui occupe tout mon espace, celle qui littéralement me donne le tournis, celle qui depuis mon retour en France m'a planté un sabre dans le cœur, a déposé une boule dans ma poitrine, quelque chose qui m'empêche presque de respirer. Tu sais Yann, je ne l'ai même pas dit à Victor, mais… je souffre le martyre depuis qu'elle m'a repoussé. Je tente bien de donner le change, mais… avec Lili et Victor, tu sais que cela n'a aucune chance de réussir. Ils lisent en moi comme si c'était écrit en lettres capitales sur mon front. Alors voilà, je suis peut-être une *papate*, comme tu dis, mais j'y vais... et je verrai bien ce qui se passe. Je ne peux pas prendre le risque de ne rien tenter. Je sais que je le regretterai pour le reste de mon existence. Et puis, même si c'est aussi improbable qu'inattendu, c'est elle qui agite mon cœur. Et ça, c'est quelque chose d'unique, donc de précieux. Je ne peux pas faire comme si de rien n'était, non ? Je ne peux pas ignorer ce que tout mon cœur et mon esprit me crient ! Je présume que tu vas peut-être te moquer de moi, mon frère, mais à toi je peux le dire sans crainte, elle s'appelle Helena, et... je suis tombé amoureux d'elle. Alors je fends les airs pour la retrouver, parce que son absence me tue à petit feu, parce que je sais qu'elle ressent quelque chose pour moi, elle aussi. Il y a juste à détruire les murs qui nous empêchent de nous rejoindre. Voilà, Yann, ce que je m'apprête à faire.

*

Après un peu moins de deux heures de vol, j'ai atterri sur la piste de l'aéroport international de Porto. Mon jet est rangé dans le même hangar que la première fois. J'ai quitté le tarmac avec ma valise à roulettes qui a le don de m'insupporter parce qu'elle fait un bruit monstrueux. Il va vraiment falloir que j'en change.

J'ai rempli toutes les formalités d'usage et suis passé par la société de location de voitures. J'ai loué un SUV, comme la fois précédente, là aussi. Je me rends compte que je ne change pas les choses qui me plaisent. J'aime la routine, cela me rassure. Je ne sais pas pourquoi je fais ça, mais il va falloir que j'y réfléchisse sérieusement. Pourquoi ai-je besoin d'être rassuré ? Tout bien considéré, je me dis qu'il vaut peut-être mieux ne pas trop aller fouiner sous le tapis, les choses qu'on y cache ont peut-être une raison d'être. Les faire sortir pourrait bien mettre à mal mon équilibre psychologique, allez savoir...

Je roule en direction du domaine d'Helena. La température extérieure dépasse les trente degrés, mais avec la climatisation je ne souffre pas de la chaleur. La route est agréable. J'ai réglé le limiteur de vitesse sur la limite autorisée et je me laisse bercer par le long ruban d'asphalte. Cela permet à mon esprit de vagabonder vers des projections des multiples possibilités futures concernant mes retrouvailles avec Helena. Première possibilité : cela se passe bien et nous pouvons même envisager une relation plus sérieuse.

Deuxième possibilité : cela se passe mal et tout est fini. On pourrait arguer qu'envisager le pire n'est pas très cohérent, surtout après le SMS qu'Helena m'a envoyé, mais je ne peux ignorer mes craintes.

Victor m'a mis en garde, il m'a conseillé de tout dire à Helena. Quand on tombe amoureux de quelqu'un, il n'est pas tolérable d'entamer une relation avec un gros mensonge. Helena doit savoir que c'est moi qui suis derrière la société GVP et, la connaissant, je crains fort que cela tourne au vinaigre. Je ne peux pas arriver comme ça, la bouche en cœur, et lui balancer : « *Au fait, Helena, j'ai oublié de te dire, tu sais, la société d'investissement GVP, eh bien c'est moi !* ». Là, je cours au massacre, cela ne fait pas un pli. Allez Tom, il faut faire preuve de subtilité, attendre le bon moment. Voilà. Sauf que, dans un cas comme celui-là, la question qui importe est : y a-t-il vraiment un bon moment ? Je vais essayer de m'en persuader, sinon c'est le blocage assuré.

Alors que je travaille des méninges, les kilomètres ont défilé sans que je m'en rende compte. Un peu comme si, l'espace d'un instant, je m'étais extirpé du temps réel. Cela m'arrive presque chaque fois, je veux dire quand je pense à Helena et à tout ce que cela représente pour moi. Il ne me reste plus qu'une courte distance à parcourir avant de faire face à mon destin. L'image de mon frère qui me sourit me vient à l'esprit. Je le prends comme un signe d'encouragement. J'ai décidé de positiver un maximum, c'est ça où je rebrousse chemin.

Je réalise que le SMS d'Helena est un signe de la providence. Elle m'a invité à la recontacter. Elle m'a même demandé pardon pour m'avoir éconduit de façon aussi brutale qu'inattendue. Cela signifie qu'elle éprouve des remords, cela indique aussi qu'elle éprouve quelque chose pour moi. Elle a beau m'avoir chassé en expliquant que cela n'avait été qu'une relation physique entre nous, une histoire unique n'impliquant pas de sentiment. Ce revirement de situation inespéré me ravive totalement. J'étais comme éteint à l'intérieur et j'ai de nouveau une boule enflammée au niveau du plexus. Cela m'empêche presque de respirer normalement, mais c'est une sensation merveilleuse. J'ai pourtant résisté. J'avais juré que cela ne se reproduirait plus jamais. Mais, je ne peux que constater la réalité : la passion domine la raison. C'est un fait que je ne peux occulter. Dire le contraire serait comme me mentir à moi-même. Et mentir, je ne sais pas faire. C'est pourquoi je vais dire toute la vérité à Helena. Parce que quand je me retrouverai face à elle, je n'aurai pas d'autre choix. J'ai pu occulter la vérité à propos de mon implication dans le sauvetage de son domaine pendant une courte période, mais je vais devoir à présent faire face à son jugement. Je n'ai pas eu besoin d'une longue période pour comprendre sa façon de mener sa vie, et son entreprise. Elle ne veut rien devoir à personne, et surtout pas à un homme. Et comme j'en suis un... cela risque de faire des étincelles.

La petite brise printanière épaulée par un soleil légèrement voilé me remplit de joie au moment où je quitte l'aérogare.

Encombré par mon bagage à roulettes, je parviens, non sans mal, à me faufiler jusqu'à mon véhicule de location dont je tiens les clés dans ma main libre. Je dépose ma valise dans le coffre et m'engouffre dans l'habitacle comme si je voulais échapper à quelque chose. Je pose mes deux mains sur le volant et respire un grand coup. Je ferme les yeux et fais face à mes émotions contradictoires. Je m'imagine expirer ma tristesse persistante. Je pense à celle qui aurait pu être la femme de ma vie, mais qui, en réalité, ne l'était que dans mon imagination. Je croyais avoir remonté la pente en prenant des décisions radicales : 1) mener à bien le rêve de Yann en montant la distillerie de whisky dans les Hautes Alpes ; 2) En jurant que plus jamais je ne tomberai amoureux. Cela a eu l'air de fonctionner pendant un temps.

Alors que je roule vers mon destin, bercé par les bruits d'air qui se manifestent contre le pare-brise et la carrosserie du SUV de location, je prie Dieu, l'univers ou toutes les bonnes volontés qui pourraient m'entendre, de bien vouloir favoriser ce rapprochement que je n'espérais plus entre Helena et moi. J'ai peur de la perdre avant même de l'avoir retrouvée, c'est ridicule, mais c'est plus fort que moi. Je sais que j'ai sans doute mal agi, surtout parce que j'ai pu avoir un aperçu, même bref, de sa psychologie. Helena n'a aucune confiance envers les autres, spécialement envers les hommes. C'est la raison pour laquelle je ne lui ai rien dit quant à mon implication dans le sauvetage financier de son domaine viticole. Et puis, curieusement, j'éprouve un sentiment étrange, comme si notre amour était une évidence, quelque chose qui existait déjà avant notre première rencontre. Je sais que cela peut paraître complètement fou, mais c'est ce que je ressens là, maintenant. Une impression d'évidence.

La question qui me taraude alors que mon regard se fige sur les lignes blanches discontinues qui défilent devant moi sur l'asphalte gris est : n'ai-je pas déjà tout gâché ? Je sais que viendra le moment où il faudra jouer cartes sur table. Et là, cela risque de faire mal. Pourtant, quand j'y pense, je n'ai rien fait de si terrible. Je reconnais que j'aurais pu en parler avec Helena au préalable, mais je reste persuadé qu'elle aurait refusé mon aide sans discussion possible. Le peu de temps passé avec elle m'a appris cela. C'était un risque calculé, mais c'était peut-être aussi un… mauvais calcul. Je me console en me disant qu'au moins j'ai sauvé le domaine. Qui sait ce qui se serait passé sans mon intervention ? Elle aurait perdu le contrôle de son exploitation, de son entreprise, j'en suis certain.

J'arrive près du village. Je ralentis en voyant se détacher le portail de la *Quinta de dona Otilia* à l'horizon. J'expire bruyamment tout en fermant les yeux, comme si cela pouvait m'être d'une quelconque aide, aussi petite soit-elle. Quand je soulève mes paupières, rien n'a changé en apparence, alors pourquoi est-ce que je ressens un soupçon de courage en appuyant doucement sur l'accélérateur ? Peut-être parce qu'à l'instant précis où mon véhicule passe sous le grand porche de l'entrée, je me dis que, cette fois-ci, le destin pourrait nous être favorable. Je ne suis sûr de rien, mais je décide d'y croire et de lâcher prise. Advienne que pourra, comme dirait Lili.

Je roule encore quelques mètres sur le sol caillouteux de la cour. Je stoppe le SUV devant la porte d'entrée, celle-là même où j'ai vu Helena la première fois.

La porte de la réception s'ouvre brutalement, laissant apparaître une silhouette gracieuse et pleine de charme. Helena apparaît là, juste devant moi, et elle me sourit.

31

HELENA

Vallée du Douro

3 mai

19H00

PORTUGAL

J'observe mon téléphone portable posé sur mon bureau.

Cela fait des heures que j'ai envoyé ce texto.

Tom ne m'a pas répondu.

Mon SMS a pourtant été lu, j'en suis certaine parce qu'il y a deux coches vertes sous mon texto. La première signifie que le message a bien été envoyé et reçu. La seconde confirme qu'il a bien été lu.

J'ai été stupide d'écouter Rita. Une fois de plus, je me suis laissée berner par une vision romantique de la situation. Tom est comme tous les hommes : il ne supporte pas de laisser quelqu'un décider à sa place, surtout quand... ce quelqu'un est une femme. Je l'ai éconduit un peu vivement, c'est vrai, mais c'était justifié. J'allais me perdre dans une relation amoureuse qui n'aurait fait que m'affaiblir encore un peu plus. J'ai cédé à ses avances, et puis quoi ? Ce n'était qu'une histoire de sexe, point. Un moment agréable, rien de plus. Comment ai-je pu croire qu'il pouvait en être autrement ? Pourquoi ai-je écouté ma meilleure amie ? Maintenant, je suis plantée là, depuis des heures, à attendre que monsieur Auster daigne me répondre. Une chance que je sois restée seule dans mon bureau pendant tout ce temps à m'occuper de mes papiers administratifs qui s'accumulaient, à l'abri du regard de mes employés, sinon je n'aurais pas pu échapper à la honte.

J'entends un crissement de pneus à travers la fenêtre.

Cela m'agace parce que je n'ai pas envie de parler à qui que ce soit, alors si c'est encore un de ces commerciaux venant faire du racolage pour son dernier produit indispensable à mon vignoble, je vais vite l'envoyer sur les roses. Cela pourrait être d'éventuels clients, cela dit. Mais à cette heure tardive, il n'y a pas de visite du domaine.

J'hésite à sortir de mon bureau, mais je me dis que cela empêchera cet éventuel démarcheur de s'approcher de l'entrée. Je vais le stopper avant même qu'il ne fasse un pas. Je ne suis décidément pas d'humeur à discuter boulot aujourd'hui. J'ai juste envie d'être seule, et qu'on me fiche la paix.

Je sors sur le perron pour découvrir un gros SUV maculé de poussière qui vient de s'immobiliser à quelques mètres de ma position. Ce véhicule m'est inconnu. Je ressens un léger frisson me parcourir le dos. Il est dix-neuf heures et, à cette heure-là, Luis et Zé sont rentrés chez eux. Je tente de reprendre le contrôle de mes émotions en respirant profondément. Le pare-brise du 4x4 est recouvert d'une épaisse pellicule de terre battue, ce qui m'empêche de distinguer le conducteur, je peux seulement voir ses deux mains posées sur le volant. *Qu'est-ce qu'il attend ?*

Après des secondes qui me paraissent interminables, un grincement de tôle perce le silence seulement troublé par une légère brise printanière. Mon cœur bat de plus en plus vite, signe de mon inquiétude. Je peste intérieurement contre mon incapacité à contrôler ma peur. Je me dis qu'il faudrait peut-être m'acheter une arme. On ne sait jamais. Deux chaussures en daim d'un brun foncé apparaissent sous la portière qui s'est déployée en grand à présent. *C'est un homme.* Après les chaussures, je peux voir le bas du pantalon en jeans alors que les deux pieds inconnus touchent le sol de ma cour. J'hésite à faire un pas en direction de l'inconnu. Finalement, je pose mes poings fermés sur mes hanches, cela me donne une certaine prestance. Enfin, une tête apparaît au moment où l'homme referme d'un geste ferme la portière.

Quand je le reconnais, j'ai l'impression que mon cœur vient de manquer un battement. Je suis si surprise que ma mâchoire se décroche et je dois sans doute avoir l'air d'une idiote, les bras ballants, et la bouche grande ouverte.

— Bonjour Helena !

Je reste un instant figée, sans voix. Comment est-ce possible ?

— Tom ?

Il s'approche doucement, mais devant mon état inerte, s'arrête à un mètre de ma position.

— Oui. On dirait que tu viens de voir un fantôme, plaisante-t-il.

Je me frotte vigoureusement le visage avec la paume de ma main. On ne sait jamais, j'ai peut-être des hallucinations après toute une journée à pester contre son absence de réponse à mon message.

— Mais comment… quand est-ce que… Ce n'est pas possible !

Tom me gratifie d'un sourire lumineux, celui qui m'a fait craquer il n'y a pas si longtemps. Il fait un pas vers moi, puis amène délicatement sa main contre ma joue qu'il effleure avec tendresse.

Je ferme les yeux et m'enivre au contact de ses doigts. Je ne peux rien faire contre la vague d'émotion intense qui me gagne de la tête au pied, j'éprouve alors ce que j'ai lu mainte et mainte fois dans la presse féminine, les fameux papillons dans le ventre. Sauf que moi, je dois avoir le visage rouge pivoine à cet instant. J'ouvre les yeux en espérant que mon état ne va pas le faire fuir, mais non… Tom est toujours là, et il me regarde fixement, je peux voir un éclat spécial dans son regard. Comme si… non… Je ne dois pas entretenir de telles pensées romantiques. Si je m'abandonne à ce que je ressens, je suis fichue.

Je tente de reprendre le contrôle de mes émotions en saisissant sa main.

— Alors… tu as reçu mon message ?

Son regard s'assombrit soudain. Sans doute pensait-il que j'allais m'abandonner dans ses bras, sans poser la moindre question.

— Je peux entrer ? demande-t-il.

— Bien sûr, dis-je en ouvrant la porte derrière moi. Je t'en prie.

Il pénètre dans le bureau et me frôle en passant. De le revoir, là, de façon aussi impromptue me bouleverse. Je me garde bien de laisser transparaître le moindre signe qui pourrait me trahir. Je veux d'abord savoir quelles sont ses intentions, les raisons de sa présence.

— Tu veux boire quelque chose ? je lui demande en désignant le mini-frigo situé dans un des coins de mon bureau. J'ai de la bière au frais ! Tu préfères peut-être un café ?

— Un café, je veux bien. Merci.

Je saisis une capsule et place la tasse sous le percolateur. J'allume la machine et pendant que l'eau monte en température, je repose ma question restée sans réponse.

— Tu n'as pas répondu à ma question.

— Oui. Désolé. J'ai bien reçu ton message…

Tom stoppe sa phrase. L'atmosphère devient pesante, bien plus que je ne le voudrais. Comme il ne me donne pas plus de détails, j'appuie sur la touche cerclée de vert de la machine à café. Le bruit grave couvre le silence qui devenait presque gênant.

Je dépose son café sur le bureau et l'invite à s'asseoir. Je fais de même de l'autre côté du bureau. On se retrouve face à face. Je ressens un certain malaise, alors que lui a l'air plutôt détendu, ce qui augmente mon trouble.

— Tu n'en prends pas un pour toi ? me demande-t-il en pointant du doigt sa tasse.

— Non, à cette heure-ci cela m'empêcherait de dormir à coup sûr.

— Ah d'accord.

Sous le bureau, j'ai ma jambe qui bat la mesure. J'ai la désagréable impression que Tom joue avec mes nerfs et cela ne me plaît pas du tout.

Monsieur boit tranquillement son café. Il dépose délicatement sa tasse sur la soucoupe et passe sa main dans ses cheveux.

— Tout va bien ? me demande-t-il.

Mais ma parole, il le fait exprès ! Non, tout ne va pas bien. Monsieur a reçu mon message et n'y a pas répondu, alors que je me suis presque mise à ses pieds. Et voilà qu'il débarque à présent ici, sans crier gare, en me laissant deviner le pourquoi de sa visite.

— Oui. Tout va très bien. Pourquoi cela n'irait-il pas ?

— Je ne sais pas, je viens à peine d'arriver et je sens déjà une certaine tension chez toi, alors je me demande si…

— Tu ne pouvais pas répondre à mon message ? dis-je en hurlant presque.

Cela lui a coupé la chique. Il semble décontenancé. Je ne saurais dire si c'est ma question ou le ton ultra agressif qui l'a accompagnée qui l'a secoué. Au moins, nous voilà sur un plan d'égalité. Je ne vois pas pourquoi j'aurais dû être la seule à me sentir mal.

Tom passe une nouvelle fois la main dans ses cheveux, signe qu'il y a quelque chose qui le dérange. Depuis sa dernière visite, j'ai retenu quelques-uns de ses tics, et à quoi cela se rapporte.

— J'ai le droit de dire quelque chose ? me demande-t-il.

J'expire bruyamment avant de répondre.

— Oui, évidemment.

— OK. Alors, je n'ai pas répondu à ton texto parce qu'au moment où je l'ai reçu, j'étais sur le point d'embarquer dans mon avion pour me rendre ici. En fait, il semblerait que nous ayons eu la même idée, le même besoin de reprendre contact… en même temps. Du coup, je me suis dit que je pouvais peut-être ne pas répondre et te faire la surprise en arrivant sans prévenir et… que ça te ferait plaisir. Il me semble que c'est raté ! Non ?

Je prends le temps de bien analyser tout ce que Tom vient de me dire. Je n'ai besoin que de quelques secondes pour prendre conscience du fait que j'ai, une fois encore, mal interprété la situation. Pourquoi faut-il que j'agisse ainsi systématiquement ? J'ai envoyé ce message à Tom pour m'excuser de mon attitude lors de notre dernière rencontre et… je viens à nouveau de tout gâcher. Rita n'arrêtait pas de me dire que je me faisais des films et que j'imaginais tous les hommes à l'image de mon père. Je commence à croire qu'elle n'avait pas tort.

— Je… je suis désolée.

Tom se redresse et quitte son fauteuil, il se penche sur le bureau et étend sa main sur ma joue. Avec son pouce, il me caresse juste sous mon oreille. Cela provoque une vague de plaisir que je n'ai pas anticipé. J'ai fermé les yeux, mais il faut vite que je les rouvre sous peine de m'abandonner totalement à ses gestes tendres.

— Ce n'est rien… même si tu as parfois tendance à te mettre en colère avant de connaître tous les tenants et les aboutissants de la situation, surtout quand… c'est moi le sujet !

— C'est vrai ?

Tom me regarde droit dans les yeux et j'ai l'impression qu'il arrive à sonder mon âme.

— Un peu, juste un tout petit peu.

Je souris face à tant d'égards pour moi. Je sais que je n'ai pas toujours bon caractère, c'est juste que je refuse de l'admettre aux yeux des autres, mais pas pour Tom. Il a descendu sa main jusqu'à ma bouche et il effleure doucement avec son pouce ma lèvre inférieure. J'ai l'impression d'être saoule tout à coup. Il approche ses lèvres des miennes et nous échangeons un long baiser passionné.

— Je…

Il pose son index sur ma bouche avant que je ne puisse prononcer un mot.

— Tout va bien, d'accord ? murmure-t-il.

Je lui souris en guise de réponse. Mais je ne peux m'empêcher de lui poser la question qui me brûle les lèvres.

— Tu étais déjà en route avant d'avoir reçu mon message, c'est bien vrai ?

Il lève les yeux au ciel, mais dépose ensuite un baiser sur mon front.

— Oui, c'est vrai. Tu veux que je te montre l'horaire des formalités d'embarquement ? Tu verras qu'elles précèdent l'envoi de ton SMS.

Comme sa proposition a l'air d'être sérieuse, je me sens idiote tout à coup. Pourquoi faut-il toujours que je mette sa parole en doute ? J'ai fait l'amour avec cet homme, mais je suis dans l'incapacité de lui faire confiance, c'est pathétique.

— Non, ce ne sera pas nécessaire, dis-je sur un ton si bas que ma réponse a dû être à peine perceptible.

Je ne sais pas trop comment dissoudre le malaise qui s'est emparé de moi, alors je dis la première chose qui me passe par la tête.

— Tu… tu as faim ? Tu n'as pas dîné dans l'avion ?

Tom ouvre de grands yeux comme si je venais de dire une énormité. Serait-ce le cas ?

— Oui, j'avoue que je meurs de faim. D'habitude, quand je pilote le jet, j'emporte une collation ou un sandwich, mais là… j'avais l'esprit occupé et j'ai complètement oublié !

C'est vrai qu'il est pilote, cela m'était complètement sorti de la tête. Du coup, j'ai l'air fine moi maintenant.

— Quelle idiote ! J'avais oublié que tu pilotais et que tu avais ton propre avion. D'ailleurs, je ne sais pas comment tu fais pour monter dans un engin pareil, moi je ne pourrai jamais !

— Ah ? Pourquoi ça ?

— J'ai la phobie de l'avion. Je l'ai pris une fois pour aller travailler en France et… c'était une catastrophe. Un vrai cauchemar ! Du coup, quand je suis rentré au Portugal après cet épisode français, je suis revenu en… car.

— En car ?

— Oui. Deux jours de voyage.

— Si je comprends bien, ce n'est pas demain que je t'emmènerai faire un tour dans mon avion ?

— C'est sûr que non. Bon, pour me faire pardonner… à cause du SMS et tout le reste, je t'invite à dîner et tu n'as pas le droit de refuser.

— Dans ce cas… je m'incline.

— Parfait. Et… c'est moi qui conduis ! dis-je en attrapant mon sac à main et les clés de mon bureau.

Tom se gratte le nez et relève ses cheveux en arrière.

— Euh… tu as déjà conduit de gros SUV comme celui-ci ? demande-t-il en fronçant les sourcils.

Je lève les yeux au ciel.

— Qui a parlé de ton gros 4x4 de luxe ? On prend ma voiture !

— Ah d'accord, comment ai-je pu oublier ta Coccinelle de collection ?

Tom me suit pendant que nous nous dirigeons vers ma vieille Volkswagen.

— Si confortable, si bien insonorisée, si…

Je lui plante mon coude dans l'estomac, juste un petit coup peu appuyé pour lui faire ravaler ses paroles moqueuses.

— Aïe !

— Tu n'as pas le droit de te moquer de ma Cox, je te rappelle !

— Désolé, j'avais oublié qu'il ne fallait pas se moquer de ton antiqui… de ta voiture de collection. Je ferai attention à l'avenir, c'est promis.

Le trajet se déroule dans la joie et la bonne humeur, cela me fait un bien fou de pouvoir taquiner Tom de la sorte. En parfait gentleman, il ne répond pas à mes attaques, ou alors de façon si subtile que c'est comme une caresse sur une peau fragile. J'ai un sourire qui déforme mon visage, mais dans le bon sens. Cela fait si longtemps que j'ai cessé de sourire pour un rien que j'ai du mal à me reconnaître en risquant un coup d'œil rapide dans le rétroviseur, le reflet me renvoie l'image d'un visage heureux. Ce doit être l'effet Tom Auster ? C'est ce que me dirait Rita, ça, j'en suis sûre.

*

J'ai emmené Tom dans une Pastelaria, c'est une sorte de salon de thé. Le *Solar d'Ouro*, encore une adresse que je fréquente depuis l'adolescence. Si je me souviens bien, c'est Rita qui me l'avait fait découvrir. On y sert des collations typiques du Portugal, je lui ai fait goûter tout un tas de plats à manger sur le pouce : des *enpanadas de choriço* qui est un petit pain feuilleté au chorizo local, un *sandes com fiambre* ou petit sandwich au jambon typique, le tout arrosé d'une bière locale, la fameuse *Super Bock* incontournable. En dessert, je l'ai forcé à manger une *bola de Berlim*, même s'il criait grâce en m'indiquant qu'il ne pouvait plus rien avaler. Bref, nous avons passé une magnifique soirée, sans chichi. Je me suis laissée aller comme rarement, j'ai descendu trop de *Super Bock*, et j'ai la tête qui tourne maintenant que nous rejoignons la voiture, mais je ne regrette rien. C'était un bon moment avec Tom. Le seul bémol à la soirée : Tom a voulu payer l'addition, alors je l'ai fustigé du regard et il n'a pas insisté.

— J'ai une faveur à te demander, dit Tom, alors que je cherche mes clés, une habitude récurrente chez moi.

Je lève la tête sans cesser de farfouiller à l'intérieur de

mon sac à main.

— Oui, c'est quoi ?

— Tu me laisserais conduire ta Cox, s'il te plaît ?

Je plante mon regard dans le sien, surprise par sa demande.

— Je croyais que c'était une vieille bagnole déglinguée !

— Mais non, pas du tout, bien au contraire.

Même s'il semble sincère, je ne peux m'empêcher de penser que quelque chose cloche dans son attitude. Il y a anguille sous roche, comme disait… mon père. Ah non, ce n'est pas le moment qu'il vienne dans le paysage celui-là ! J'observe Tom avant de répondre, il n'a pas l'attitude d'ordinaire sérieuse et présomptueuse des hommes de pouvoir, pas de lueur de domination dans ses yeux. Tom Auster doit sans doute être le premier homme qui m'inspire confiance. Mon instinct me trompe probablement, peut-être a-t-il vraiment envie de conduire ma petite Coccinelle ?

— Tu sais conduire en boîte manuelle ? dis-je en croisant les bras sur ma poitrine.

Il rit.

— Je suis Français, Helena, pas américain. Les boîtes mécaniques n'ont pas de secrets pour moi, tu peux me faire confiance.

— C'était une blague, idiot. Je te signale que tu l'as déjà conduite la dernière fois, quand j'ai… Enfin, tu te souviens, non ?

— Je ne suis pas près de l'oublier. Je pensais que toi, tu ne t'en souvenais plus. Je n'ai pas voulu remuer le couteau dans la plaie. Parfois, on occulte les mauvais moments… mais bon, puisque c'était une blague.

Je lui lance les clés qu'il attrape au vol. Je ne me sens pas très bien, j'ai la tête qui tourne. Finalement, il vaut mieux qu'il conduise.

Une petite demi-heure s'est écoulée sans que je m'en aperçoive quand les paroles de Tom m'extirpent de ma somnolence.

— On est arrivé !

J'ai du mal à émerger. Je devais être dans la première phase de l'endormissement et j'éprouve toutes les peines du monde à reprendre pied, l'esprit embué par l'alcool ingurgité en trop grande quantité.

— Quoi ?

— On est arrivé chez toi, répète Tom.

Je me frotte les yeux pour chasser les dernières scories d'un sommeil contrarié.

— Déjà ?

— Oui. Tu t'es endormie comme une masse, la tête en arrière et la bouche grande ouverte, plaisante-t-il.

— Hein ?

— Oui. Et tu as même un peu ronflé !

— Non !

— Si.

Non, mais quelle honte ! Vraiment, je ne tiens pas l'alcool. Deux ou trois bières et je suis pompette. J'ai dû lui offrir un spectacle pathétique. En plus, je sais que quand je ronfle, je ne fais pas semblant. Zut !

— Je suis désolée de t'avoir offert un si affligeant spectacle, dis-je.

Tom coupe le contact et me tend les clés de la Cox.

— Il n'y a pas de quoi. C'était mignon de te voir cuver ta

bière ! dit-il en cachant un petit rire sournois sous sa main.

— Tu te moques de moi ?

— Oh non, je n'oserais pas me moquer de quelqu'un qui vient de m'inviter à dîner. Ce ne serait pas très… convenable.

Je fais une moue boudeuse, et Tom vient me caresser la joue avec son pouce. Je perds la tête chaque fois qu'il me fait ça. Je ferme les yeux quand ses lèvres viennent se poser sur les miennes. C'est un baiser doux et tendre, à l'image de son auteur.

— Tu veux entrer un moment ?

Il hoche la tête négativement.

— Un gentleman n'abuse pas de l'hospitalité d'une femme qui a bu, déclare-t-il.

Je m'interroge sur le sérieux de son propos ou non.

— Tu es un gentleman ? dis-je en levant le menton.

— Je m'y efforce le plus possible.

Je fronce les sourcils et tente de ne pas cligner des yeux en soutenant son regard.

— C'est très bien, mais… je te suggère de faire une pause pour ce soir.

Tom ouvre de grands yeux, son visage ne peut masquer la surprise qui l'envahit à présent. Je ne sais pas ce qui me prend, ce doit être biochimique, je me comporte comme une adolescente en pleine poussée hormonale, je ne parviens pas à me contenir. Il a fallu qu'il me touche pour remettre en route ma libido, exactement comme la première fois. Si je parviens à lui faire oublier ses bonnes résolutions de parfait gentleman, je pourrais plus tard évoquer le fait que j'étais saoule, ainsi pas de responsabilité à assumer.

Je lui prends la main et le tire vers moi. Il résiste à peine une seconde avant de lâcher prise. J'ai gagné. Je jubile intérieurement en constatant mon pouvoir d'attraction. Je t'ai fait craquer mon cher Tom. Nous arrivons devant « mes quartiers », en réalité dans la partie résidentielle du domaine. Il faut monter quelques escaliers avant d'arriver dans ma chambre et je plaque Tom contre le mur avant même d'atteindre le palier. Je l'embrasse avec passion et sens son désir monter contre mon ventre. Je le tire vers le haut et ouvre la porte, laissant apparaître mon dortoir privé. Je le pousse à la renverse sur le grand lit et le chevauche. La nuit promet d'être agitée.

32

TOM

Vallée du Douro

Quinta de Dona Otilia

4 mai

7H30

PORTUGAL

J'ouvre les yeux en me demandant où je suis.

J'ai besoin de quelques secondes pour reprendre mes esprits et me remémorer la soirée d'hier, sans parler de la folle nuit qui l'a suivie.

Le souffle léger de la jeune femme dormant à mes côtés me ramène doucement à la réalité. Je ne me souviens plus de quoi j'étais en train de rêver il y a encore un instant, mais le spectacle d'Helena, nue, allongée de l'autre côté du lit me paraît nettement plus beau que n'importe quel songe de ma production.

Je jette un œil hagard sur mon portable en l'extirpant de la poche de mon pantalon qui traîne au sol. Il est 7h30 ! J'ai dormi beaucoup plus qu'à l'accoutumée. Normal, si je me réfère à nos étreintes nocturnes, mon corps a eu besoin d'une recharge plus longue que d'habitude. Cette pensée saugrenue me fait rire. Je plaque ma paume sur ma bouche pour ne pas réveiller Helena. Je ne sais pas quelle est son heure de réveil habituelle, mais ce n'est sûrement pas aussi tôt que moi.

Je tente de percer l'obscurité pour récupérer mon caleçon qui doit bien se trouver dans les parages, mais je ne perçois que mon jeans que j'enfile à la va-vite, et me dirige vers la salle de bain contiguë à la chambre. Je referme la porte doucement afin de soulager ma vessie sans réveiller ma belle au bois dormant.

Je baille à m'en décrocher la mâchoire quand mon regard se fixe sur le bac à douche. Super ! Un brin de toilette me fera le plus grand bien et me permettra de réfléchir à la situation avec un peu plus de lucidité qu'hier soir. Il faut bien reconnaître que j'ai perdu le contrôle. Aucune femme ne m'avait jamais fait cet effet-là, pas même mon ex-compagne dont j'étais autrefois amoureux. Et dire qu'à l'époque je croyais avoir atteint le summum de la volupté avec elle, quelle blague ! Helena m'a démontré en un instant à quel point j'étais dans l'erreur. Ressent-elle quelque chose pour moi ? Un élément qui fait toute la différence, j'imagine. Je me surprends à l'espérer, alors que j'avais autrefois juré le contraire. J'ouvre les ouvrants en plexiglas et entre dans le bac à douche. Je tourne le mitigeur à mi-chemin entre le bleu et le rouge et le jet d'eau tiède s'abat sur moi comme la providence. Je pousse un râle léger de bien-être. Je reste ainsi pendant au moins cinq bonnes minutes avant de m'emparer du flacon de gel douche. Je suis en train de me frictionner la tête quand j'entends quelqu'un qui frappe à la porte.

— Tom ! Tu es là ? demande une voix que je reconnais aussitôt.

— Oui. Je prends une douche.

— Je peux entrer ?

— Euh… oui, bien sûr.

Je chasse le shampoing resté dans mes yeux et me rince. Quand je rouvre les yeux, Helena est planté devant moi. Le plexiglas transparent me permet de voir qu'elle est entièrement nue, sa peau zébrée par les rayons du soleil. Sans rien dire, elle vient me rejoindre sous l'eau tiède. Alors qu'elle m'attrape par la nuque pour m'embrasser, je ne peux m'empêcher de me dire que j'ai bien fait de dormir un peu. Le second round promet d'être intense, lui aussi.

*

L'avantage de faire l'amour sous la douche, c'est qu'on en ressort propre et net.

Helena m'a précédé et est descendue au rez-de-chaussée, non sans avoir déposé un baiser léger au creux de mon oreille au passage. Les mots qu'elle a murmurés avant de sortir de la salle de bain résonnent encore dans ma tête : « C'était merveilleux. Cette nuit aussi. Vous êtes un très bon amant, monsieur Auster ! », puis elle est partie. Je sais bien que bon nombre de mes congénères de la gent masculine doivent considérer cela comme un compliment, mais moi… je ne sais pas trop quoi en penser. Je n'ai pas oublié ce qu'Helena m'a dit avant de me congédier la dernière fois, que j'avais juste été un « bon coup », une relation d'un soir en définitive. Je sais bien que le message qu'elle m'a envoyé avant que je ne m'envole pour Porto a rétabli la situation, mais… c'est plus fort que moi, je reste inquiet. J'imagine que les relations sont toujours comme cela. On est sûr de ses sentiments, mais comment être certain de ceux de l'être aimé ? Je me suis déjà fait avoir une fois… et j'ai mis du temps à m'en remettre. Pas question de rester dans le flou cette fois-ci. J'ai beau réfléchir, Helena Ribeiro reste une véritable énigme. Jusqu'à présent, je n'ai pas voulu creuser trop profondément, parce que cela aurait été mal venu de la part d'un étranger. Maintenant que les cartes ont été abattues sur la table, je me sens autorisé à progresser dans l'exploration du mystère Helena. Je sais que mon instinct m'a déjà trompé, à moins que… En vérité, Lili m'avait dit un jour que c'était tout le contraire, qu'elle voyait bien que quelque chose clochait dans notre couple. Une relation à sens unique, disait-elle. Que ce n'était pas mon instinct qui ne m'avait pas alerté, mais que c'était moi qui l'avais occulté. Pour autant, est-ce que cela fait une différence ? Comme le disait si bien Lili : « Il n'y a pas pire aveugle que celui qui ne veut pas voir ! ». Mon expérience personnelle ne pouvait que lui donner raison. Mais je sais qu'avec Helena, c'est différent. D'abord parce que je me pose des questions alors que je suis dans l'histoire, et ça c'est nouveau. Plus besoin d'attendre d'avoir du recul pour prendre de la distance sur ce que je suis en train de vivre. Il n'y a pas à dire, j'ai changé. Ensuite, j'ai l'aval de mes deux compagnons de route, Lili et Victor. D'ailleurs, ce sont eux qui m'ont renvoyé ici, non ?

Je me sèche et regagne la chambre pour rassembler mes vêtements. Sur la commode, en face du lit, il y a un cadre avec une photo d'elle. Elle doit avoir une quinzaine d'années et – fait étrange - on dirait qu'elle fait la tête, ce qui me paraît vraiment peu banal. D'ordinaire, on sourit sur les photos, enfin les gens normaux. Il y a un second cadre caché derrière le premier, il s'agit toujours d'Helena, mais un peu plus jeune que sur le premier cliché. Elle est enlacée par une femme qui pourrait être sa mère. Le contraste avec le premier portrait est saisissant. Sur ce dernier, Helena rit aux éclats et la femme qui l'enlace aussi. Je prends quelques secondes pour détailler à nouveau les deux photographies. Je constate qu'il n'y a aucun cliché de son père, ou alors pas dans la chambre. Je crois me souvenir qu'elle m'avait parlé d'un frère lors de la première visite du domaine, mais là non plus pas la moindre photo. J'en suis là de mes interrogations sur la vie de celle qui occupe à présent toutes mes pensées quand sa voix clame du rez-de-chaussée :

— Tu veux du café ou du thé ?

Je secoue la tête de gauche à droite pour chasser mes pensées indiscrètes. Il y a un temps pour tout et ce n'est pas maintenant.

— Café, merci !

— D'accord... Tu descends ?

— J'arrive !

Je récupère mon pantalon et mon polo, mais ne retrouve qu'un seul de mes souliers, l'autre ayant disparu lors du déshabillage express des escaliers jusqu'à la chambre. Tant pis, je verrai bien plus tard.

J'arrive dans la salle faisant office de cuisine au rez-de-chaussée. Helena est en train de servir le café. J'aperçois du beurre et de la confiture. Il y a aussi du fromage et du jambon. Un vrai festin !

— J'espère que tu as faim ? Au Portugal, le petit déjeuner est un repas très important.

Je viens m'asseoir sur la chaise qu'Helena me présente quand une merveilleuse odeur de pain grillé vient titiller mes narines.

— Hum, ça sent rudement bon ! dis-je en rapprochant la chaise de la grande table en bois brut.

— N'est-ce pas ? Ici, on appelle cela du *pao torrado* ! On le mange avec une couche de beurre, puis une tranche de jambon. Tu peux ajouter un peu de fromage aussi.

— Merci. Je veux bien.

— Attends ! Je vais aussi aller chercher de la *marmelada*.

Elle se dirige vers le réfrigérateur et en sort une boîte en plastique avec quelque chose de brun orangé à l'intérieur.

— C'est de la marmelade de coings. Tu peux en mettre

avec le pain et le fromage, c'est délicieux, déclare-t-elle en déposant la boîte *Tupperware* devant moi, ainsi qu'une cuillère à café.

— C'est toi qui l'as faite ? je lui demande.

— Non. C'est fait par une habitante du village. Elle fabrique des confitures de toutes sortes. Elle a aussi des ruches, elle vend du miel aussi. D'ailleurs, j'en ai. Tu en veux ?

— Euh… non merci, ça ira très bien comme ça.

Elle met du beurre sur plusieurs morceaux de pain grillé, puis les recouvre, l'un d'une tranche de jambon, l'autre d'une couche de fromage, puis dépose le tout dans une assiette à proximité de mon mug de café.

— C'est vraiment gentil à toi, merci ! Mais, il ne fallait pas te donner cette peine.

— Tu m'as dit que tu étais toujours affamé le matin. Tu ne te souviens pas ?

— Euh… si.

Elle pousse davantage l'assiette pleine vers moi.

— Alors voilà, bon appétit !

— OK, alors merci encore. Mais… et toi, tu ne manges pas ?

Elle m'offre un franc sourire, comme si je venais de dire une énormité.

— Jamais si tôt !

— Tu peux m'accompagner avec un café au moins ?

— Oui, ça, je peux !

Je ne sais pas si je dois être satisfait ou non. Avec mon ex, c'était toujours moi qui préparais le petit déjeuner. Je crois même n'y avoir jamais eu droit avec aucune des femmes que j'ai fréquentées. Pour la première fois, une personne du sexe opposé – je mets volontairement à part ma chère Lili, elle c'est totalement différent – a l'air de penser à moi, à mon bien-être. De plus, quand je la regarde, je vois de la tendresse mêlée à de l'intérêt pour moi. Je sais bien que pour la plupart des gens, préparer un repas pour quelqu'un ne signifie rien, mais pas pour moi. Je regarde Helena en train de se servir un café, elle est juste éblouissante, ses cheveux ébouriffés, son éclat naturel, son sourire rayonnant. Je ne peux m'empêcher d'admirer son corps se mouvant avec grâce à l'intérieur d'une petite nuisette qui la met en beauté, la rendant terriblement sexy et en même temps, comment dire... attractive.

— Voilà, je t'accompagne, alors vas-y, mange !

Je mords dans la *folhada ao choriço*, répondant à l'ordre donné. C'est un délice. Je dois avouer que je suis plutôt « salé » pour le petit déjeuner, ce qui oriente mon jugement.

— Tu aimes ? me demande-t-elle en soufflant sur son café.

— Oui, c'est très bon.

— Au Portugal, on aime bien manger !

— En France aussi.

J'ai l'image de Lili qui m'apparaît soudain. Je la revois avec ses conseils maternels avant que je ne m'envole. Elle m'a bien mis en garde.

— Tu vas me promettre de ne pas te laisser dépérir si la nourriture ne te convient pas là-bas, compris ? Je ne sais pas comment on mange au Portugal, mais je te connais et je sais que tu peux rester des jours sans t'alimenter quand tu es préoccupé par quelque chose, surtout si ce quelque chose est une femme.

Lili serait rassurée si elle me voyait engloutir toute cette nourriture qu'Helena a mise sur la table.

Je termine mon deuxième mug de café et constate, rassuré, qu'il ne reste plus que des miettes dans les assiettes posées sur la table, j'ai l'impression que mon ventre va exploser. Après les viennoiseries typiques du pays, j'ai eu droit aux petits pains avec fromage et marmelade. C'était délicieux, mais, ne voulant pas contrarier Helena, j'ai trop mangé. Je m'essuie la bouche et relève la tête sur son visage qui m'observe, les traits tendus et le regard concentré.

— Tout va bien ? je lui demande, un peu fébrile.

— Oui, très bien.

— Ah… tant mieux, parce que j'avais l'impression que tu me regardais avec un air soucieux.

— Je regarde un homme qui a un grand pouvoir.

— Un grand pouvoir ! Qu'est-ce que tu veux dire ?

Elle me prend la main et la serre entre les siennes. Le contact de sa paume contre la mienne m'électrise. J'aime quand elle me touche. J'ai l'impression de redevenir un adolescent qui prend la main d'une fille dans la sienne pour la première fois.

— Je veux dire, monsieur Auster, que vous êtes en train de me faire changer d'avis sur un point précis, et… de donner raison à ma meilleure amie par la même occasion.

J'hésite à investiguer plus loin, puis je me dis que ce n'est pas une bonne idée. L'ambiance est plutôt légère, inutile de la plomber en posant des questions qui ne feraient qu'amener des souvenirs sans doute pénibles pour elle. Il sera bien temps de creuser cette question plus tard.

— Je suis heureux d'apprendre que je détiens un si grand pouvoir, mais c'est la même chose pour toi. Tu as, toi aussi, la capacité de changer les choses. La preuve, je suis ici !

Je ne vais pas pousser plus loin les confidences. Ce sera peut-être pour plus tard. Nous n'en sommes que tout au début de notre relation, une histoire qui aurait bien pu se terminer lors de notre première rencontre. Elle a parlé de sa meilleure amie, j'imagine qu'elle a dû se confier à elle, un peu comme moi avec Victor qui a cette capacité rare de me montrer ce que je ne vois pas, et qui pourtant paraît évident pour lui. Le secret doit résider dans la distanciation, on voit mieux pour les autres que pour soi-même. Pas facile de prendre de la hauteur quand c'est soi-même qui joue le premier rôle.

Il reste encore une ombre au tableau. Je repense à ce que Victor m'a dit et je réalise que j'ai peut-être agi dans la précipitation en m'impliquant, par le biais de mon entreprise, dans le sauvetage du domaine d'Helena, mais je sais aussi qu'elle aurait refusé mon aide si elle avait su ce que j'envisageais de faire. Et puis, ce n'était pas mal intentionné. J'imagine qu'elle pourra comprendre. Une chose est sûre, je dois tout lui dire. Pourquoi pas maintenant ?

— Helena, j'ai quelque chose à te dire.

— Ah oui ? D'accord, je t'écoute. J'espère que tu ne vas pas m'annoncer que tu es marié et que tu as trois enfants !

Cette remarque devrait me faire sourire, mais je suis tellement stressé que mon visage reste de marbre.

— Non, rassure-toi. Cela n'a rien à voir avec ça.

— Heureuse de l'apprendre.

— Il faut que tu saches…

Soudain, la sonnerie du téléphone situé dans le salon retentit. Coupé dans mon élan, je reste un moment sans réaction. Après la troisième sonnerie, Helena ne bouge toujours pas.

— Euh… tu devrais peut-être répondre, non ?

Elle tourne la tête en direction du salon d'où vient le son strident.

— Tu es sûr ?

— Oui. C'est peut-être important.

Elle repousse sa chaise en arrière et déclare :

— Bon. Je vais répondre, mais ensuite tu me dis ce qu'il y a de si important…

Elle quitte la table précipitamment et disparaît par l'embrasure de la porte du salon. Je reste seul ainsi pendant quelques minutes sans trop savoir quoi faire, puis Helena se met à hausser le ton. J'entends des éclats de voix de sa part, elle a l'air furieuse. J'ignore de quoi il s'agit et qui est à l'autre bout du fil, mais c'est un appel désagréable à n'en pas douter.

Plusieurs minutes se sont écoulées quand la conversation cesse dans la pièce d'à côté. Helena a probablement raccroché. Comme elle ne revient toujours pas dans la cuisine, je prends mon mal en patience, en débarrassant la table et en faisant la vaisselle.

— Pardon de t'avoir laissé, murmure Helena.

Je pose le mug sur l'égouttoir avant de me retourner.

— Mais il n'y a vraiment pas de quoi. Tu devais répondre. Rien de grave, j'espère ?

— Rien que je ne puisse régler, déclare-t-elle.

Son absence d'explication me fige un court instant. Puis, je me dis qu'elle est chez elle et que cela ne me regarde pas. J'espère sincèrement que ce n'est rien de grave, mais je décide de ne pas m'en préoccuper puisqu'elle préfère garder cela pour elle. Pourtant, je ne saurais me mentir en disant que cela ne me chagrine pas. Qu'elle le veuille ou non, Helena a pris une place considérable dans ma vie, et cela en seulement quelques semaines. Ce genre d'émotion antagoniste n'est pas dans mes habitudes, je dois apprendre à faire avec. J'ignore encore si nous sommes vraiment ensemble, elle et moi. Quand bien même, elle a bien le droit d'avoir ses petits secrets. Une chose est sûre, je ne veux surtout pas réitérer la même erreur qu'avec mon ex-compagne. Je sais aujourd'hui que j'avais idéalisé notre relation, que je croyais en des chimères, et je suis tombé de haut. Pas question de retomber dans ce genre de piège. Je dois rester zen. Je suis attiré par Helena et je me sens bien en sa compagnie. Cela ne fait pas d'elle la femme de ma vie. Et puis, il paraît que tout le monde cherche l'amour, mais personne ne sait vraiment ce que c'est, moi le premier.

Helena vient se blottir contre moi et m'enlace autour de la taille.

— Tu n'étais pas obligé de faire ça !

— Les hommes ne font pas la vaisselle au Portugal ?

— C'est plutôt rare, je crois. Je suis presque certaine que c'est une femme qui a inventé le lave-vaisselle, affirme-t-elle en souriant.

Je ne dois pas chercher à en savoir davantage concernant cet appel téléphonique, même si j'en meurs d'envie. Elle s'est énervée au bout du fil, et j'aimerais bien en connaître la raison, mais elle s'est fermée aussitôt en m'indiquant qu'elle saurait régler cela. Alors… je me tais et je tente de chasser cette question de ma tête. Je dirai à Lili que l'astuce du *télécran* ne fonctionne pas. Un truc infaillible pour expulser une pensée indésirable de son esprit, façon Lili, consiste à faire comme avec le jouet de mon enfance, on secoue l'écran et tout s'efface comme par magie. Il suffit de faire pareil avec son esprit : on visualise la pensée parasite, on secoue l'écran dans sa tête, et l'on se retrouve avec une surface blanche et vierge, voilà ! Enfin, en théorie…

— Tu ne trouves pas ? poursuit Helena.

— Hein… pardon ?

— Pour le lave-vaisselle. Tu ne m'écoutais pas ?

— Désolé, j'étais en train de penser à Lili.

— La cuisinière de ta distillerie ?

— Oui. Mais, pour en revenir à ta question… il suffit de vérifier sur *Google* et tu sauras.

Elle hausse les épaules, puis tapote sur son téléphone portable. Tout à coup, un grand sourire illumine son visage.

— Bingo ! L'inventeur du lave-vaisselle est une femme, elle s'appelle Josephine Garis Cochrane, elle est née en 1839 et morte en 1913. Elle est considérée comme l'inventrice du premier lave-vaisselle en 1886 à Shelbyville dans l'Illinois, en Amérique. Cette machine n'existant pas, elle se serait exclamée : « *Si personne ne veut inventer de machine à laver la vaisselle, je le ferai moi-même* ». Voilà…

Elle s'interrompt soudain, la mine soucieuse et les sourcils froncés.

— J'aurais dû m'en douter !

— Quoi ?

— Une demande de brevet a été déposée en 1850 par un certain Joël Houghton, - un homme donc -, il se serait inspiré de la machine de Josephine Cochrane, en l'améliorant avec l'ajout d'une manivelle. C'est édifiant ! Encore heureux que l'histoire ait rétabli la réalité des faits. Je suis certaine que pendant très longtemps, ce type a été présenté comme l'inventeur du lave-vaisselle. C'est malheureusement toujours comme ça ! clame-t-elle.

— Je peux regarder ? demandé-je timidement.

— Oui. Tiens ! répond-elle en me tendant son smartphone.

Je regarde et constate qu'Helena a quelque peu interprété l'histoire. En réalité, la demande de brevet ayant été déposée par Houghton est antérieure (1850) à celui de Cochrane (1886), mais je décide de fermer les yeux sur ce détail.

— OK. Sinon, pour ce coup de fil de tout à l'heure, tu es certaine que tout va bien ? Je t'ai entendu élever la voix, c'est pour ça que je m'inquiète.

C'est sorti tout seul. Sans aucun contrôle de ma part. C'est à croire que mon subconscient fait la loi chez moi. Je m'étais juré de ne pas mettre les pieds dans le plat, et voilà. Je suis désespérant, Victor a raison.

Helena s'éloigne de quelques pas et s'empare d'un essuie-tout en éponge. Elle se dirige vers la table et la nettoie en faisant de grands mouvements de va-et-vient.

— C'est quelque chose qui n'a rien à voir avec toi, avec nous. Je croyais que c'était réglé, mais apparemment… non. Il va falloir que je m'en occupe, mais rassure-toi, cela ne te concerne en rien. Tout va bien.

Je sens bien qu'elle ne me dit pas tout. Il y a quelque chose qui la tracasse et mon petit doigt me dit que, contrairement à ce qu'elle affirme, j'y suis mêlé de près ou de loin. Toujours est-il qu'elle a l'air soucieuse et que ce n'est pas le moment de lui dire toute la vérité à propos de mon implication à travers mon groupe d'investissements GVP. Tant pis, j'attendrai un moment plus propice pour entrer dans le vif du sujet.

— Au fait, je voulais te remercier ! dit-elle en rinçant son éponge.

— Ah oui, à propos de quoi ?

— La maladie de ma vigne.

— Oh, le mildiou ?

— Oui. Grâce à toi, toute la parcelle est sauvée.

— J'en suis très heureux.

— Et moi donc ! Seulement, je n'ai pas eu l'occasion de te remercier la dernière fois, à cause de… enfin bref, je te remercie.

Je m'approche d'elle et lui prends les mains dans les miennes.

— Il n'y a pas de quoi. Tu sais, je suis très attaché à ton domaine et je ferai tout ce que je peux pour t'aider.

Elle me fixe alors que je lui caresse les lèvres du bout des doigts.

— C'est gentil, mais tu sais que je préfère m'en sortir par moi-même.

— Oui, j'ai cru comprendre.

— En plus, j'ai trouvé une solution qui me permettra de rester à la tête du domaine tout en le relançant et en lui redonnant un élan dynamique.

Aïe ! Me voilà revenu sur le fil du rasoir. Je me demande si je dois tout dire là, maintenant, ou s'il n'est pas plus sage d'attendre un meilleur moment. Elle vient d'affirmer une fois de plus qu'elle préfère qu'on ne l'aide pas, ou plutôt que JE ne l'aide pas. Toujours ce besoin de montrer au monde entier qu'elle n'a besoin de personne. Il vaut mieux que j'en reste là pour cette fois. Je risque de la braquer et ce serait vraiment stupide.

— Tu veux voir ?

— Quoi donc ?

— La parcelle guérie !

— Oh ! Oui, d'accord.

— Parfait, alors allons-y ! Je monte m'habiller et toi... tu auras besoin de tes chaussures, déclare-t-elle, en fixant mes pieds nus sur le sol carrelé.

— Euh oui, si seulement je parviens à les retrouver...

33

HELENA

Vallée du Douro

Quinta de Dona Otilia

4 mai

10H00

PORTUGAL

J'ai délaissé ma vieille Cox pour son SUV grand luxe, c'est quand même plus confortable pour crapahuter à travers les chemins de terre et de cailloux.

J'avais envie d'emmener Tom sur les lieux mêmes où il avait réussi à sauver une des parcelles les plus importantes du domaine. Sans lui, cette partie serait probablement morte aujourd'hui. Du coup, j'y vois un lien subtil — sans doute uniquement visible par moi — entre ce qui s'est passé ici et notre relation. Je lui avais fait du mal en lui donnant le rôle de simple objet sexuel, d'ailleurs il était parti aussitôt. C'est bien la preuve que, pour lui, notre relation était bien plus que cela. Bien entendu, j'avais menti. Depuis le début, j'avais ressenti quelque chose pour Tom Auster, mais je ne voulais pas l'admettre. J'étais moribonde et Tom a su me redonner un surcroît de force de vie, et ça, c'est un sacré tour de force. Si j'ajoute à cela les conseils de mon amie Rita – conseils que j'ai tournés et retournés des centaines de fois dans ma tête -, je peux presque affirmer aujourd'hui que je suis quelqu'un d'autre. Je suis enfin parvenue à m'accorder le droit de faire confiance à un homme, et même s'il ne s'agit que d'un seul, c'est déjà un premier pas. D'ailleurs, ne dit-on pas que c'est celui-là qui est le plus important. Et si c'est vrai, les autres suivront…

— Je peux m'arrêter là ? demande Tom.

— Euh… oui. C'est parfait ! Mets-toi à l'ombre de l'arbre là, et nous suivrons le sentier pour arriver à la parcelle guérie.

Quelques minutes de marche sous un franc soleil, et nous voilà arrivés exactement où je voulais. D'ici, on aperçoit aussi en contrebas le « blockhaus », structure inachevée d'un rêve d'autrefois, mais aussi la petite cabane en bois où nous nous étions réfugiés pendant un orage, et où nous nous étions réchauffés avec les moyens du bord. Ce souvenir m'émoustille un peu, mais ce n'est pas le moment. Je suis là pour célébrer une guérison. Celle de la parcelle en même temps que la mienne. Tout ça grâce à la même personne : Tom.

— Tu vois ?

— Je vois quoi ?

— La vigne qui a été sauvée grâce à toi !

Il scrute l'horizon en plaçant sa main telle la visière d'une casquette et observe sans rien dire.

— Alors ?

— Vous avez utilisé le soufre, n'est-ce pas ?

— Oui. Comme tu l'as préconisé à mes ouvriers !

Il semble étonné par mon affirmation.

— Tu croyais que je ne le saurais pas ? je lui demande avec un sourire pincé. Tu es allé voir le chef d'équipe en lui disant que tu venais transmettre mes ordres de traiter toute la parcelle avec le stock de soufre.

Il se gratte le menton puis passe sa main dans ses cheveux.

— Je plaide coupable, avoue-t-il dans un murmure.

— Sur le moment, j'étais furieuse que tu t'octroies le droit de donner des indications à mes employés, mais… au vu du résultat, je pense que tu as bien fait.

— Il y avait urgence. Ce n'était pas dans mes intentions de m'immiscer dans les affaires de ton domaine, mais les heures comptent dans un cas comme celui-là.

— Exact. C'est pourquoi je passe l'éponge… pour cette fois.

Nous marchons dans les allées, entre les pans de vignes et Tom s'accroupit pour arracher plusieurs feuilles qu'il examine minutieusement.

— Ta vigne est tirée d'affaire. J'en suis très heureux ! déclare-t-il.

— Pas autant que moi.

Nous faisons le tour de la parcelle avant de reprendre le chemin inverse.

— Tu sais, à propos de cet appel téléphonique…

Il ne bronche pas. Je sens qu'il brûle d'envie d'en savoir davantage, mais il n'en laisse rien paraître.

— En fait, j'étais avec la banque.

— Ah ?

— Oui. Pour tout te dire, j'ai conclu un accord.

— …

Il ne réagit toujours pas, ce qui me semble étonnant, puisqu'il m'a interrogé sur le coup de fil de ce matin. Je fais mine de rien et je poursuis mon explication.

— Donc, il s'agit d'un groupe un peu spécial. Ce sont des investisseurs français, mais c'est surtout un partenariat. Il ne s'agit pas d'un rachat. D'ailleurs, je garde la majorité des parts du domaine. Les 49 % restant sont redistribués entre des investisseurs particuliers, qui ont le souci du terroir, ils aiment la production viticole et se diversifient au niveau européen. Je vais donc avoir un apport d'argent frais pour pallier au plus urgent. Ce qui veut dire que je vais pouvoir… sauver le domaine.

Tom reste sans réaction, encore. Je sens que quelque chose le préoccupe, mais quoi ? Pourtant, il a toujours semblé intéressé par le domaine, il devrait être heureux. J'ignore ce qui le tracasse au point de rester muet. Il a les yeux plissés et il regarde les vignes qui s'étalent à perte de vue. Je l'interroge du regard, attendant une parole, un geste, quelque chose, mais c'est le souffle du vent léger qui meuble le silence devenu pesant.

— Tu ne dis rien ?

Il tourne la tête et me regarde avec une gravité que je ne lui connaissais pas.

— Il faut que je te dise une chose, Helena.

Il semble gêné par quelque chose, et je n'ai pas la moindre idée de ce dont il s'agit. Ce dont je suis sûre, c'est que cela creuse une distance entre nous. Je me sens fébrile, mes pensées partent dans toutes les directions sans que je puisse les contrôler. Qu'est-ce qui l'a bouleversé à ce point ? Il faut que je sache.

— Je t'écoute.

Il fait un pas en arrière et me tourne le dos. C'est comme s'il avait honte de ce qu'il a à m'apprendre. J'ai une boule qui vient de se former au niveau de mon plexus, cela rend ma respiration plus difficile. L'angoisse me gagne à présent. J'ai l'intime conviction que ce que Tom va m'apprendre ne va pas me plaire.

— Tu te souviens quand tu m'as fait visiter le domaine, la première fois ?

— Oui.

— Tu m'avais raconté les difficultés que rencontrait ton exploitation. Tu venais d'hériter du domaine de ton père, mais que, étant donné son état moribond, tu allais être contrainte de le vendre, ou au moins de céder certaines parcelles.

Tom me fait à nouveau face et je devine sur son visage qu'il a dû faire quelque chose de grave.

— Oui. Où veux-tu en venir ?

Il ferme soudain les yeux et lâche dans un soupir.

— Victor Amico est mon associé… et GVP, c'est moi.

J'ai l'impression qu'une massue s'abat sur ma tête. Tel un boxeur qui vient de se prendre un uppercut en plein sur la pointe du menton, je suis sonnée. Je me prends le visage entre les mains, peut-être n'ai-je pas bien entendu ? Devant la mine déconfite de Tom, je réalise que ce n'était pas un rêve, j'ai parfaitement compris et cela me ravage le cœur.

Je ne peux pas articuler le moindre mot, il faut d'abord que je parvienne à respirer parce que là, j'ai le souffle coupé.

— Je sais que j'aurais dû t'en parler avant, ne rien te cacher, mais… tu m'as bien fait comprendre que tu ne voulais pas dépendre d'un homme, que tu n'avais pas confiance, alors je savais que tu refuserais ma proposition.

C'est pour ça que je ne t'ai rien dit, parce que…

— Va-t'en ! hurlé-je.

— Helena, je t'en prie…

— Va-t'en ! crié-je à nouveau, les yeux embués de larmes.

— Mais toi ? Comment vas-tu rentrer ? demande-t-il en tentant de s'approcher de moi.

Je mets ma main en barrage, lui indiquant de ne pas faire un pas de plus, mais comme il ne semble pas vouloir obéir à mon ordre, c'est moi qui m'enfuis à toutes jambes. Je cours si vite que je vais cracher mes poumons. Je manque de tomber à plusieurs reprises, mais je tiens bon. Je ne dois pas chanceler, mais rester debout et m'enfuir, courir, le plus loin possible de celui qui vient de me trahir, de celui qui, finalement, ne vaut pas mieux que tous les autres, de cet homme dont j'étais tombée amoureuse.

34

TOM

Domaine Golden Sky

Saint-Jean-d'Hérans

Rhône-Alpes – France

6 mai

19H30

Je suis rentré en fin de matinée.

Je n'ai pas prévenu Victor, je ne voulais pas qu'il vienne me chercher à l'aéroport de Grenoble. J'ai déjà du mal à me supporter moi-même, inutile d'imposer mon humeur massacrante à mon meilleur ami. Il ne mérite pas ça.

J'ai retourné toute cette histoire en long, en large et en travers pendant toute la durée du vol de Porto à Grenoble. Dire que je ne m'y attendais pas serait mentir, mais… j'imaginais un tout autre type de réaction. Je me doutais bien qu'Helena serait en colère en apprenant la vérité, mais j'avais des circonstances atténuantes. Je n'ai même pas eu le loisir de les évoquer puisqu'elle s'est enfuie et que je n'ai pas eu l'occasion de m'expliquer.

Je l'ai cherchée pendant ce qui m'a semblé être des heures, après sa fuite en courant à travers les parcelles. N'en pouvant plus, je suis rentré au domaine où je suis tombé sur Zé, son assistant ou son comptable, j'avoue que je m'y perds. Bref, il m'a dit qu'Helena était revenue bouleversée et qu'elle lui avait donné la consigne de me dire de ne plus revenir si jamais je repassais par l'accueil du domaine. J'ai bien tenté de l'appeler une bonne centaine de fois, mais mes appels ont été bloqués. En désespoir de cause, je suis rentré à mon hôtel et j'ai ruminé pendant une bonne partie de la nuit.

En me réveillant, je me suis dit qu'il valait mieux laisser passer l'orage et rentrer en France. De toute façon, si jamais sa colère retombe, il me suffit d'affréter mon jet pour revenir ici en un clin d'œil. Encore faut-il que sa colère s'atténue, ce qui est loin d'être gagné.

Lili a fini le service des employés à l'heure qu'il est. J'hésite à regagner mon logement privé sans passer la voir, elle aussi. Même s'ils ne me disent rien, je ne suis pas sûr de pouvoir endurer leurs regards à tous les deux. J'entends déjà Victor : *Je te l'avais bien dit, oui ou non ?*

— Tom ? Qu'est-ce que tu fais là ? m'interpelle Victor.

Pour la soirée en solo, c'est fichu.

J'explique en quelques phrases la situation. Je n'ai pas envie de m'étendre. Victor m'invite à le suivre jusqu'au réfectoire où Lili s'affaire. Elle me sert un bol de soupe parce qu'il n'y a rien de tel pour se refaire une bonne santé, selon elle. Même si je n'ai pas faim, je n'aime pas contrarier Lili, d'autant que cela me vaudrait d'autres chapitres du livre « leçons de vie » à encaisser, et c'est bien la dernière des choses dont j'ai besoin ce soir.

Une fois sustenté, j'explique le fait que je n'ai pas pu faire autrement que de tout révéler à Helena. J'ai bien entendu droit à la remarque aiguisée de Victor.

— C'était bien la peine de faire tout ce cirque en me faisant intervenir à ta place ! clame Victor.

— Victor ! intervient Lili.

Je me frotte les yeux, je me sens fatigué, las de tout ça. J'aurais mieux fait de m'en tenir à mes principes. Au moins, je n'en aurais rien à faire. Ce n'est malheureusement pas le cas et l'on ne se refait pas.

— Non, laisse le parler ! Il n'a pas tort, dis-je.

— Tu as fait ce que tu croyais le mieux pour elle. Tu as dit toi-même qu'elle n'aurait pas accepté ta proposition sachant qu'elle venait de toi, n'est-ce pas ? m'interroge Lili.

Franchement, je ne sais plus très bien. Elle a accepté la proposition du groupe GVP, signant avec un Victor Amico dont elle ignorait tout. Pourquoi, en définitive, aurait-elle refusé de traiter avec moi si j'avais, dès le départ, joué cartes sur table ? J'aurais pu la rassurer, lui dire que la famille Auster s'était investie depuis de nombreuses années à sauver des domaines viticoles en danger. Au début, mon père s'était dit que cela pouvait être un bon investissement de s'agrandir et, par la même occasion, de se diversifier. Mais devant l'ampleur de la tache, et aussi parce que j'avais insisté auprès de lui — mais ceci est une autre histoire — il m'avait confié cette filiale que j'avais d'abord baptisée GVP pour Gestion Viticole et Patrimoine, puis je l'avais peu à peu remaniée de fond en comble pour en faire ce qu'elle est aujourd'hui. Un groupe d'investissement et d'entraide pour de véritables passionnés. Avec le recul, je me dis que j'ai peut-être fait une grosse erreur. J'aurais dû prendre mon temps, y réfléchir davantage. Mais la vérité est ailleurs, comme dirait l'agent Mulder de la série télévisée X-Files, et elle s'appelle Helena. Dès que je l'ai vue, je suis tombé amoureux, et adieu mon objectivité légendaire. J'ai eu peur de la perdre, alors que nous n'étions même pas ensemble, quand j'y repense je ne peux qu'abonder dans le sens de Victor. Pourquoi tout ce cirque ? C'est une excellente question.

— Le pire… c'est que tu as raison Victor, je suis bien obligé de l'admettre.

— Ah, c'est déjà un net progrès ! Et maintenant, qu'est-ce que tu vas faire ? demande Victor.

Je me masse l'arête du nez puis les yeux avant de répondre.

— Rien.

— Rien ? demande Victor.

— Oui.

— Mais…

Lili coupe Victor dans son élan.

— Si cette fille t'aime vraiment, ce n'est qu'une question de temps. Elle finira par comprendre que tu as fait ça dans son intérêt et pas pour toi.

Victor lève les bras au ciel.

— Il faudrait encore qu'elle soit au courant. Monsieur n'a rien dit. Elle va rester sur son idée première et… aucune chance qu'elle finisse par voir les choses différemment ! hurle presque Victor, visiblement agacé.

La conversation dure encore un bon moment, trop long à mon goût. Je ne souhaite plus qu'une chose à présent, rejoindre mon logement et mon lit pour, si possible, sombrer dans un sommeil sans rêves.

Alors que je prends congé en arguant que « demain il fera jour et que j'y verrai plus clair », je salue mes deux confidents et me lève, les traits tirés et la démarche lente. C'est alors que Victor m'interpelle :

— Demain, je vais m'occuper du broyage de l'orge et veiller à la qualité du « Grist », tu veux m'assister pour le mixage à l'eau chaude ? Cela te fera du bien de penser à autre chose !

Je m'arrête et me retourne vers Victor en esquissant un sourire. Je sais bien que c'est lui l'expert et qu'il n'a nul besoin de moi pour remplir cette mission délicate, mais son attention me touche et, il a raison, me remettre au travail me fera du bien.

— Avec plaisir. Lili, tu nous feras du café serré, on en aura besoin !

— Debout à cinq heures ! Monsieur Auster n'a plus l'habitude, raille Victor. Je m'occuperai du café, on ne va pas faire sortir Lili à l'aube pour ça.

— Entendu. Bonne nuit à vous deux, dis-je avant de m'éclipser.

— Bonne nuit, répondent-ils en cœur, puis Lili s'approche de moi pour déposer un baiser sur mon front.

Je traverse la cour de la ferme/distillerie alors que le soleil est encore bien haut dans le ciel alpin. Arrivé dans mes quartiers, je m'affale sur mon lit en zappant la douche. Je suis claqué. Les yeux fermés, le visage d'Helena hante l'écran de mon esprit. J'ai une boule dans le sternum qui ne fait qu'enfler à mesure que le temps passe. Je soupire en tentant de me persuader que j'ai bien agi, aussi bien pour le sauvetage de l'entreprise d'Helena, mais aussi pour l'aveu de mon implication dans tout ça. Je repense à ce qu'a dit Lili, le fait que si Helena m'aime vraiment, elle finira par comprendre. Si seulement cela pouvait être vrai… C'est la dernière pensée consciente que j'émets avant de sombrer dans un sommeil profond.

*

Je me réveille en sursaut alors qu'on frappe à ma porte à

grands coups de poing.

— Debout là-dedans ! C'est l'heure des braves, Tom ! clame Victor tout en continuant à tambouriner sur le bois épais de ma porte.

Il me faut quelques secondes pour reprendre mes esprits, me rappeler où je suis et m'extirper de mon rêve où j'étais à la *Quinta de Dona Otilia* en compagnie d'Helena.

— Tu m'entends, gros flemmard ? poursuit Victor.

— Hummm… Quelle heure est-il ? demandé-je, en baillant comme un chat.

— Cinq heures moins le quart. Tu as dix minutes pour prendre une douche et me rejoindre dans le réfectoire. Moi, je vais m'occuper du café.

J'acquiesce entre deux bâillements et me relève péniblement sur mon lit. Nom de Dieu, j'ai dormi tout habillé ! J'étais vraiment crevé. Je file dans la salle de bain à tâtons. Je sais qu'avec Victor, une heure dite ne se discute pas. Après un passage aux toilettes, je me réfugie sous la douche et je laisse couler l'eau chaude sur ma peau, un petit bonheur simple qui, vu mon moral en berne, me fait du bien.

Dix minutes plus tard, je descends au réfectoire. Victor m'y attend, et décroche la cafetière en verre de la machine pour me servir une tasse pleine. J'émets un son étrange, digne d'un homme des cavernes en signe de remerciement.

— Pas de quoi, répond Victor.

J'avale la première gorgée du dormeur contrarié, la meilleure !

— Comment vas-tu ? s'enquit mon maître de chai.

Je lève les yeux pour rencontrer un visage inquiet, celui de l'ami qui est toujours là quand c'est nécessaire.

— À ton avis ? dis-je, enfouissant sans le vouloir

consciemment mon visage dans les volutes fluctuantes du café brûlant.

— Tu as la gueule des mauvais jours ! répond Victor en allant se servir une nouvelle tasse.

— C'est sans doute parce que je ne me suis pas rasé.

— Ah voilà, c'est pour ça ! Rien à voir avec ta belle Portugaise, suis-je bête !

Victor lève les yeux au ciel. Je préfère ne pas répondre, c'est parfaitement inutile. S'il existe des êtres sur cette planète à qui l'on ne la fait pas, ils s'appellent Victor et Lili. Et la deuxième fait son apparition sur le seuil de la porte. Je regarde Victor avec un air interrogateur, mais il ouvre tout grand les yeux et hausse les épaules, m'indiquant par la même qu'il est aussi surpris que moi.

— Lili, qu'est-ce que tu fais debout à cette heure ? demandé-je, en faisant mine de me lever avant qu'elle me fasse signe de rester assis.

Lili s'avance vers nous et nous fait une bise sur le front à tous les deux.

— Vous croyez vraiment que je vais vous laisser travailler le ventre vide ? C'est mal me connaître.

Justement, on la connaît bien, Lili. J'avoue que j'étais un peu surpris de ne pas la voir dans le réfectoire en compagnie de Victor. Peu lui importe l'heure qu'il est, pas grave d'écourter sa nuit de deux heures. Elle passe derrière le gros comptoir en zinc faisant office de bar certains soirs, puis agite son index dans ma direction.

— Sers-moi donc un café au lieu de dire des fadaises ! m'ordonne-t-elle. Pendant ce temps, je vais vous préparer un vrai petit déjeuner… et des sandwichs pour ce midi.

— Des sandwichs ? ose Victor.

— Je vous connais comme si je vous avais fait, tous les

deux. Vous allez vous plonger dans le travail comme des forcenés. Ne faites pas comme si c'était la première fois, hein !

J'apporte sa tasse à Lili, puis retourne à ma place. Je balaye la pièce du regard, passant d'elle à Victor, et je mesure la chance que j'ai de les avoir avec moi, ici, au domaine alpin. Je ne sais vraiment pas où j'en serais sans eux. N'est-il pas vrai que l'on se sent plus fort quand on est unis, les coudes serrés ?

— Tenez déjà ça pour commencer ! dit Lili en déposant une grande assiette avec des tartines au fromage et d'autres à la confiture. Ne bougez pas d'ici avant mon retour avec votre déjeuner !

Même si la boule que j'ai toujours à l'estomac me coupe la faim, je ne me sens pas le courage de la contrarier, aussi je choisis la plus petite des tranches grillées et mords dedans en faisant en sorte que Lili n'en perde pas une miette.

— Ah ! Tu vois… je savais bien que vous auriez faim ! dit-elle en posant les mains sur ses hanches avec un soupir de satisfaction.

Victor ne tarde pas à m'imiter, jusqu'à ce que Lili, rassurée, retourne s'affairer avec les sandwichs derrière son comptoir. Quand elle nous tend un sac plein et une grande bouteille d'eau, je sais que c'est le début d'une longue journée de travail et je n'espère plus qu'une chose, qu'elle me vide la tête.

35

HELENA

Vallée du Douro

Quinta de Dona Otilia

12 mai

10H00

PORTUGAL

Une semaine s'est écoulée depuis que j'ai appris la triste vérité.

Une semaine à réfléchir à ce que je vais bien pouvoir faire à présent.

J'ai d'abord pensé à rompre le contrat. Cela me semblait la seule chose à faire. Et puis, j'ai tourné le problème mille fois dans ma tête et j'ai fini par choisir d'attendre la prochaine réunion par visioconférence, et elle doit se tenir… aujourd'hui. Qui plus est, j'ignore si une rupture de contrat est possible, j'ai relu en long, en large et en travers le contrat et j'ai découvert que monsieur Amico est co-fondateur du groupe GVP. J'ignore pourquoi le nom de Tom Auster ne figure nulle part dans la trentaine de feuillets qui composent le contrat, mais j'imagine que Tom s'est arrangé pour expurger son nom uniquement pour moi, et pour aucun autre domaine associé au groupe, ce qui me semble une justification tout à fait recevable pour réviser le contrat. Devant la justice, je peux sans doute plaider ma cause. Sauf que… et après ? Je me retrouverai au point de départ, avec des propositions de rachat ou de parcellisations, tout ce que cette association avec la filiale de Tom me permet d'éviter. Je suis partagée entre la colère et l'appréhension. La colère parce que je n'ai toujours pas digéré la trahison de Tom. L'appréhension parce que c'est Victor Amico qui est censé me rencontrer via *Zoom*, mais j'ignore si c'est lui à qui j'aurais à faire, maintenant que tout le monde a abattu ses cartes et que je sais qui est celui qui manipule tout depuis les coulisses.

La réunion à distance doit commencer à quatorze heures, en début d'après-midi. Je tourne en rond depuis ce matin, incapable de me concentrer sur mon travail. Zé s'en est aperçu, mais il a eu la délicatesse de ne pas m'en faire part. Je sais qu'il va faire face à mon absence, parce que c'est bien de cela qu'il s'agit. Je suis là, sans y être vraiment. Je ne veux pas l'admettre, mais c'est la pure vérité. Depuis une semaine, je déplace systématiquement toutes les décisions importantes à une date ultérieure. Pourtant, avec l'apport d'argent frais, j'avais plein de projets à mettre en œuvre. D'abord, voir cela de près avec mes collaborateurs, étudier ce que l'on peut faire et ce qui n'est qu'un doux rêve. Le projet qui me tient particulièrement à cœur en ce qui concerne le domaine n'est pas à l'ordre du jour, de cela je suis sûre. Dommage, cela aurait pu être quelque chose de grandiose, mais pas après ce qui s'est passé.

Je passe devant le miroir et m'arrête net devant mon reflet. Bon sang, j'ai une tête à faire peur. Un passage par la salle de bain et une retouche maquillage ne sera pas du luxe.

J'ai retrouvé mon énergie et j'ai envie de me remettre au travail.

Une petite demi-heure plus tard et celle qui se trouve de l'autre côté du miroir a retrouvé de sa prestance. C'est la Helena qui me plaît, pas la pleurnicheuse qui passe son temps à geindre comme une fillette. Je suis une battante et je vais mettre les choses au point avec mes associés, qu'il s'agisse de Victor Amico ou de… Tom Auster.

J'ai l'intention d'aller voir les vieilles vignes quand mon portable bipe. Un sourire éclaire mon visage à la vue de l'expéditeur, il s'agit de Rita. J'ouvre le texto avec enthousiasme :

« Salut, ma vieille, alors comment ça va depuis la dernière fois ? J'espère que tu files le parfait amour avec ton prince charmant venu de France. Par contre, permets-moi de te dire que j'espérais de tes nouvelles et… rien ! Tu m'as déjà oublié ou quoi ? Bon. Je te pardonne pour cette fois parce que tu dois crouler sous le travail avec ton fichu domaine pour fournir tous les alcooliques de la planète, mais si tu pouvais ne pas oublier ta copine Rita, ce serait sympa. Bref, j'attends une réponse à mon message dans les plus brefs délais, sinon… je débarque dans la semaine ! Attention, cela n'est pas une menace en l'air. Je t'embrasse. Rita ».

Je n'ai pas donné de nouvelles parce qu'elles étaient… mauvaises. J'ai suivi les conseils de Rita et tout s'est écroulé comme un château de cartes. J'ai pensé à elle à de nombreuses reprises, mais je ne savais pas quoi lui dire, et puis… je n'étais pas dans l'état approprié. Maintenant que je me sens tout autrement, je décide de l'appeler, cela sera plus simple que de taper un SMS qui s'avérera limité, sans compter que Rita va me répondre dans la foulée et qu'il faudra poster une nouvelle réponse. Je sélectionne son nom et appuie sur la touche d'appel, la sonnerie ne retentit qu'une seule fois avant qu'elle ne réponde.

— Tu m'avais oublié ? demande-t-elle.

— Non, mais il m'est arrivé tellement de choses, que je ne savais pas trop comment te le dire.

— Bah, c'est simple, tu ouvres la bouche et tu parles ! ironise-t-elle.

— Mouais... C'est une longue histoire. Tu as du temps devant toi ? demandé-je.

— Les enfants sont à l'école. Mon mec, lui, est au boulot. J'ai tout le temps que tu veux.

— OK. Alors, prends-toi un verre et installe-toi confortablement, ça va être long…

36

TOM

Domaine Golden Sky

Saint-Jean-d'Hérans

Rhône-Alpes – France

12 mai

12H30

Je me sens particulièrement nerveux aujourd'hui.

Pourtant, la semaine s'est plutôt bien déroulée. J'étais plongé dans le boulot. Cela faisait longtemps que je n'avais pas mis la main à la patte comme cela. Je me suis toujours considéré comme le gestionnaire ou l'administrateur de la distillerie, mais j'ai toujours laissé Victor s'occuper du whisky. C'est lui l'expert, aucun doute là-dessus. Depuis la création du domaine alpin en 2006, j'ai plusieurs fois participé à certaines phases de la production. Aussi bien pour les matières premières : eau qui descend du glacier local, que des céréales qui sont cultivées sur place.

Nous avons travaillé sur l'élaboration d'une cuvée spéciale, la *Alpine Ice*, une microcuvée élégante, en lien avec la terre alpine et l'eau issue du glacier, un goût subtil de fruit, de céréale, frais et suave. Un single malt 100 % orge maltée, un assemblage de seulement une quinzaine de fûts, ce qui est unique à notre domaine où l'orge est cultivée sur quatre parcelles différentes, aussi bien au niveau du sol que de l'exposition géographique, au climat différent à chaque fois. Cette année est celle du dernier millésime qui finalisera l'assemblage des six dernières années, ce qui composera notre cuvée spéciale et unique.

J'ai moi-même travaillé au réglage de notre vieux moulin écossais pour le *grist*, et Victor s'est occupé du brassage et de la température de l'eau, un secret de fabrication à l'origine de l'expression si unique de nos grains. Puis, nous nous sommes relayés pour surveiller la fermentation qui a duré pas moins de 120 heures, révélant le potentiel unique de notre single malt *Alpine Ice*. Aujourd'hui, je vais superviser, toujours en compagnie de Victor, les alambics chauffés au feu de bois, puis ce sera le moment de vérité avec le remplissage des fûts… Cette fois-ci, nous allons troquer nos traditionnels fûts en chêne français par les *fort pipe* de 650 litres. Ceux-là mêmes que je suis allé chercher au Portugal, ce qui m'a amené à rencontrer Helena.

Et voilà, il y a toujours un élément qui me ramène à Helena. J'ai beau tout faire pour ne pas penser à elle, c'est inévitable, j'y reviens. Mais ce n'est pas cela qui provoque ma nervosité du jour. Non. En fait, une réunion par visioconférence *Zoom* est prévue aujourd'hui. C'est Victor qui doit se connecter avec Helena. Voilà ce qui me perturbe. Initialement, tout devait se dérouler sans encombre, mais je n'ai pas su tenir ma langue. J'ai vendu la mèche… sans doute trop tôt. Oui, mais voilà, je ne sais pas mentir, je n'ai jamais su. Tenir cette information secrète auprès d'Helena pendant toutes ces semaines m'a coûté bien plus que je ne l'aurais imaginé. Lili dit que c'était pour la bonne cause, cela ne me réconforte pas pour autant. C'est même tout le contraire.

Cette nuit, j'ai très peu dormi. J'ai retourné tout ça dans ma tête, dans tous les sens. Je pense qu'il n'y a qu'une chose à faire. C'est risqué, un peu du quitte ou double, mais… cela peut marcher. De toute façon, les choses ne peuvent pas être pires. Je vais informer Victor de ma décision; et puis advienne que pourra.

37

HELENA

Vallée du Douro

Quinta de Dona Otilia

12 mai

13H55

PORTUGAL

Je suis plantée devant mon écran d'ordinateur. Mes pieds battent le sol avec virulence. La réunion *Zoom* doit débuter dans cinq minutes. J'attends monsieur Amico de pied ferme. Il va payer pour le mensonge de son patron.

J'ai reçu le lien de la réunion par e-mail. J'avais cru, l'espace d'un instant, que la réunion serait annulée, étant donné ce qui s'est passé, mais non.

Sur mon écran, une phrase m'indique que mon hôte attend que je me connecte. Je suis anxieuse, mais déterminée. Ils se sont fichus de moi, Victor Amico et Tom Auster. Ils vont voir comme je peux être dure quand on se paye ma tête.

Je clique sur l'icône activant ma connexion sécurisée, puis sur celui de la caméra et enfin du son. Quelques secondes passent, mon écran change d'aspect pour afficher l'image renvoyée par la caméra de Victor Amico. Son visage apparaît sur mon écran.

— Bonjour mademoiselle Ribeiro, dit-il.

Curieusement, son ton est calme et détendu. Voilà bien une chose à laquelle je ne m'attendais pas. J'avais imaginé qu'il serait tendu, gêné par la situation. Se peut-il que Tom n'ait rien dit ? Non, cela ne se peut pas. Je n'ai pas trente-six solutions pour le savoir, il me suffit de le lui demander.

— Bonjour monsieur Amico. Avant que nous commencions, j'ai besoin de savoir si vous êtes au courant des événements récents qui se sont produits la semaine dernière.

Victor Amico lève la tête et fixe sa webcam sans sourciller.

— Oui. Je suis au courant. D'ailleurs, les choses étant ce qu'elles sont, monsieur Auster est ici et il souhaite prendre la parole afin de clarifier la situation. Si vous permettez, il va s'asseoir à ma place et vous expliquer en détail ce qu'il en est.

Je reste sans voix. J'ai envie de crier que non, je ne suis pas d'accord. Je ne veux pas lui parler et encore moins le voir à travers ma webcam. C'est un menteur, un traître et…

— Bonjour Helena, murmure Tom en prenant la place de Victor Amico devant la caméra.

— …

— Tout d'abord, et même si je sais que cela ne fera pas la moindre différence pour toi, sache que je suis sincèrement désolé pour tout ce qui s'est passé, poursuit-il en verrouillant son regard sur moi par l'intermédiaire de la webcam.

Je suis comme coupée en deux, des sentiments antagonistes m'envahissent à présent. Même si je suis heureuse d'entendre les excuses de Tom, même si le fait qu'il prenne la peine d'assumer ses responsabilités me réconforte quelque peu, j'éprouve toujours une colère sourde, je n'ai pas pu l'extraire totalement de moi malgré tous mes efforts. Le fait de le voir là, même si ce n'est que l'image d'un écran, me transperce le cœur alors que je croyais l'avoir recouvert d'une armure.

— Helena, tu m'entends ? dit-il doucement.

Je ne dois pas craquer. Je ne dois pas pleurer. Je dois rester maîtresse de mes émotions. J'inspire à fond et expire doucement avant de répondre.

— Oui, je t'entends.

— Bien. Alors, voilà ce que je vais faire : je vais te rétrocéder les quarante-neuf pour cents des parts détenues par le groupe GVP.

Je reste figée. J'ai besoin de quelques instants pour assimiler l'information que Tom vient de me transmettre. Est-ce que j'ai bien compris ?

— Que… qu'est-ce que tu as dit ?

— J'ai dit que GVP ne garde aucune part de ton domaine. Tout t'appartient… Il n'est plus question de faire des concessions, des réunions, ou quoi que ce soit d'autre. Tu es la dirigeante de la *Quinta de Dona Otilia* et, ainsi, tu n'as plus à rendre compte de quoi que ce soit à qui que ce soit.

— Mais… j'ai déjà pris certaines initiatives… j'ai réglé plusieurs grosses factures qui étaient en attente de paiement dès que j'ai reçu les premiers approvisionnements à la banque. Je… je ne pourrai pas rembourser et…

Tom me coupe en levant la main pour m'arrêter.

— Tu n'as rien à rembourser et tu gardes l'intégralité des

fonds avancés.

— Mais…

— GVP c'est moi. En réalité, c'est avec mes propres fonds que j'ai renfloué ton entreprise, il n'y a aucun autre membre du GVP sur ce dossier. Sur ce point, j'avoue que je t'ai menti. D'ordinaire, il faut un certain laps de temps pour obtenir les différents apports financiers des participants membres de GVP, cela ne se fait pas du jour au lendemain, il y a un certain nombre de réunions, des votes, etc. Bref, pour ton domaine, j'étais pris par le temps et je savais que tu allais accepter la proposition de ta banque. Donc, j'ai pris sur moi de réaliser seul cette opération sur mes fonds personnels, ainsi je fais ce que je veux sans avoir à rendre de comptes à la marque *Auster* ou à qui que ce soit. Voilà.

— Et Victor Amico ? demandé-je, pour me donner une contenance tant je suis estomaquée par l'annonce de Tom.

— Victor n'est qu'un prête-nom dans cette affaire. Tu le sais maintenant. Il n'est jamais vraiment intervenu dans mes choix d'investissements par l'intermédiaire de GVP. Donc, il n'y a aucun problème et…

Cette fois-ci, c'est moi qui lui coupe la parole.

— Et si je ne suis pas d'accord ? dis-je en bombant le torse.

Tom se gratte la tête.

— Comment ça ?

— J'ai des projets pour le domaine et si je veux les mener à bien, je vais avoir besoin d'engager des fonds plus élevés et…

— Combien ?

— Quoi ?

— De combien as-tu besoin pour mener à terme ton

projet ? demande-t-il sur un ton que je ne lui connaissais pas.

J'ai sur mon écran le visage d'un homme d'affaires ferme, droit et intransigeant. Cela contraste profondément avec l'homme que j'ai connu ici, au domaine. Je négocie avec un professionnel qui a l'habitude de manier les chiffres, les contrats, ou que sais-je encore. Cela me fait encore plus mal que je n'aurais pu l'imaginer.

— Ce n'est pas ce que j'ai voulu dire. Je ne veux pas que…

— Je te fais un virement dès ce matin. Cela devrait couvrir ton projet, quel qu'il soit. Je t'envoie aussi les papiers par e-mail. Tu n'auras qu'à les signer et me les retourner.

J'aimerais dire quelque chose, lui crier que c'est hors de question, que je ne suis pas d'accord, que je ne veux pas lui laisser le beau rôle, le dernier mot, mais je n'arrive pas à dire un seul mot. Je suis comme hypnotisé et incapable d'articuler une réponse censée et intelligible. Il en profite pour m'asséner un dernier coup.

— Bien. Alors tout est en ordre. Je règle tout ça et te présente à nouveau toutes mes excuses pour t'avoir… menti. Je te souhaite la plus complète réussite pour ton nouveau domaine. Tout sera réglé en fin de matinée. Adieu, Helena.

Je devrais crier mon désarroi, je devrais hurler ma rage, mais je reste muette, stérile. Je suis l'adolescente d'autrefois, celle qui n'ose pas. C'est affreux. J'ai le sentiment de m'être fait piéger.

Je reste les yeux rivés sur mon écran d'ordinateur qui m'annonce la fin de la réunion par visioconférence.

Je referme mon ordinateur portable, comme si ce geste m'assurait une plus grande intimité. C'est alors que j'ouvre les vannes. Je m'autorise enfin à pleurer. Je suis submergée par les larmes qui se muent aussitôt en sanglots et je libère en un cri toute la frustration qui me déchire le cœur.

Le domaine est sauvé.

Alors pourquoi ai-je l'impression d'avoir tout perdu ?

38

TOM

Domaine Golden Sky

Saint-Jean-d'Hérans

Rhône-Alpes – France

15 mai

18H30

La nouvelle cuvée de notre principal single malt a été mise en bouteille.

Victor contemple le résultat de notre travail et semble satisfait, par conséquent je devrais l'être aussi. Je vois les yeux de mon ami qui pétillent et cela me procure un certain réconfort. Je ne reste qu'un instant à contempler le fruit de notre travail en compagnie de mon maître de chai devant les bouteilles conditionnées et prêtes à la vente. Après la mise en fûts d'une nouvelle production, la mise en bouteilles d'un nouveau whisky est ce qui me plaît le plus dans mon travail. C'est la même chose pour Victor que je laisse à sa contemplation pour me réfugier dans une de mes caves. Celle où sont entreposés les nouveaux fûts à Porto portugais. C'est une nouvelle étape pour notre domaine, un pari risqué aussi. J'éprouve un certain malaise, une boule au ventre, et cela n'a rien à voir avec le risque de changer nos habitudes. Il est vrai que nous n'avons jamais testé ces fameux *Fort Pipe*, et que j'ai effectué un achat conséquent. Mais je sais que d'autres domaines ont expérimenté ces fûts et que le résultat a été à la hauteur de leurs espérances. Et puis, je n'avais pas vraiment le choix. Je ne suis pas parti à la recherche de grands tonneaux par caprice. Il y avait pénurie de nos contenants français, alors voilà.

Mais, ce n'est pas ça qui me tétanise et m'empêche d'être détendu. Je n'ai pas eu de nouvelles d'Helena depuis la réunion virtuelle. Elle a pourtant bien reçu tous les papiers par e-mail, j'en ai eu la confirmation. Alors pourquoi n'a-t-elle toujours pas retourné les documents signés ? J'ai pourtant fait ce qu'il fallait. Elle ne peut plus m'accuser d'en avoir après son domaine, à présent elle ne peut plus entretenir le moindre doute.

Je tente de revenir à mon travail. Les *fort pipe* de 650 litres sont, à présent, conditionnés. Nous en avons fini avec la mise en bouteilles de notre single malt. On va maintenant remplir les tonneaux d'origine portugaise avec notre ultime production. Je balaye du regard les douelles en bois épais, du pur chêne européen dont les extrémités sont effilées. Ils ont connu une première vie avec l'affinage du Porto, à près de deux-mille kilomètres de mes massifs alpins. Maintenant, c'est au tour de notre whisky. Je vais les utiliser pour composer un millésime spécial, la couleur sera légèrement rosée. Le chêne est dur, résistant, et surtout fortement chargé en tanins comme tous les pédoncules utilisés en Europe. Je suis un peu anxieux, mais terriblement excité à l'idée de cette nouvelle cuvée. J'ai l'intention de faire un premier millésime âgé de trois ans, puis une deuxième de neuf ans, enfin la dernière ira jusqu'à douze ans d'âge.

Tout à coup, le bruit de la porte qui s'ouvre avec violence me fait sursauter.

— Tom ! hurle Victor.

Je me tourne vers lui et constate qu'il a l'air hébété.

— Qu'est-ce qui se passe ? je lui demande. Un problème avec notre mise en bouteille ?

Il fait signe que non avec sa tête, mais ne dit pas un mot de plus.

— Mais, parle bordel ! Que se passe-t-il ?

— C'est… Helena !

— Eh bien quoi, Helena ?

— Elle… elle…

Je soupire d'exaspération. J'ai rarement vu Victor dans un tel état. J'imagine un instant le pire. Et s'il lui était arrivé quelque chose de grave ?

— Elle est ici !

*

Je parviens, non sans mal, à tirer les vers du nez de Victor. Helena se trouve dans les cuisines en compagnie de Lili qui l'a accueillie. Mon sang ne fait qu'un tour et je me mets à courir comme un fou en direction des cuisines. Mieux vaut ne pas se poser de questions et agir par instinct. Commencer à m'interroger sur les raisons de la présence d'Helena ici ne peut que me faire des nœuds dans la tête.

J'entre dans le réfectoire en faisant involontairement claquer la porte contre le mur. Alors que je reprends mon souffle, je l'aperçois, attablée avec Lili. Helena est là, de dos, mais je discerne un verre d'eau à moitié vide juste devant elle.

En face, il y a Lili qui maintenant me regarde, je crois deviner un léger sourire sur son visage, mais je n'en suis pas sûr.

— Helena ?

Elle se tourne et me fixe. Son visage est grave, mais j'ai l'impression que ce n'est qu'un masque.

— Tu connais quelqu'un d'autre qui pourrait être mon sosie ? fait-elle avec une voix plus grave qu'elle ne le devrait.

Je suis pris au dépourvu, décontenancé par le côté inattendu de la situation.

— Euh… non, balbutié-je.

— Alors c'est moi.

Lili rit. Derrière moi, je sens le regard moqueur de Victor, inutile de me retourner pour en avoir la confirmation.

— Qu'est-ce que tu fais ici ?

Helena reste muette, ne cessant de me fixer, comme si elle était dans un état second. C'est Lili qui répond à sa place.

— Je pense qu'Helena est venue ici parce qu'elle devait te dire certaines choses de vive voix, et non pas sur vos vidéos par Internet. Helena est arrivée dans un tel état qu'il valait mieux pour toi qu'on puisse se parler un peu, elle et moi, avant qu'elle ne te rencontre.

Je relève ma frange d'un geste machinal, le genre qui exprime un état de gène et d'anxiété. Je m'étais pourtant fait une raison, finissant par croire que tout était terminé. Et la voilà ici, chez moi, en train de raconter je ne sais quoi à Lili.

Helena me fixe toujours sans rien dire. Il y a bien Lili qui esquisse une sorte de sourire, mais avec elle, cela ne veut pas forcément dire grand-chose. Je crois bien l'avoir déjà vue s'engueuler avec un de nos livreurs sans perdre son visage avenant. Avec Victor, c'est encore pire. Il est venu me prévenir qu'Helena était ici comme si la troisième guerre mondiale venait de se déclarer, donc autant dire qu'il ne peut m'être d'aucune aide.

— Qu'est-ce que ça veut dire « arrivée dans un tel état » ?

Alors que j'attends une réponse de Lili, c'est Helena qui prend la parole.

— Cela veut dire qu'il était préférable que tu ne croises pas mon chemin dès mon arrivée.

Son ton est glacial. Je tente de me défendre.

— Comment ça ? Je ne comprends rien à ce que vous me racontez toutes les deux. Pourquoi étais-tu en colère contre moi, Helena ? Je pensais avoir tout réglé et j'attendais ton mail en retour, et au lieu de cela, tu…

— Tu n'as rien réglé du tout ! Bien au contraire ! clame Helena, en se tournant vers moi.

Lili s'interpose en douceur.

— Ne nous énervons pas, cela ne servirait à rien. Helena, vous avez fait un long voyage pour une raison bien précise. Je pense qu'il faut que vous vous parliez tous les deux. Je crois que c'est plus que nécessaire. Victor et moi, nous allons vous laisser un moment tous les deux. C'est entendu ?

— D'accord, répond Helena.

Je finis par hocher la tête en signe d'acceptation.

Lili invite Victor à sortir de la pièce en la suivant. La porte se referme derrière eux et je me retrouve dans une situation que je n'aurais jamais pu imaginer en me levant ce matin.

— Je suis désolé de ne pas avoir fait ce qu'il fallait, dis-je sans trop savoir ce qui m'attend.

Le fait est que je n'avais pas imaginé me retrouver face à Helena à nouveau. Pris au dépourvu, comment savoir quoi dire, quoi faire ?

Helena ne répond rien. Cela me laisse le temps d'élaborer des scénarios farfelus. Dans celui que je préfère, Helena se jette dans mes bras et me dit que tout cela n'est qu'une terrible méprise, que nous sommes faits l'un pour l'autre et que notre éloignement n'est qu'une énorme erreur. Dans celui que j'aime le moins, elle me gifle avec force et me laisse comme ça, interloqué, impuissant, sans réaction, pour disparaître de ma vie à tout jamais.

Comme elle reste toujours muette, je me sens dans l'obligation de rompre le malaise ambiant par la première idée qui me passe par la tête.

— Tu as réussi à vaincre ta peur de l'avion ?

Elle plante son regard enflammé dans mes yeux et j'ai le cœur qui chavire.

— Il fallait que je te dise en face ce que j'avais sur le cœur. Pas d'e-mail, pas de téléphone, pas d'appel vidéo. Alors, étant donné les circonstances du fait que tu sois parti, je n'avais pas d'autre choix que de venir ici, explique Helena avec un léger tremblement dans la voix. Prendre l'avion était le prix à payer pour pouvoir te parler face à face.

— Je ne suis pas parti… c'est toi qui m'as chassé.

— Et à qui la faute ? clame-t-elle.

— Je suppose que c'est la mienne.

— Tu supposes ?

— OK, c'est moi.

Je perçois de la fureur dans ses yeux. J'ai l'impression que quoi que je dise, je ne peux qu'attiser sa colère. Pas moyen d'y échapper.

— Et voilà, tu recommences ! hurle-t-elle en se prenant la tête dans les mains. Voilà pourquoi je suis venue ici. Tu fais toujours en sorte de t'en tirer avec le beau rôle, c'est trop facile. Comme avec ton contrat, et ton putain d'appel vidéo.

— Mais…

— Tu fais ton coup en douce, tu te joues de moi, et à la fin tu tentes de t'en tirer par une pirouette !

— M'en tirer ? Parce que tu penses vraiment que je suis sorti indemne de tout ça ?

— Je sais que tu as mis beaucoup d'argent et c'est pour ça que je…

— Je me fous de l'argent ! hurlé-je. Je te parle de nous ! Je veux dire… notre relation. Je suis revenu chez moi avec un sentiment d'anéantissement, j'étais ravagé. Alors, non, je ne m'en suis pas tiré. Et puis, qu'est-ce que ça veut dire, une pirouette ?

Je tourne la tête pour ne pas affronter son regard inquisiteur.

— Tu sais très bien.

— Non.

Elle bouge d'un mouvement brusque et déterminé, et vient se poser juste en face de moi.

— Cela veut dire que, comme ton stratagème n'a pas fonctionné, parce que je m'en suis rendu compte et que cela ne faisait pas partie de ton plan pour prendre la direction de mon domaine, alors tu noies le poisson avec un gros chèque, comme si de rien n'était. Bien sûr, cela te coûte cher, mais tu t'en tires la tête haute. Tu as pensé que j'étais une idiote et que je n'allais pas voir clair dans ton jeu.

Je reste abasourdi. Voilà ce qu'Helena pense de moi. Je sais que je devrais répondre quelque chose, me défendre, dire que c'est faux. Oui, mais voilà, rien ne sort de ma gorge. Je suis sonné, comme un boxeur qui vient de prendre un uppercut et qui reste inerte, inconscient.

Puis, peu à peu, je sens monter de la colère. Dire que j'ai fait tout ça pour elle, pour sauver son fichu domaine qui, sans moi, à l'heure qu'il est, serait entre les mains de calculateurs sans scrupules. Je me suis fait fustiger par Victor, j'ai dépensé une somme déraisonnable, j'ai caché tout cela pour ne pas heurter les principes de mademoiselle Ribeiro. Et tout ça pour quoi ?

— Si c'est vraiment ça que tu penses de moi, alors... tu peux repartir tout de suite.

Elle me toise.

— C'était bien mon intention. Je voulais seulement te dire en face que je n'étais pas dupe et ne pas te laisser le beau rôle.

— Le beau rôle ? Cela fait plusieurs fois que tu utilises ce terme, c'est une obsession ? Tu penses vraiment que tu me laisses le beau rôle ?

— Oui.

— J'ai pourtant l'impression d'avoir le mauvais.

— Le contraire m'aurait étonnée.

— Et pour les papiers, on fait quoi ? je lui demande en tentant de contenir les larmes qui me piquent les yeux.

— Je ne veux pas de ton cadeau empoisonné. Je trouverai une autre solution. C'est aussi pour ça que je suis venue jusqu'ici, pour te dire que je refusais ton offre. Maintenant, tout est dit !

Je n'arrive pas à croire ce que j'entends. Helena est prête à tout perdre juste pour pouvoir continuer de croire qu'elle a raison.

— Tu es sûre que c'est bien ce que tu veux ?

— Oui, tout à fait sûre. Cependant, avec ta permission, j'aimerais juste profiter de la chambre que Lili m'a gentiment proposée pour la nuit et... je repartirai pour Grenoble demain matin. J'ai un vol en début d'après-midi pour le Portugal.

J'ai la gorge serrée, le cœur éclaté, mais je dois parvenir à donner le change.

— Comme tu veux.

— Je partirai après le déjeuner, ça ne te pose pas de problème ?

— Non.

— Alors on s'est tout dit. Je te laisse le soin de remettre en ordre tout ce qui concerne mon domaine. Je te remercie de me rendre l'entière propriété de la *Quinta*. J'imagine que ce sera sans doute un peu compliqué, mais après tout, c'est toi qui es à l'origine de tout ça, donc je te demande d'arranger tout ça, d'accord ?

— C'est déjà fait.

— Quoi ?

— Tu n'as pas lu les papiers que je t'ai fait parvenir par mail ? dis-je en relevant le menton.

Elle semble contrariée. Il semblerait qu'en effet, elle n'a pas consulté les nouveaux contrats. Pourtant, j'ai fait tout ce qu'il fallait.

— Euh… disons que j'ai lu en diagonale.

— En diagonale ?

— J'étais tellement furieuse contre toi que je n'ai pas eu la tête à ça. J'ai juste compris que tout ça n'était qu'un habile stratagème pour t'en sortir ! clame-t-elle.

Que pourrais-je lui dire pour qu'elle comprenne qu'elle fait fausse route ?

— Je ne sais pas ce que tu t'es mis dans la tête, mais tu te trompes.

J'aimerais tellement qu'elle puisse accorder un peu de crédit à mes paroles, mais, au lieu de cela, elle fait quelques pas et s'éloigne de moi. Cela fait un moment que nous n'avions pas été physiquement si proches, pourtant, en cet instant, j'ai cette douloureuse impression de n'avoir jamais été autant éloigné d'elle.

— Non, c'est toi qui mens !

Quelques mots, une petite phrase qui irrite mes oreilles et qui résume tout ce qu'Helena pense de moi à cet instant. Je ne peux pas lui en vouloir, elle me connaît depuis si peu de temps. Si seulement elle savait que je ne sais pas mentir, je n'ai jamais su. Quand j'étais gamin, Yann ne le supportait pas. Dès qu'il y avait une bêtise de commise, et que les parents me demandaient ce qui s'était passé, je ne savais répondre que la vérité. Yann me fustigeait du regard, comme le sale traître que j'étais à ses yeux. En grandissant, mon frère a fini par comprendre que le mensonge ne faisait pas partie de l'équipement qui m'avait été livré à ma naissance, et par la suite personne n'était parvenu à me l'enseigner, pas même mon frère. Au fil des années, j'avais trouvé un moyen : le silence. Cela limitait la casse, et j'avais retrouvé grâce auprès de mon jumeau.

Je lève les yeux vers le ciel qui s'assombrit. Les nuages arrivent groupés, gris et bientôt se confondent en une lourde masse opaque. Je me demande si mon état d'esprit y est pour quelque chose. Je sais bien que c'est ridicule, mais après tout, pourquoi pas ? Un peu comme quand il se met à pleuvoir le seul jour où l'on a oublié d'emporter son parapluie avec soi.

— Si c'est ce que tu crois, alors nous en avons fini. Je vais demander à Lili de te préparer un repas que tu pourras prendre dans ta chambre.

Je tourne les talons en ayant envie de m'enfuir à toutes jambes, mais je n'en laisse rien paraître et marche d'un pas lent et mesuré.

39

TOM

Domaine Golden Sky

Saint-Jean-d'Hérans

Rhône-Alpes – France

15 mai

19H30

Alors que Lili est allée rejoindre Helena à l'extérieur, je demande à un des employés encore sur place de bien vouloir transporter les bagages d'Helena dans sa chambre. Dans d'autres circonstances, j'aurais accompli cette tâche moi-même, mais pas aujourd'hui.

Lili en me croisant m'a dit de rester ici à l'attendre, car elle avait deux mots à me dire. Au point où j'en suis, plus rien ne m'inquiète. J'ai perdu Helena, alors le reste…

Au bout d'une quinzaine de minutes, Lili revient dans le

réfectoire et m'invite à venir marcher dehors, décidément cela devient une manie aujourd'hui. Je n'ai pas d'autre choix que d'accepter la proposition de Lili. En moins de temps qu'il en faut pour le dire, me voilà à l'extérieur en sa compagnie. Elle a sa tête des mauvais jours, celle qui indique qu'elle a quelque chose à me reprocher. La voilà qui pose ses mains sur ses hanches à présent, je ne vais pas tarder à être fixé sur mon sort.

— Non, mais ce que tu peux être bête parfois, ce n'est pas Dieu possible !

— De quoi tu parles, à la fin ? dis-je avec sincérité, parce que je ne comprends rien à cette pièce qu'elles sont en train de me jouer toutes les deux.

Le visage de Lili se détend tout à coup. Elle n'a plus l'air agacée, mais je lis comme de l'effarement dans ses yeux.

— Vraiment ? Tu n'as pas la moindre idée de ce qui se passe, n'est-ce pas ?

— Eh bien… non. Je veux dire… j'ai fait tout ce qu'il fallait. J'ai réglé tout ce qui pouvait poser problème et… maintenant, j'ai non seulement Helena qui débarque ici comme une furie, mais toi aussi qui t'allies avec elle et qui sembles m'en vouloir.

— Je ne t'en veux pas. Je dis seulement que tu as agi comme un sombre idiot avec cette fille. Mais ce qui me chagrine le plus, c'est que tu ne t'en rendes même pas compte. Tu es là avec tes « *je ne comprends pas… comment ça ?* ». Je t'ai pratiquement élevé, et j'ai l'impression que tu n'as rien retenu de toutes ces années. Ce n'est pourtant pas faute de t'avoir raconté des dizaines d'histoires et d'en avoir extrait quelques morales intéressantes. Mais toi, tu agis en dépit du bon sens avec Helena et tu te demandes pourquoi elle a ce genre de réaction. Sais-tu seulement qu'elle est arrivée ici avec l'envie de t'étrangler ? Et je peux t'assurer que ce n'est pas seulement une figure de style.

— Mais…

— Une chance pour toi d'avoir été là pour m'interposer.

— Je…

— Sais-tu seulement que cette jeune femme a parcouru plus de mille kilomètres pour venir te dire en face ce qu'elle ressent ?

— Non, je…

— Qui plus est, elle a voyagé par les airs alors qu'elle éprouve une peur panique à l'idée de monter dans un avion.

Elle est venue en avion, malgré sa peur !

Lili n'a peut-être pas tort. Peut-être ne suis-je qu'un imbécile qui ne comprend rien à rien, du moins avec les femmes. Pourtant, je ne peux m'empêcher de penser avoir agi comme Helena le voulait. J'ai le sentiment de m'être conformé à ses désirs. Après tout, c'est elle qui m'a chassé après avoir entendu la vérité concernant le sauvetage de son domaine et mon implication.

— Et selon toi, qu'est-ce que j'aurais dû faire ?

Lili m'attrape par le bras et m'invite à nous éloigner de la cour de notre exploitation.

— Viens, marchons un peu.

Nous parcourons quelques centaines de mètres sans rien dire. J'ai l'impression d'être redevenu le petit garçon qui avait besoin d'elle. Lili. Qui sait ce que je serais devenu si elle n'était pas entrée dans ma vie. Je réalise qu'à chaque étape cruciale de ma vie, Lili était là pour moi. Dans les pires moments, elle m'a soutenu : après le décès de ma mère, mais aussi quand cela n'allait pas dans ma vie. C'est la seule qui peut se permettre de me dire crûment ce qu'elle pense de moi sans que cela me mette hors de moi. Bon, c'est vrai, Victor aussi. Mais c'était une chose impossible avec mon père. J'ai toujours été dans l'incapacité d'avoir ce type de rapport avec lui, alors que c'est totalement naturel avec Lili. Victor, lui, c'est comme mon frère. Je sais que mon père est peiné par cette situation, mais c'est ainsi, je n'y peux rien.

Lili doit estimer que nous nous sommes assez éloignés parce qu'elle ralentit l'allure.

— Il ne faut pas regretter les erreurs du passé. Je t'ai répété cela un certain nombre de fois, tu t'en souviens ? déclare-t-elle soudain sur un ton très solennel.

— Je m'en souviens, oui.

— Parfait. Mais ce n'est pas parce qu'il n'y a rien à regretter que l'on doit réitérer sans arrêt les mêmes erreurs, sous peine d'échouer à nouveau.

— Je croyais qu'il n'y avait pas d'échec, mais que l'on ne faisait qu'apprendre. C'est ce que tu m'as toujours dit.

— C'est vrai. Mais, tu ne peux pas reproduire le même type de comportement systématiquement tout en espérant une issue différente à chaque fois.

— Je n'espère rien.

— Tom, pas à moi, s'il te plaît !

Je baisse la tête.

— Pardon.

Lili plante son regard dans le mien. Elle semble vouloir me sonder.

— Tu l'aimes, n'est-ce pas ? me demande-t-elle.

Je ferme les yeux.

— J'ai lutté pourtant, je t'assure, dis-je dans un murmure.

— C'est peine perdue. On ne peut pas contrôler les sentiments. Cela se saurait depuis longtemps, si c'était le cas. En revanche, on doit contrôler ses paroles et ses actes. C'est là où tu t'es trompé, Tom. La petite m'a raconté les raisons de son arrivée ici, et je te reconnais bien là.

— Comment fais-tu ?

— Quoi ?

— Helena ne te connaît pas et, à peine débarquée ici, elle te raconte toute sa vie.

Lili sourit.

— Pas toute sa vie. Juste le pourquoi de sa présence ici… et les raisons de sa colère contre toi.

On a repris notre marche pour finalement arriver sur le haut du domaine, près de la ravine. En face, on aperçoit la vallée et, plus loin à l'horizon, la montagne. Je ne sais pas si c'est le spectacle majestueux qui se dresse devant nous, mais sans vraiment en être conscient, on met notre conversation entre parenthèses. Le silence s'impose ici, au moins un instant.

— Tom, tu as mis ta relation avec Helena en péril pour la simple et bonne raison que… tu n'as pas dit les choses ; en tout cas, pas comme tu aurais dû. La dernière fois que tu as agi de la sorte, qu'est-il arrivé ? me demande Lili tout en gardant son regard rivé sur le versant ensoleillé du massif qui nous domine.

— J'ai voulu l'aider sans heurter ses principes, dis-je pour ma défense.

— Et pour quel résultat ?

— Un désastre.

— Je ne te le fais pas dire. Alors ? Quelle conclusion en tires-tu ?

— Sincèrement ?

— Oui.

— Je n'en sais rien.

Que pourrais-je dire d'autre ? C'est malheureusement la triste réalité.

— Tu n'en sais rien ?

— Non.

— Alors je ne peux rien pour toi et cette conversation ne mène nulle part, dit Lili en se tournant dans ma direction.

— Mais…

— Tom, je veux bien t'aider en t'indiquant une direction, mais je ne peux pas faire le chemin à ta place. Tu dois réfléchir, méditer sur ce qui s'est passé et en tirer certaines leçons. Sinon…

— Sinon ?

— Toutes ces expériences négatives ne cesseront de se reproduire dans ta vie.

Les mots de Lili résonnent dans ma tête. Ce n'est pas la première fois qu'elle me déclare cela, une sorte de leitmotiv que je me refuse à prendre en considération. Pourtant, les faits ne sauraient mentir, et Lili ne fait que les évoquer, elle ne les interprète pas. C'est l'absence de dialogue qui est à l'origine de tous mes malheurs antérieurs en ce qui concerne mes relations amoureuses. Je n'ai jamais su me livrer à une femme. Je n'ai jamais pu dire ce qui n'allait pas, ce que je ressentais. Celle qui m'a trahi avait évoqué cela pour expliquer son départ, arguant qu'on ne peut pas former un couple avec un homme fermé, incapable de se livrer, de s'ouvrir à l'autre. De mon point de vue, je ne me vois pas confier à l'être aimé mes états d'âme. Ce serait complètement improductif et, j'en suis persuadé, ne ferait que produire tout le contraire de ce que Lili évoque. Selon elle, le ciment du couple c'est le dialogue. Selon moi, c'est fournir le bâton pour se faire battre, se mettre à nu ne peut que nous rendre plus fragiles. On abat son jeu sur la table et, ce faisant, on montre ses faiblesses.

— Qu'est-ce que tu ferais à ma place, toi ? je lui demande.

J'aperçois un semblant de sourire sur son visage. C'est toujours ça.

— Tu veux savoir ?

— Oui.

— Très bien. Tu veux savoir ce que je ferais, moi, si je n'étais pas un jeune homme aveuglé par des illusions construites pierre par pierre depuis bien longtemps ? Ce que je ferais moi, si je n'étais pas effrayé par le fait de montrer mes sentiments et retirer la chape de plomb qui entoure mon cœur ? Eh bien... j'irais la voir dans sa chambre, et je lui dirais ce que je ressens. J'en profiterais pour lui présenter mes excuses pour lui avoir menti concernant le domaine et...

— Je n'ai pas menti !

Lili lève les yeux au ciel.

— Ah non ?

— Non. Je n'ai pas tout dit. C'est différent.

— Tu m'en diras tant !

Je soupire. Lili poursuit :

— Tu joues sur les mots. Même si je veux bien croire que tu voulais l'aider, tu dois comprendre que tu as heurté ses principes. Elle te l'a bien fait comprendre, non ?

— On ne peut plus clairement, oui.

Lili lève les yeux au ciel.

— On récolte ce que l'on sème, Tom !

Pourquoi les plus gros clichés sonnent-ils juste dans la bouche de Lili ?

Je tente de me défendre.

— Oui, mais avec toi tout est toujours facile. Tu n'as

aucune difficulté à dire les choses, à exprimer tes sentiments. Moi… je ne suis pas comme toi !

Lili approche ses mains de mon visage.

— Tu n'as qu'à décider de l'être, Tom.

J'ai les yeux qui piquent, alors je les ferme pour tenter d'endiguer le flot d'émotion qui m'envahit.

— Je… je n'y arrive pas.

Lili dépose un baiser sur mon front.

— Alors… essaie encore, murmure-t-elle à mon oreille.

40

HELENA

Domaine Golden Sky

Saint-Jean-d'Hérans

Rhône-Alpes – France

15 mai

21H

Tom m'a menti en me regardant droit dans les yeux.

Il est comme tous les autres.

Le plus difficile à admettre dans tout ça, c'est de m'être trompée sur son compte. J'avais tellement envie de croire qu'il y en avait au moins un, un membre de la gent masculine, un qui incarnerait l'exception, et qu'il serait pour moi. Mais voilà, je me suis plantée en beauté. C'est à croire que c'est dans leur nature, les mâles ne cherchent qu'à prendre ou exercer leur pouvoir, quel qu'en soit le prix. La stratégie consistant à manipuler pour arriver à leurs fins.

Tom, tu as failli m'avoir.

Quelqu'un tambourine à ma porte. C'est sûrement lui. Je ne veux pas lui parler.

— Helena ?

Ce n'est pas la voix de Tom, mais celle de Lili.

— Euh… oui !

— C'est Lili. Est-ce que je peux entrer ? demande-t-elle.

Je suis tellement retournée par tout ça que j'aurais préféré rester seule, mais… Lili a l'air d'être quelqu'un de bien et puis c'est elle qui m'a proposé de rester pour la nuit, difficile de lui dire non.

— Oui, entrez !

Je me lève de mon lit pour accueillir Lili. Elle me sourit.

— Pardon de vous déranger Helena, mais… j'ai cru comprendre que votre conversation avec Tom n'avait pas eu les effets escomptés.

Je l'invite à s'asseoir sur la chaise attenante au petit bureau qui est posé juste sous la fenêtre avec vue sur le massif. J'en profite pour me poser sur le lit, à mon tour.

— Qu'entendez-vous par *effets escomptés,* Lili ?

— Eh bien, voyez-vous ma chère Helena, je suis une dame d'un certain âge et j'ai pas mal roulé ma bosse, ce qui veut dire que j'en ai vu des choses depuis tant d'années. D'autre part, je connais parfaitement cette tête de mule, puisque c'est moi qui me suis occupé de lui depuis ses dix ans. Tout ça pour vous dire que je le connais comme si je l'avais fait, et que je suis une fine observatrice des relations humaines, parce qu'avant de me mettre au service de la famille Auster, j'ai vécu plusieurs vies en une seule. Bref, ce que je veux dire, c'est que ça crève les yeux que vous vous aimez tous les deux et…

Je me redresse sur mon lit, très intrigué par ce que vient de me raconter Lili. J'ai très envie de connaître son point de vue sur Tom et moi, mais je ne peux la laisser poursuivre sans mettre les points sur les i.

— Pardonnez-moi, Lili, mais vous ne me connaissez pas. Vous ne savez pas qui je suis, d'où je viens et ce que j'ai vécu. Par ailleurs, vous avez une vision sans doute très limitée de la situation conflictuelle entre Tom et moi. Alors, sauf votre respect, je ne crois pas que vous puissiez me donner un avis objectif de la situation… qui est très compliquée.

Lili cesse de cligner des yeux et me fixe. J'ai l'impression qu'elle me sonde l'esprit, comme si mes yeux étaient pour elle une porte ouverte vers mes états d'âme.

— Je n'ai jamais eu besoin de connaître les gens pour savoir qui ils sont, dit-elle sur un ton qui ne laisse aucun doute quant au sérieux de ses propos.

— Vous… vous êtes une sorte de médium ?

— Non. Ce n'est pas ça. J'ai toujours écouté mon intuition, et ce depuis mon plus jeune âge. C'est sans doute pour cela que je l'ai développée à un niveau bien plus élevé que monsieur ou madame tout le monde. Plus vous faites confiance à votre intuition, plus elle devient aiguë et fiable. Elle ne m'a quasiment jamais fait défaut. J'ai pu mainte fois vérifier la pertinence de ce que j'avais ressenti à propos des personnes qui ont croisé ma route. Et, en ce qui vous concerne Helena, je suis sûr de mon fait. Je ne vous connais peut-être pas, mais je sais qui vous êtes.

Je passe la paume de mes mains sur mon visage, puis dans mes cheveux. J'ai toujours eu du mal à croire en ces choses-là, mais, après tout, pourquoi pas ?

— D'accord. Admettons. Et après ? Qu'est-ce que vous êtes venu faire ici, Lili ?

Lili se lève de sa chaise et vient s'asseoir près de moi, sur le lit. Je ne suis pas très à l'aise, mais je la laisse faire.

— Je suis venu tenter de vous faire prendre conscience de ce que vous refusez de voir, l'un comme l'autre. Je suis comme une sorte de phare qui doit vous ramener au port, avant que la tempête ne vous sépare définitivement.

Je soupire.

— Il est trop tard.

— Il n'est jamais trop tard. Vous êtes vivants, tous les deux, non ?

— Oui, mais…

— Mais, rien du tout… Il n'est *pas* trop tard.

J'écoute ce que me dit Lili, mais je ne veux pas l'entendre. Elle a probablement raison, mais suivre cette voie serait aller à l'encontre de ce en quoi je crois.

— Je ne peux pas aller contre mes valeurs, mes principes.

Lili hausse un peu le ton.

— Personne ne vous demande ça ! D'ailleurs, nous avons tous des valeurs, des principes, comme vous dites. Souvent, cela nous a été inculqué depuis notre enfance par nos parents, notre famille, le microcosme ambiant. Cela ne veut pas dire que cela vous convienne pour autant. Par respect pour ce qu'on vous a transmis, qui peut très bien s'avérer être un gros mensonge, vous pourriez très bien aller à l'encontre de ce qui vous sert, de ce qui est bon pour vous. Et c'est très précisément ce que vous êtes en train de faire à présent, me semble-t-il.

J'ai l'impression que Lili n'a pas assimilé tout ce que Tom a fait. En même temps, il est comme un fils pour elle, donc elle ne va pas l'enfoncer.

— Tom m'a menti. Il a voulu s'approprier mon domaine sans que je m'en aperçoive, vous rendez-vous compte de cela ?

Lili soupire.

— Il n'y en a vraiment pas un pour rattraper l'autre !

— Que voulez-vous dire ?

— Vous campez sur vos positions avec une telle certitude que c'en est risible. Tom vous a avoué avoir voulu vous prendre votre domaine ?

— Euh… non, pas vraiment.

— Pas vraiment ? Vous avez joué cartes sur table, oui ou non ?

Je baisse les yeux, telle une gamine prise en faute.

— C'est compliqué.

— Voilà une évidence. Helena, dites-moi, Tom a-t-il admis avoir agi de la sorte pour vous prendre votre domaine, comme vous l'insinuez ? demande Lili en prenant un air grave.

Je fais défiler sur mon écran mental des images douloureuses : mes disputes passées avec Tom. Depuis que j'ai appris le rôle qu'il a joué en secret dans le partenariat avec GVP, je suis incapable de rester calme en pensant à lui. C'est plus fort que moi, j'ai envie de l'étrangler. Cependant, je dois bien admettre que Lili dit vrai, Tom n'a jamais admis avoir agi pour son compte. Il a dit que c'était pour ne pas heurter mes principes, parce que j'aurais refusé son aide et que le domaine aurait été récupéré par la banque pour la majorité des parts, ou pire encore, qu'il aurait été racheté par une entreprise concurrente. Donc, Lili me confronte à mes propres contradictions, je suis bien obligée de l'admettre.

— Non.

— C'est bien ce que j'avais cru comprendre. Et qu'a-t-il dit ?

— Il a dit que c'était pour sauver le domaine et que s'il m'avait dit ce qu'il envisageait de faire, j'aurais refusé.

Lili opine de la tête.

— Et avait-il raison d'envisager votre refus dans ce cas ?

Je ferme les yeux et lâche dans un murmure.

— Oui.

Lili pose sa main sur mon épaule.

— Donc, tous vos principes ne sont nullement bafoués à la lumière de ce que nous venons d'éclairer. Par ailleurs, Tom ne ment jamais. C'est une incapacité chez lui, et, croyez-moi, cela lui a valu pas mal de déboires par le passé, avec sa famille, avec ses amis, et même avec des clients. Alors, je peux vous assurer que vous pouvez croire ce qu'il vous dit. Et d'ailleurs, pouvez-vous m'éclairer sur les raisons de son « stratagème » vis-à-vis de votre domaine ?

Je fais appel à mes souvenirs. Je revois la scène en quelques secondes dans mon esprit, je ressens à nouveau mon bouleversement et ma peine, mais - et c'est nouveau - je vois aussi la peine ressentie par Tom à ce moment-là.

— Il a dit que c'était pour moi qu'il avait fait cela, pour sauver mon domaine et éviter que je ne refuse son aide.

— C'est ce que vous auriez fait si vous aviez su ?

— Sans doute.

— Le domaine est-il sauvé ?

— …

Je vois les choses sous un autre angle, avec plus de distance. Le fait que ce soit Lili qui me mette les points sur les i n'y est pas étranger. La colère qui me gagne dès que Tom tente de se justifier m'a empêchée de voir objectivement la situation dans son ensemble.

— Oui, il l'est.

— Bien.

Lili me prend les mains dans les siennes et plonge son regard dans le mien.

— Vous savez Helena, dès que Tom m'a parlé de vous, j'ai compris immédiatement qu'il était tombé amoureux. Je peux lire en lui comme dans un livre ouvert. Vous devez comprendre que c'est un garçon honnête et droit, il a agi pour vous, et il a fait passer vos propres intérêts avant les siens. Il savait très bien ce qu'il risquait en agissant de la sorte, mais il a d'abord pensé à ce qui était le plus important pour vous à cet instant précis : sauver votre domaine.

Ma tête vacille de droite à gauche, sans que je parvienne à la contrôler.

— Vous ne faites que supposer tout cela, Lili. Vous n'avez aucune certitude.

— C'est exact.

— Alors, tout cela ne repose que sur du vent. Vous ne cherchez qu'à me rassurer, mais en fait, cela n'a aucun effet, parce que tant que je n'aurais pas entendu tout ce que vous venez de m'avouer de la propre bouche de Tom... cela n'aura aucune valeur.

Lili accuse le coup. Je vois bien qu'elle est déçue et qu'elle attendait une tout autre réaction de ma part, mais je ne peux pas faire semblant. Et puis, pour être tout à fait honnête, je n'en ai pas envie. J'entretiens ma colère afin d'éviter de voir tout ce qui s'est passé ces derniers jours avec lucidité. J'ai agi sans discernement. Prendre l'avion alors que j'en ai une trouille bleue juste pour dire en face à Tom ce que je pense de lui. C'est aussi immature que stupide. J'entrevois le soufflet quand il sera retombé et je me dis que je ne vais pas être fière de mon attitude quand le calme succèdera à la tempête.

— Je vois, dit Lili en se levant. Dans ce cas, je vais vous laisser. Je suis désolée pour vous deux… même si je comprends votre position. Je n'ai plus qu'à me retirer et vous souhaiter une bonne soirée.

Lili quitte ma chambre et referme délicatement la porte derrière elle.

Je reste immobile un instant, ne sachant pas trop quoi penser.

Je m'allonge sur le lit et fixe le plafond en laissant vagabonder mon esprit. Toujours les mêmes pensées qui restent focalisées sur Tom. Pourquoi diable suis-je tombée amoureuse de cet homme ? Tout aurait été tellement plus simple si les sentiments n'étaient pas venus tout compliquer.

J'ai plusieurs options qui me viennent en tête, mais je rejette certaines d'entre elles, en refusant même ne serait-ce que d'y songer une seule seconde. Ces possibilités impliquent certaines actions de ma part auxquelles je ne peux me soumettre ; par exemple, me lever de ce fichu lit et aller tambouriner à la porte de Tom en lui criant que c'est un salaud et que cela me torture, parce que je l'aime et que cela m'est insupportable après ce qu'il m'a fait. Dans les autres scénarios que mon esprit torturé élabore, c'est lui qui vient frapper à ma porte en s'excusant platement pour ses choix aussi stupides que malvenus. Il me dit qu'il m'aime et que me laisser partir lui est impossible, mon absence le tuerait. Je dois bien avouer que cette version me plaît particulièrement et qu'un léger sourire vient se dessiner sur mon visage. Les minutes passent et je perds la tête à imaginer des histoires de contes de fées.

J'ouvre mes yeux embués de larmes et fixe le plafond qui s'est dissipé dans l'obscurité naissante. Quelle heure peut-il bien être ? Je récupère mon téléphone portable sur la table de chevet et constate qu'il est déjà près de vingt-deux heures. J'essuie mes yeux et m'empare de la bouteille d'*Evian*. Après avoir bu un verre d'eau minérale, je regarde la nuit en train de tomber à travers le rideau de la seule fenêtre de mon logement. J'éprouve l'envie irrésistible d'aller retrouver Tom, mais j'ignore où il est. Je ne sais même pas où se situe son logement personnel au sein de ce domaine alpin.

Après de longues minutes, je me décide enfin. Tant pis, je finirais bien par trouver où réside Tom. Je marche quelques instants en observant les véhicules parqués devant les résidences de tous les membres de la distillerie. Je repère un gros SUV, ce doit-être celui de Tom, j'en suis sûre.

Il y a une ligne de lumière qui passe par l'embrasure de la porte. Le volet de l'unique fenêtre est fermé, donc je ne peux rien voir à l'intérieur. Après une brève hésitation, je frappe à la porte. Pas de réaction. Je tape du poing encore une fois sur le panneau de bois. J'entends un grincement à l'intérieur du baraquement.

— Voilà, voilà ! murmure l'occupant.

La voix masculine s'approche de la porte et l'ouvre sans demander qui vient l'importuner à cette heure.

— Helena ?

Je fixe l'homme qui se tient devant moi avec un caleçon pour seul vêtement.

— Euh… oui. Je suis désolée de vous déranger. Je croyais que c'était le logement de Tom à cause du 4x4. Je… j'avais des choses à lui dire.

Victor se gratte la tête à travers ses cheveux décoiffés et se frotte les yeux en oubliant de mettre sa main devant sa bouche alors qu'il me gratifie d'un énorme bâillement à s'en décrocher la mâchoire.

— Ah ouais ! Ben non, le SUV appartient à l'entreprise, et c'est surtout moi qui m'en sers en général, sauf quand je fais le chauffeur pour Tom. Et comme vous voyez, ici, c'est ma piaule ! déclare Victor. Tom crèche un peu plus bas. Si vous voulez tout savoir, lui, il utilise une Jeep, vous savez celles qui n'ont pas de toit comme dans les vieux films de guerre. D'ailleurs, la caisse doit dater de cette époque-là si j'en crois son état pitoyable ; mais Tom l'aime bien et il l'utilise tout le temps pour se déplacer par ici. Vous n'avez qu'à descendre le sentier rocailleux juste en lisière de la colline, vous trouverez son logement juste où est garée la Jeep. D'accord ?

Je reste figée comme une godiche devant cet homme à moitié nu que j'ai visiblement dérangé pendant son sommeil.

— Je suis désolée de vous avoir réveillé, Victor. Je vous remercie.

— Je somnolais devant la télé, je n'étais pas vraiment endormi. Y'a pas de soucis. Bonne soirée, dit Victor avant de refermer la porte.

Je rengaine ma gêne et poursuis mon chemin vers l'endroit indiqué par Victor. J'aperçois le lieu où doit résider Tom, cela ressemble à une sorte de logements de vacances, un petit chalet individuel fait de pierres et de bois. Je balaye le lieu du regard et ne rencontre aucun véhicule, pas de Jeep, ni quoi que ce soit d'autre. Je monte les escaliers de bois et arrive devant une porte close. Ici, pas le moindre trait de lumière qui s'échappe, tout est éteint à l'intérieur. Je frappe à la porte juste pour la forme, j'ai l'intuition que Tom n'est pas là. En tout cas, le petit écriteau jouxtant la boîte aux lettres me confirme que c'est bien chez lui, je peux lire : *Mr Tom AUSTER*.

J'attends une minute, puis deux, mais je dois me rendre à l'évidence : il n'y a personne. En descendant les marches de bois brut, je remarque des traces de pneus sur le sol éclairé par un lampadaire planté sur le sentier. Un véhicule a dû démarrer en trombe ici même, reste à savoir si c'était celui de Tom. Il n'y a qu'une chose à faire pour en avoir le cœur net : remballer ma fierté et composer son numéro de téléphone.

J'extirpe mon iPhone de ma poche et fais défiler mes contacts, je n'ai pas longtemps à attendre avant de voir *Auster Tom* apparaître sur mon écran. J'hésite un instant, avant d'appuyer avec mon pouce sur la touche d'appel.

41

TOM

Domaine Golden Sky

Saint-Jean-d'Hérans

Rhône-Alpes – France

15 mai

21H30

Je me suis réfugié dans mon logement.

Dans ma chambre, allongé sur mon lit, je retourne dans ma tête les remontrances de Lili. Je sais qu'elle a raison, alors pourquoi suis-je incapable d'appliquer ses conseils ? Je ne crois pas être un homme orgueilleux, alors pourquoi ne pas courir immédiatement dans la chambre d'Helena lui présenter mes plus sincères excuses, lui dire ce qu'elle veut entendre, lui avouer que je l'aime et qu'imaginer la perdre m'est insupportable ?

Je me redresse sur mon lit, et me lève d'un bond. Je dois réfléchir et prendre une décision. Je sors et me dirige vers la Jeep garée près de mon logement. Je veux aller jusqu'à mon lieu secret, une sorte de promontoire qui domine la vallée, c'est l'endroit idéal pour m'aider à réfléchir, m'asseoir sur le pic et regarder l'horizon, voilà ce qu'il me faut. Rester cloîtrer dans ma chambre ne m'aidera pas. Respirer l'air alpin et prendre de la hauteur, cela me paraît être une bonne idée pour y voir plus clair sur tout ce qui agite ma vie en ce moment.

Je grimpe dans la Jeep et récupère les clés dans la boîte à gants. Je démarre et fais crisser les pneus dans un nuage de poussière et de graviers mélangés. Je remonte la Départementale qui longe le pan de montagne nord. Je roule vite.

Oh du calme, mon vieux !

Je relève mon pied droit et la Jeep ralentit. Il ne manquerait plus que je m'envoie dans le décor. Avec la ravine sur la droite de la route, ce serait une sacrée descente. Je fais attention et roule prudemment à présent. J'aperçois en amont le col de Cornillon. J'emprunte le sentier qui mène au pic. Le chemin est étroit, mais j'ai l'habitude. Soudain, mon téléphone portable posé sur le siège passager sonne. Un coup d'œil en coin m'indique l'appelant : Helena. Je ne peux pas lui répondre tout de suite à cause du sentier dangereux. Mes yeux reviennent sur la route quand… un chien saute du haut du talus et déboule droit devant moi. Je freine de toutes mes forces, mais l'animal est trop près et je vais le percuter. J'ai peut-être une chance de l'éviter. Je tourne sur la droite, mais les graviers font glisser les roues directrices. Je passe à côté du chien que je vois se déplacer comme s'il bougeait au ralenti. Il saute et regagne le bosquet d'épineux d'où il a surgi. Je tente bien de redresser la Jeep, mais la roue avant droite a déjà quitté le sentier et rencontre le vide.

42

HELENA

Grenoble.

CHU Grenoble, Alpes.

Rhône-Alpes – France

16 mai

0H35

Tout s'est enchaîné à grande vitesse, pourtant j'ai l'impression que le temps s'est suspendu.

Je suis assise sur une chaise en plastique dure, dans la salle d'attente des urgences de l'hôpital de Grenoble. Je me prends la tête entre les mains, revenant en arrière sur tout ce qui s'est passé ces dernières heures, comme si je visionnais un film. Après avoir découvert que Tom était parti du domaine, je suis retourné dans ma chambre. Je tentais de me persuader qu'il ne tarderait pas à rentrer, qu'il avait eu une course à faire ou quelque chose à vérifier ; mais, au fond de moi, une sorte d'alarme interne ne cessait de retentir. Je me mentais à moi-même. Quand je suis sorti vers vingt-trois heures, constatant qu'il n'était toujours pas revenu, je n'ai plus eu le moindre doute : quelque chose lui était arrivé !

Je suis allé de nouveau tambouriner à la porte de Victor, mais quand il a vu mon visage, il n'a pas sourcillé.

— Il lui est arrivé quelque chose ! ai-je dit.

— Je m'habille et j'arrive, m'a-t-il répondu sans avoir besoin d'en savoir plus.

Victor m'a fait m'installer à ses côtés à bord de sa grosse Volvo et nous sommes partis sur la route départementale qui monte vers le col.

— Vous ne descendez pas vers la vallée ? ai-je demandé. Vous ne croyez pas que Tom est descendu au village ?

Sans quitter la route des yeux, Victor s'est adressé à moi avec assurance.

— Je sais où il est allé.

Je suis restée muette. J'ignore ce qui m'est arrivé à cet instant. Il fallait à tout prix retrouver Tom parce que j'avais l'intuition qu'il lui était arrivé quelque chose. Je n'ai rien osé dire à Victor, mais je tremblais et Victor s'en est aperçu. Tout ceci me dépassait, n'ayant jamais été d'une nature irrationnelle, je ne comprenais pas tous ces sentiments qui m'envahissaient.

Le sommet de la colline était encore loin quand j'ai aperçu un rayon diffus de lumière sortant de la ravine pour aller taper sur le flanc de montagne juste devant nous.

— Merde ! a murmuré Victor.

— Quoi ? ai-je demandé, arrivant de moins en moins à contrôler les tremblements qui secouaient maintenant tout mon corps en un ballet de spasmes ininterrompus.

Victor a freiné très fort en arrivant à hauteur du halo de

lumière qui perçait la nuit étoilée. J'ai été retenue in extremis par la ceinture de sécurité. Victor s'est abstenu de répondre à ma question, il a ouvert la boîte à gants et s'est emparé d'une lampe torche, puis il est sorti en me pointant du doigt.

— Vous, vous restez là !

Je savais qu'il tentait de me préserver. Je savais aussi que Tom avait eu un accident, qu'il avait quitté la route, les traces de freinage que je pouvais voir sur l'asphalte, résidus de gommes éclairées par les phares à xénon surpuissant de la Volvo, étaient révélatrices. Tom avait dû perdre le contrôle de sa Jeep et avait tenté d'arrêter son véhicule. Malheureusement, les traces quittaient le bitume à un endroit précis, signe que malgré sa tentative désespérée pour arrêter sa course folle, Tom était sorti de la route. Je n'osais imaginer la chute qu'il avait dû endurer ensuite. Bientôt, des sanglots vinrent se mêler à mes tremblements. Je me suis mise à imaginer le pire. Tom était mort et… c'était ma faute. Si je n'étais pas venue jusqu'ici pour déverser ma rage contre lui, tout cela ne serait jamais arrivé. Il a quitté le domaine à cause de ce que je lui ai dit, j'en suis certaine. Je l'ai traité de menteur. Et si… si au bout du compte, je m'étais trompée sur lui. Et si c'était moi qui faisais fausse route ?

Victor est revenu et j'ai tout de suite compris en voyant son visage.

— Il faut appeler les secours, vite ! a-t-il crié.

J'ai balbutié quelque chose d'à peine audible.

— C'est Tom, n'est-ce pas ?

Tout en composant le numéro d'urgence sur son portable, Victor s'est tourné vers moi, la mine inquiète.

— Oui. Il est blessé, mais il respire. C'est ça qu'il faut retenir.

Ensuite, tout s'est enchaîné comme dans un rêve éveillé,

un mauvais rêve. Les secours sont arrivés et après avoir constaté l'état de Tom, ils ont fait appeler un hélicoptère pour le transférer au CHU de Grenoble. Je n'ai pas eu le droit de monter dans l'engin volant malgré mes protestations. Tom a été pris en charge et Victor et moi sommes retournés au domaine, le temps de prévenir Lili, qui s'est enroulée dans un long manteau, et nous sommes partis en direction de Grenoble.

Pendant le trajet, aucun de nous trois n'avons osé rompre le silence qui régnait à bord. Auparavant, Victor avait pris soin de rapporter à Lili les circonstances de l'accident. Il a roulé plus vite que la vitesse autorisée, pourtant le temps m'a paru long pour arriver jusqu'au parking des urgences de l'hôpital grenoblois. Nous sommes entrés comme des zombis, secoués par les évènements, mais aussi anesthésiés par la peur.

*

Je sors ma tête d'entre mes mains et me frotte les yeux, comme pour m'aider à revenir à l'instant présent. J'ai refait le film dix fois dans ma tête, et je culpabilise. Bien entendu, je n'en dis rien à Victor et Lili, mais tout de même, ça me ronge à l'intérieur.

Comme nous ne savons rien de l'état de Tom, Victor va s'enquérir des dernières nouvelles auprès de l'accueil.

Il discute quelques secondes, son ton monte à un moment, mais je ne parviens pas à distinguer ce qu'il dit. Il tape ses mains sur ses cuisses et revient s'asseoir auprès de Lili et moi, il a la mine déconfite.

— Alors ? demande Lili, en s'emmitouflant du mieux qu'elle peut dans son manteau qui peine à recouvrir sa chemise de nuit. Elle n'a pas pris la peine de se rhabiller, pensant sûrement qu'il ne fallait pas perdre une minute.

Victor lève la tête vers nous en grattant sa barbe

naissante.

— Alors rien. Ils m'ont dit qu'il fallait attendre que les médecins ressortent de la zone d'examen. Ils ne savent même pas si Tom a été transféré au bloc opératoire ou pas ! dit-il, tentant maladroitement de contenir sa colère.

Les minutes défilent dans un silence pesant. Il n'y a pas d'urgence notable en cette nuit calme au CHU de Grenoble, aucune ambulance depuis notre arrivée, pas de cas critique à prendre en charge. Je me dis que les médecins vont pouvoir s'occuper de Tom, comme il faut. Ils n'ont que lui à gérer, puis je réalise que cette pensée est vraiment absurde, c'est la fatigue qui me fait délirer. Je tente bien de résister au sommeil, mais toutes ces émotions m'ont épuisée et je m'endors en quelques secondes.

43

TOM

Grenoble.
CHU Grenoble, Alpes.
Rhône-Alpes – France
16 mai
1H07

Je pourrais bien mourir, là, maintenant.

Je dois être à l'hôpital.

Je ne me souviens plus très bien…

Ah si ! Attendez…

Je conduisais la Jeep sur le sentier caillouteux.

Dans mon domaine alpin.

À ma droite, il y avait une pente très prononcée.

Je conduisais prudemment.

Et puis…

Mon téléphone portable a sonné.

J'ai quitté la route des yeux, un bref instant, juste assez pour voir qui m'appelait : Helena.

Un chien a surgi sur le sentier, sortant de nulle part.

C'était lui ou… le ravin.

Devinez ce que j'ai choisi.

L'accident ? La voiture doit être dans un sale état, ça, c'est sûr !

Est-ce que je suis gravement blessé ?

Je n'ai pas mal.

Et dire qu'Helena est venu jusqu'ici pour peut-être m'y voir… mourir.

Quelle ironie !

Quand on a trouvé son âme sœur, le reste n'a plus vraiment d'importance. Ce ne sont que des détails futiles.

Dire qu'il aura fallu que je me retrouve à deux doigts de quitter cette vie pour en mesurer toute l'importance.

Helena !

J'ai bien tenté de résister.

Une vieille promesse que je m'étais faite autrefois.

Parce que cela m'avait permis d'oublier la douleur que l'on ressent quand on a le cœur brisé.

Après cela, je m'étais juré de ne plus jamais aimer personne.

Oui, mais voilà… Quand on rencontre son âme sœur, c'est toute votre vie qui vole en éclat. Cette armure, que j'avais mis des années à construire. Une cage enfermant mon cœur pour me protéger. J'ai cru si longtemps que l'amour faisait si mal qu'il ne fallait pas le laisser s'immiscer dans ma vie. J'avais déjà payé le prix fort.

C'est maintenant, à la fin, que je me décide à comprendre.

J'en suis sûr, à présent.

Il ne faut pas avoir peur.

Je suis venu ici, en ce monde, pour elle.

Quel imbécile je fais ! Je n'avais rien compris.

Le problème, c'est qu'il arrive parfois que votre âme sœur ne veuille pas de vous. Et cela, même si elle vous a reconnu ! Parce que vous avez mal joué la partie, parce que vous n'avez pas respecté les règles du jeu ou bien parce que vous avez tout gâché… alors, quand, comme moi, vous avez fait tout cela à la fois… que reste-t-il ?

Rien.

Elle me déteste.

C'est de ma faute.

J'ai fait tout ce qu'il fallait pour ça.

Alors...

Oui, je peux bien mourir. C'est facile. Je n'ai qu'à me laisser glisser.

Je suis déjà dans une douce torpeur. Je ne vois plus rien. Je n'entends plus rien. Je crois bien que je ne sens plus rien, non plus.

Pourtant, qu'est-ce que ça cavale dans ma tête ! Bon sang, il me semble bien n'avoir jamais été aussi… lucide. Mon cerveau, lui, n'a pas cessé de fonctionner.

Non… je ne suis pas mort. Je crois. Enfin… pas encore. La preuve, c'est que je n'arrête pas de cogiter. Donc, oui, je suis toujours en vie.

J'ai pensé tout à l'heure que je pouvais bien mourir. Mais, je crois bien que c'était une connerie. Une de plus.

Bon, c'est vrai que je n'ai pas encore trente ans. Enfin, ce n'est plus qu'une question de mois. Sauf si je ne m'en sors pas. Ce serait vraiment dommage.

J'aimerais bien avoir le choix. Parce que je n'ai pas envie de partir.

Et puis… peut-être n'est-il pas trop tard ?

Si je m'en sors, je promets de tout faire pour…

Oh… bon sang ! Ce que j'ai sommeil !

Dormir...

Je…

Helena...

Il faut que… je… te dise… que… je…

44

HELENA

Grenoble.

CHU Grenoble, Alpes.

Rhône-Alpes – France

16 mai

6H38

Je me réveille avec une douleur lancinante au niveau de la nuque. J'ai rêvé que j'étais en train de visiter mes vignes et qu'elles étaient totalement nues, comme après les vendanges. Toutes les grappes de raisin avaient disparu et personne ne savait ce qui s'était passé. Je me sentais si mal que me réveiller et constater que tout cela n'était qu'un rêve m'a soulagé. Cela n'a pas duré très longtemps. Je réalise que je suis toujours à l'hôpital après l'accident de Tom.

Tom. Comment va-t-il ?

— Un café ? me demande une voix.

C'est Lili, sa voix est douce et cela me fait du bien. Un peu de douceur dans ce moment difficile.

— Oui, je veux bien. Merci, dis-je en me frottant les yeux.

Lili s'éloigne en direction du couloir où trône un distributeur automatique de boissons chaudes. La salle d'attente est déserte et je ne vois pas Victor. Où peut-il bien être ?

Je me redresse et rajuste mon chemisier. Lili revient avec deux gobelets entre les mains.

— Tiens, ça te fera du bien ! dit-elle.

Lili me tutoie ! Comment dois-je interpréter cela ?

— Quelle heure est-il ? je lui demande en m'emparant du gobelet en carton.

— Bientôt sept heures. Tu as fait un sacré somme ! Tu en avais besoin.

Si j'en juge par ma tête lourde et mon dos en compote, je n'ai pas l'impression d'avoir aussi bien récupéré que semble le penser Lili.

Je tente d'avaler une gorgée de café, mais ne fais que me brûler le palais.

— Oui, c'est chaud ! Tu ferais mieux de souffler dessus.

Je m'exécute.

— Où est Victor ? Est-ce qu'on a des nouvelles de Tom ? demandé-je, en posant mon café trop chaud sur le siège à côté.

Lili ne répond pas immédiatement. Elle souffle, elle aussi, sur sa boisson chaude, en avale une toute petite gorgée.

— Victor est parti à la cafétéria. Il a dit qu'il nous fallait reprendre des forces et qu'il trouverait bien quelque chose de solide à se mettre sous la dent.

OK pour Victor. Pourquoi ne dit-elle rien à propos de Tom ? Je n'ose envisager le pire…

— Et pour Tom ?

Lili pose sa main sur mon épaule et esquisse un sourire.

— Le médecin est venu nous voir au cours de la nuit. Tu dormais tellement bien que Victor a pris sur lui de ne pas te réveiller.

Je sens une boule dans mon estomac et j'ai le cœur qui manque un battement. Je me fie à ce que je vois et me dis que Lili n'aurait pas arboré un sourire, aussi léger soit-il, si le pire était arrivé.

— Il va bien ?

— Oui. Il a de multiples contusions, une fracture de la jambe droite, quelques côtes cassées et… c'est à peu près tout.

— Pas de traumatisme crânien ? On l'a trouvé évanoui…

— Rassure-toi, rien de méchant, d'après la toubib. Le scanner indique qu'il n'a rien. Ils vont le garder encore en observation quelques jours parce qu'il a perdu connaissance, mais c'est tout. Et pour sa jambe, ils lui ont posé une broche qu'il devra garder pendant quelque temps, mais cela ne devrait pas lui laisser de séquelles… enfin sauf s'il ne suit pas sa rééducation correctement.

Je n'ose y croire. J'ai crû un instant que Tom allait peut-être mourir. Un revirement de situation comme je n'avais osé l'espérer.

— C'est bien vrai ?

— Pourquoi te mentirais-je, Helena ?

Je baisse la tête, et le trop plein d'émotions me submerge soudain. J'éclate en sanglots. Lili me prend dans ses bras.

— J'ai cru que tout était fini… à cause de moi.

Lili me caresse la tête.

— Tout va bien se passer à présent. Vous allez pouvoir vous parler et faire voler en éclats ces murs qui vous empêchent de vivre pleinement.

— D'accord, dis-je, la gorge serrée.

— Vous êtes tous les deux si… désolants.

Je relève la tête, comme si je venais de prendre un coup sur mon crâne.

— Comment ça ? demandé-je, ne pouvant dissimuler ma stupéfaction.

Lili m'attrape les épaules et se place bien en face de moi. J'éprouve une certaine crainte face à cette femme qui semble avoir une grande expérience de la vie. Je vais me faire remettre en place, pas le moindre doute.

— Helena, vous et Tom êtes rongés par une fausse croyance, et vous en avez tellement peur ! Jésus, c'est là comme le nez au milieu de la figure ! Tom, je l'observe depuis qu'il est enfant, et je ne suis toujours pas parvenu à l'aider à s'en débarrasser. C'est ainsi. Et cela me désole. Je ne sais pas ce que tu as vécu, Helena. Je ne sais pas qui t'a raconté ce mensonge qui te bloque, qui t'empêche d'accepter l'aide que Tom a voulu t'offrir. La peur n'est pas là pour vous paralyser l'un comme l'autre, elle est là pour vous alerter, pour vous permettre de tout canaliser à l'intérieur de vous afin d'être prête pour la bagarre, l'affrontement, sauf que… j'ai la nette impression que ton adversaire appartient au passé. C'est aussi le cas pour Tom. Et vous deux, vous êtes bloqués, figés sur place. Vous n'avancez plus ! Et, pire que tout, vous affrontez des fantômes. Toi, tu dis vouloir sauver ton domaine, mais tu rejettes en bloc l'aide de Tom.

— Mais…

— Je sais ce que tu vas dire. Il t'a menti, blablabla… Tu

m'as déjà raconté tout ça. Sauf que… c'est du vent !

J'aimerais rétorquer quelque chose de fort, lui montrer que ce n'est pas rien de mentir à quelqu'un, mais rien ne sort de ma bouche qui reste désespérément close. En plus, Tom ne s'est pas contenté de mentir, il avait une idée derrière la tête, récupérer tôt ou tard le… contrôle de… de… mon domaine et… *Merde ! Lili dit vrai. Je suis en train de nourrir ma propre croyance.*

Lili poursuit son monologue.

— Tom t'aime, Helena. C'est tout ce qui compte. Et puis c'est réciproque. C'est l'évidence même. Alors, excuse-moi, mais tout le reste… n'a aucune importance.

C'est facile pour elle de dire ça. Ce n'est pas elle qui… *Et voilà que je recommence.* Je tente tout de même une ultime salve de résistance.

— On est dans la vraie vie, Lili !

Lili hausse les épaules.

— Et cela change quoi ? Rien. L'amour c'est l'amour, et on ne lui ferme pas la porte au nez !

Que puis-je répondre à cela ? Je reste muette, et… tout à coup, cela me vient comme une évidence, je suis curieuse de savoir ce que Lili va bien pouvoir répondre à ça.

— L'amour fait toujours souffrir ! dis-je dans un murmure.

Lili me relève le menton. Je ne vois pas ce qu'elle pourrait rétorquer. Je sais que j'ai raison.

— Oui, Helena. C'est exact.

Oh ben mince, elle est d'accord.

— Vous l'admettez ?

— Bien sûr. C'est une vérité incontestable.

Je relève mes cheveux en arrière pour me débarrasser de ma mèche rebelle qui m'obstrue la vue. Je peux voir que Lili est sérieuse et n'est pas en train de se moquer de moi.

— Alors là, je ne vous suis plus, dis-je avec l'esprit plus embrouillé que jamais.

— Pourtant, je ne vois pas ce qu'il y a de difficile à comprendre. Cela a toujours été ainsi et ne cessera jamais de l'être. En amour comme dans la vie, il y a des moments heureux et d'autres plus… douloureux. C'est comme ça. Il ne peut en être autrement, Helena.

Quand on l'entend comme ça, je veux dire à haute voix et de façon si nette et assurée, alors oui, cela sonne comme une évidence. Pourtant, qui peut admettre en s'engageant dans une relation amoureuse qu'il envisage de la peine et de la douleur ? Personne.

Dehors, le jour s'est levé. Des rayons de lumière tapent à présent sur les murs qui passent du blanc blafard à l'or vif. Je me demande si cela est de bon augure. J'ai tendance à voir des signes un peu partout dans les moments les plus sombres de ma vie. Je sais pourtant qu'il n'en est rien, qu'il s'agit juste du lever de soleil qui s'immisce par les grandes baies vitrées qui encadrent la salle d'attente des urgences, mais c'est plus fort que moi. J'imagine des présages, et souvent des mauvais.

— Je sais quel ton problème, mais je ne sais pas si j'ai le droit d'aborder le sujet avec toi.

Je suis troublée par cette femme. Je ne sais pas comment fait Lili pour si bien me cerner. Peut-être a-t-elle cette faculté pour tous ceux qui croisent son chemin. Malgré ma crainte de regarder en face ce que je m'évertue si bien à dissimuler à tout le monde, et surtout à moi-même, c'est la curiosité qui l'emporte.

— Si. Je vous en prie. Dites-moi ce que vous croyez savoir sur moi.

— Tu es certaine ?

— Oui.

Lili plisse les yeux, pourtant j'ai l'impression qu'ils sont gigantesques et qu'ils sondent mon cœur en profondeur.

— Très bien. C'est toi qui l'auras voulu, parce que… parce que cela peut faire mal… parfois. Tu pourrais le regretter, déclare Lili.

Je hausse les yeux au ciel.

— Au point où j'en suis, je ne pense pas pouvoir toucher plus le fond, dis-je avant de m'adosser contre mon dossier qui repose sur le mur ensoleillé, comme si les rayons doux pouvaient réchauffer mon cœur.

— Très bien. Je t'ai dit tout à l'heure que tu avais peur de quelque chose, une fausse vérité, j'en suis convaincue, distillée pendant longtemps par quelqu'un...

Je sens les battements de mon cœur qui accélèrent à une cadence trop rapide. Comment a-t-elle pu lire en moi aussi facilement ? Suis-je si facile à déchiffrer ? Lili ne me laisse pas le temps de m'apitoyer sur mon sort plus longtemps, elle poursuit :

— Qu'est-ce qui te fait si peur, Helena ?

— Je ne sais pas. C'est difficile…

— Qu'est-ce qui est difficile ?

— De trouver la réponse… je crois.

Lili me caresse la joue, ce geste me fait fermer les yeux. L'espace d'un instant, j'ai l'impression d'être redevenue la petite fille qui se faisait consoler par sa mère. C'est une parenthèse de douceur que j'aimerais ne pas refermer trop vite. Malheureusement, Lili enchaîne :

— La réponse est en toi, jeune fille. Et ce n'est pas difficile de la trouver, encore faut-il vouloir la chercher.

Je m'agrippe à son poignet et retire sa main d'un geste brusque.

— Que voulez-vous dire ? dis-je en haussant le ton.

Lili reste calme.

— Que ce qui te fait peur ne se trouve nulle part ailleurs qu'en toi. Il ne s'agit que de cela.

— Vous voulez dire que… que j'ai peur de moi ?

— Oui.

Cela me fait l'effet d'une grande gifle en pleine figure. Au moins, avec Lili, on ne prend pas des chemins détournés. C'est direct. Elle est aussi douce avec sa main qui m'a caressé la joue qu'elle est dure avec ses paroles aiguisées.

— Je ne comprends pas.

— Je suis sûre du contraire.

— Vous… vous voulez dire que j'ai peur de moi-même.

— C'est ça, en partie. Mais si l'on veut résumer, oui. Il faut que tu apprennes enfin à te faire confiance, Helena.

— Mais j'ai confiance en moi, mais pas en Tom…

Lili hausse les épaules.

— Tu viens d'illustrer mon affirmation à merveille. Tu as peur de quelque chose en toi, tu transportes ça depuis si longtemps que tu penses à cela comme une vérité fondamentale. Je crois savoir quelle est cette peur qui se cache au plus profond de toi : les hommes finissent toujours par te trahir ! C'est cela, n'est-ce pas ?

Cette femme est une voyante, une médium ou je ne sais quoi. Comment peut-elle savoir ?

— …

— Tu ne dis rien. J'ai donc vu juste. Je ne sais pas qui t'a mis ça dans le crâne, jeune fille, mais permets-moi de te dire que ce n'est qu'un mensonge. Tu as vécu une trahison venant d'un homme, un partenaire peut-être ? Hum, non ! Je n'y crois pas trop. Tu es trop jeune à mon avis pour qu'un amoureux ait pu te retourner la tête à ce point, alors je dirais… peut-être… ton père ?

Je ferme les yeux et soupire longuement.

— Nous y voilà. J'interprète ta mine contrite et ton silence comme un aveu. Le problème est que, si je te suis dans ton raisonnement, comme Tom est un homme, donc il te trahira, lui aussi.

— Il m'a *déjà* trahi ! rétorqué-je.

Lili se frotte les yeux, une légère exaspération se lit sur ses traits fatigués par la nuit éprouvante.

— Ce n'est qu'un point de vue, le tien ! Je pense que Tom ne voit pas les choses du même œil, lui.

— J'aurais dû m'en douter, vous l'avez pratiquement élevé, comment pourriez-vous ne pas être de son côté ! dis-je tout en me levant pour échapper à ce jugement injuste.

Sous ses airs de vieille dame compréhensive, Lili n'est qu'une hypocrite. J'entrevois une tout autre situation. Depuis le début, elle tente de m'amener dans ses filets pour mieux me retourner l'esprit, mais cela ne fonctionnera pas. Je ne suis pas aussi naïve et stupide qu'elle semble le croire.

— Tu es en train de tenter une ultime salve de résistance, mais c'est peine perdue. Personne ne peut nager longtemps à contre-courant.

— Quoi ?

— Tom et toi, vous êtes destinés l'un à l'autre, point. Alors, vous avez beau tenter de nier l'évidence, vous ne pouvez pas échapper à votre destin.

— Comme si j'étais prise dans des sables mouvants ? Plus

je m'agite pour m'en défaire et plus je m'enfonce…

Lili fait la moue.

— Je n'aime pas la métaphore qui me semble bien négative quand on connaît l'issue fatale, mais oui, c'est assez juste. Vous ne faites que retarder l'inévitable en tentant d'échapper à votre destin, Tom et toi.

Je m'accroche à la branche qu'elle vient de me tendre.

— Je ne crois pas au destin, Lili !

Je sais bien que c'est plus de la provocation qu'une de mes caractéristiques. En réalité, je n'en sais rien. Destin ou pas ? Dieu ou rien ? J'avoue que tout cela me dépasse. Je me suis toujours laissé bercer par les flots, si je puis dire. Alors, si je n'ai même pas d'avis sur Dieu, comment pourrais-je en avoir un sur le destin ? Mais, j'avais envie de rembarrer Lili. Je ne voulais pas lui laisser le champ libre. Je ne vois pas trop ce qu'elle pourrait rétorquer à cela. Je n'ai pas longtemps à patienter pour savoir ce qu'il en est, puisqu'elle rebondit aussitôt.

— Que tu y croies ou pas n'a aucune importance. Cela ne change rien à ce qui est. Le monde tourne qu'on le veuille ou non, l'univers continue son expansion qu'on y croit ou pas. Le destin se fiche pas mal de l'opinion qu'on peut avoir sur son existence. Dans ton cas, je ne suis même pas certaine que ton affirmation est vraie. J'opterais plus pour une tentative désespérée avant d'abdiquer.

— D'abdiquer ?

— Oui. Votre amour doit se réaliser sur cette Terre. Je suis certaine que vous êtes deux âmes sœurs. Cependant… il arrive que les âmes sœurs ne parviennent pas à accomplir ce pour quoi elles sont destinées. Une histoire de mauvais timing ou… de résistance stupide de la part de l'une des deux, parce qu'elle a oublié qui elle était vraiment, ou bien parce qu'elle s'entête à se battre contre des moulins à vent !

Lili a presque crié cette dernière affirmation. Je dois bien reconnaître que je suis quelque peu ébranlée par tout ce qu'elle m'a raconté. Je me demande seulement si elle parle de moi ou bien de quelqu'un d'autre.

— Je vais vous dire une chose, Tom agit depuis très longtemps en fonction de certaines croyances et cela quoi qu'il lui en coûte. Après la mort de son frère jumeau, il s'est mis en tête qu'il devait développer la distillerie de whisky qui était, initialement, l'idée de son frère. Depuis lors, il n'a cessé de se battre pour que le domaine alpin se développe, non pas parce qu'il en avait envie, mais parce que, dans son esprit, il DEVAIT cela à son frère. Et savez-vous pourquoi ?

— Non.

— Parce qu'il lui avait survécu. En tant que jumeau, c'est sans doute plus difficile et compliqué que pour n'importe qui d'autre. Pour faire court, Tom a réalisé le rêve de son frère décédé, sans se poser la question de savoir s'il en avait envie, lui. Pour ce qui est de l'amour, c'est encore plus compliqué. Après la rupture d'avec sa compagne de l'époque, il a tout remis en question, pour finir par croire que l'amour était quelque chose contre lequel il fallait lutter si l'on ne voulait pas se faire consumer et finir sur le carreau. Dès lors, plus question d'aimer qui que ce soit. Enfin, à part nous qui n'entrions pas dans la même catégorie. Je vous parle de s'autoriser à éprouver des sentiments pour une femme.

Ce détail attise ma curiosité. J'ai du mal à imaginer un homme aussi beau que Tom vivant comme un moine.

— Vous voulez dire qu'il n'est pas sorti avec une femme pendant tout ce temps ?

Le visage de Lili s'éclaire d'un franc sourire.

— Helena, je te parle de sentiment amoureux. Pour la bagatelle, c'est autre chose. Tom est un homme comme les autres, alors… j'imagine qu'il a dû satisfaire certains besoins physiologiques. Mais ce dont je suis certaine, c'est qu'il ne s'est plus jamais autorisé à tomber amoureux… enfin jusqu'à toi !

Jusqu'à moi ! Ces mots résonnent en moi. Je me demande ce qui permet à Lili d'affirmer cela sans aucune certitude. Après tout, elle n'est pas Tom.

— Comment pouvez-vous affirmer une telle chose, Lili ?

— Parce que cela se voit comme le nez au milieu de la figure.

Voilà qui confirme ce que j'avais imaginé. Il ne lui a pas dit. C'est juste une opinion, pas un fait.

— Lili, vous interprétez, mais vous n'avez aucune certitude. Tom n'est pas amoureux de moi et...

— Bonjour ! dit une voix inconnue.

Une voix douce et rassurante. Je lève la tête et découvre une femme en blouse blanche. Je tente de lire sur le badge accroché à la poche, il faut que mes yeux s'accommodent à la distance pour pouvoir déchiffrer son titre et son nom : *Dr Pigani Elisabeth.*

— Bonjour ! dis-je en même temps que Lili.

Le médecin de garde nous jauge du regard l'espace d'un court instant avant de reprendre la parole.

— Laquelle de vous deux se nomme Helena ?

— Euh… c'est moi ! dis-je sans parvenir à masquer l'inquiétude qui me gagne.

— Je suis le docteur Pigani, c'est moi qui me suis occupée de monsieur Auster depuis son arrivée ici. Il est réveillé et... il vous demande.

Mon visage fait une grimace, trahissant mon étonnement.

— Moi, vous êtes sûre ?

— Si vous êtes bien Helena, oui, c'est vous qu'il réclame, dit le docteur Pigani.

Même si Lili m'a donné des nouvelles rassurantes précédemment, j'ai besoin de l'entendre de la bouche de son médecin.

— Co… comment va-t-il ?

— Pour le mieux, si l'on en croit la chute de sa voiture dans la ravine. Il n'aura pas de séquelles, s'il suit correctement sa rééducation.

— Sa rééducation ?

— Pour sa jambe. C'est le seul problème que j'envisage si monsieur Auster néglige sa convalescence ainsi que les soins de kinésithérapie. Ensuite, si tout se passe bien, et après avoir retiré la broche, tout devrait rentrer dans l'ordre sans lui laisser de séquelles. Il souffrira aussi pendant la consolidation de ses côtes fracturées.

— Mais… et sa perte de connaissance ?

La docteur Elisabeth Pigani, qui doit avoir l'habitude des questions post-accident, n'a pas l'air d'être contrariée par la question.

— Le scanner n'a rien révélé d'anormal à ce sujet. Il n'a rien de sérieux, une simple commotion. Comme je l'ai déjà dit, monsieur Auster a eu de la chance, il n'a pas été touché non plus au niveau des cervicales ou de la colonne vertébrale. Il va juste voir sa mobilité réduite pendant plusieurs semaines : les deux fractures costales seront douloureuses seulement s'il respire profondément. La radiographie du thorax s'avère rassurante d'un point de vue pulmonaire. Monsieur Auster devra prendre des analgésiques et veiller à tousser ou respirer profondément environ une fois par heure pour prévenir toute complication. Enfin, comme sa jambe est plâtrée, il devra utiliser un fauteuil roulant pendant au moins quatre semaines.

— Un fauteuil roulant ! Pourquoi pas des béquilles ? dis-je.

— Les deux côtes fracturées lui ôtent cette possibilité, répond la doctoresse.

Lili se gratte la tête.

— Pour ce qui concerne son état, ce sont en effet d'excellentes nouvelles. Par contre, pour ce qui est de le supporter, cloué dans un fauteuil pendant plus d'un mois… on va morfler ! déclare Lili en haussant les sourcils, puis en esquissant un sourire qui m'est adressé.

Je pouffe en entendant ce que vient de dire Lili. Victor revient dans la salle d'attente, les bras chargés de sacs en papier emplis de viennoiseries.

— J'imagine que les nouvelles sont bonnes à vous voir vous esclaffer de la sorte ! demande Victor.

— Oui. Il veut voir Helena ! lâche Lili entre deux éclats de rire.

— Aïe… c'est plus grave que je ne croyais alors ! dit Victor.

45

TOM

Grenoble.

CHU Grenoble, Alpes.

Rhône-Alpes – France

17 mai

7H27

J'ai un peu honte.

J'ai cru que j'étais en train de mourir alors qu'en fait… il s'agissait des effets d'un anesthésiant qui coulait dans mes veines.

Pourtant, je ne saurais dire si j'ai déliré à cause des anesthésiants ou si j'ai vécu un moment transcendant, mais pendant que mon corps dormait et que les médecins réparaient ma jambe, moi je suis parti… ailleurs. Je me trouvais dans un lieu magnifique, on aurait dit un parc avec des arbres, des bosquets, des fleurs, mais aussi des… gens souriants. C'était juste magnifique, harmonieux, une paix indicible...

*

J'ai ouvert les yeux en m'extirpant avec grande difficulté de la douce torpeur qui m'enveloppait. J'étais tellement bien ainsi que j'y serais bien resté encore un peu si j'avais pu.

Puis, une main s'est mise à tapoter le dessus de mes doigts.

— Monsieur Auster ! Monsieur Auster, vous m'entendez ? Si vous m'entendez, ouvrez les yeux à nouveau !

J'ai trouvé étrange qu'une voix si douce puisse être dans le même temps extrêmement désagréable.

Devant l'insistance de la voix, j'ai fini par ouvrir les yeux.

Voilà, c'était le retour dans le monde. Celui des vivants, mais surtout celui des problèmes.

Après avoir pris toutes les constantes d'usage et m'avoir indiqué que j'avais de la chance, l'infirmière m'a dit que le médecin de garde allait venir me voir.

Il a fait vite, le médecin de garde, il — ou plutôt elle - est arrivée et m'a informé que je l'avais échappé belle, puisque m'en tirant avec seulement une jambe et deux côtes cassées ! Vous auriez vu la tête du chanceux quand son médecin lui a dit ça !

Pendant qu'elle me parlait et que je n'écoutais pas, mon esprit était encore dans ce parc mystérieux.

Comme tout le blabla médical qui continuait de sortir de la bouche du docteur m'ennuyait plus qu'autre chose, j'ai dit la seule chose importante :

— Où est Helena ?

46

HELENA

Grenoble.
CHU Grenoble, Alpes.
Rhône-Alpes – France
17 mai
8H12

L'interne de service m'invite à la suivre.

Nous passons la porte automatique.

J'ai le souffle court à l'idée de voir Tom.

Qu'est-ce que je vais bien pouvoir lui dire ?

— Par ici, s'il vous plaît ! dit-elle.

J'approche de la chambre de Tom. J'ai peur.

Pourtant, je ne devrais pas ressentir la moindre crainte. J'ai failli le perdre, voilà la pire chose qui aurait pu arriver. Tout en marchant, je remercie intérieurement Lili qui m'a aidée à y voir un peu plus clair en ce qui concerne la relation tumultueuse que Tom et moi entretenons depuis notre première rencontre. Il faut bien se rendre à l'évidence, j'avais envie de le voir, sinon pourquoi faire un si long voyage quand un simple appel vidéo suffisait ?

Je passe devant une glace qui me renvoie mon image : quelle horreur ! Je stoppe mes pas et tente rapidement de me recoiffer un minimum. J'ai des cernes sous les yeux et le visage blafard, mon maquillage de la veille a coulé, bref… j'ai une tête à faire fuir n'importe quel homme.

— Nous y sommes ! dit le docteur qui esquisse un sourire en découvrant mes efforts pour retrouver un visage humain.

— Je… j'entre ?

— Oui.

Je frappe à la porte avec une main tremblotante.

— Entrez ! répond une voix que je reconnais aussitôt, c'est celle de Tom.

J'ouvre la porte et l'aperçois en train de faire des efforts pour s'asseoir sur son lit.

— Monsieur Auster ! Vous ne devez pas faire cela. Je vous rappelle que vous avez deux côtes fracturées.

Tom ne prend pas la peine de répondre au médecin de garde. Il me fixe et je me sens toute chose. Ses yeux clairs me transpercent comme jamais, il a le don d'avoir l'air de me regarder comme si c'était la première fois. Comment fait-il cela ?

— Bonjour Helena ! dit-il.

— Bonjour Tom !

— Docteur, voulez-vous avoir l'obligeance de remonter le dossier du matelas de façon à ce que je sois dans une position autre qu'allongée, s'il vous plaît ?

Le docteur s'exécute en pressant sur un bouton accroché à une sorte de poire suspendue à un fil. En quelques secondes, Tom se retrouve assis sans avoir eu à fournir le moindre effort.

— Voilà ! La prochaine fois, n'hésitez pas à appeler une infirmière. Interdiction de vous relever par vos propres moyens.

— D'accord, répond Tom.

— Je pense que vous avez des choses à vous dire. Je vais donc vous laisser. Si vous avez besoin de quoi que ce soit, utilisez le bouton *intercom* qui se trouve ici, d'accord ? dit-elle en montrant du doigt l'objet en question.

— Promis, répond Tom.

Le médecin de garde s'éclipse et referme la porte derrière elle. Je me retrouve debout avec les jambes qui tremblent.

— Ne reste pas debout, tu peux t'asseoir sur ce fauteuil, dit Tom.

Je le rapproche du lit et m'installe sur le bord de l'assise en faux cuir synthétique.

— Tu nous as fait une sacrée peur, tu sais ?

— Pardon. Ce n'était pas mon intention.

— Je m'en doute.

Je ressens une gêne et cela m'irrite au plus haut point. Je devrais être tout à mon bonheur d'avoir Tom, là, devant moi, en vie. Alors pourquoi ce malaise ? Je revois Lili et ses paroles sur mes peurs et mes blocages viennent résonner dans mon esprit. Peut-être que le seul moyen pour me sentir à l'aise et libre consiste à m'autoriser à être enfin moi-même, quelqu'un de vrai, d'authentique, sans masque.

— Tom, j'ai quelque chose à te dire.

Tom pose sa main sur la mienne, il l'approche de son autre main et une douce chaleur se diffuse de mes paumes jusqu'au sommet de mon crâne.

— Moi aussi, répond-il. Si tu me le permets, je préférerais être le premier, tu me diras ce que tu as à me dire après, cela te va ? dit-il.

Non, cela ne me convient pas vraiment. J'ai peur de ne plus avoir le courage d'avouer ce que je ressens vraiment après. Malgré ma réticence, j'opine de la tête.

— Bien, dit Tom. Alors voilà, j'ai failli me foutre en l'air sur la route à cause d'un chien qui… non. En réalité, tout bien considéré, le chien n'y est pas vraiment pour grand-chose. La vérité est que je n'étais pas assez concentré sur la route à ce moment-là. J'aurais dû le voir débouler sur la route et freiner à temps. Au lieu de cela, j'avais la tête ailleurs, il y a eu le bip m'indiquant qu'un texto venait d'arriver et… tu connais la suite.

— Tu es parti sur la route à cause de moi ?

— Ce n'est pas de ta faute.

— Je sais. Ce n'est pas ça ma question.

— Ah ! Qu'est-ce que tu veux savoir ?

— Si tu as pris la route à cause de moi.

— J'étais perturbé par tout ça.

— Que veux-tu dire ?

— Tout ça ! s'énerve-t-il. Euh… excuse-moi ! Je m'emporte alors que tout est de ma faute. J'ai laissé la situation entre nous se dégrader et je m'en suis voulu. J'aurais pu… faire les choses autrement, j'aurais pu faire en sorte de ne pas aller contre tes principes. Je te demande pardon, sincèrement !

C'est touchant. Il vient de subir un accident de la route qui aurait pu le tuer, il est à l'hôpital avec une jambe rafistolée et… il s'excuse. C'est étrange qu'il faille toujours arriver à des extrémités pour oser se parler sans entrave.

— Moi aussi, je te dois des excuses.

— Mais non ! Toi, tu…

Je place mon index sur sa bouche.

— Moi aussi, j'ai mal agi… ou plutôt j'ai laissé mes émotions me guider sans prendre en compte ton point de vue. Tu sais, j'ai parlé pendant une bonne partie de la nuit avec Lili qui, entre parenthèses, est une femme exceptionnelle ; je comprends à présent l'affection que tu as pour elle. Elle est surprenante et elle a une expérience de vie, waouh ! Bref, après ton accident, hier soir, j'étais toute retournée et ma peur a chassé ma colère, ce qui fait que j'ai pu mieux cerner ce qui nous opposait. Finalement, au court de la nuit, je suis parvenue à regarder mes peurs et mes limitations en face. Lili n'a fait que confirmer ce que j'avais déjà découvert…

Tom me fixe et son regard me désarçonne. Il a les yeux mouillés. Ses mains tremblent légèrement et je me dis qu'il craint peut-être ce que je vais lui dire. Il est vrai qu'avec une fille comme moi, on ne sait jamais à quoi s'attendre.

— Et qu'as-tu découvert ? me demande-t-il en levant son regard bleu ciel dans le mien.

— Que j'avais fait une erreur ! Une énorme erreur. Que finalement tu n'avais agi que par altruisme et que tes intentions n'étaient pas celles que j'avais imaginées de prime abord.

Tom ne dit rien, mais je vois ses yeux qui se mettent à briller. Je m'approche doucement pour l'embrasser. Il me rend mon baiser et c'est comme si nous nous embrassions pour la première fois. Je sens un désir ardent descendre le long de ma colonne vertébrale, j'ai des étincelles dans le ventre et je dois freiner mon envie inopportune. Le moniteur cardiaque émet une sonnerie d'alarme stridente.

— Je crois que tu me fais trop d'effet ! déclare Tom à mon oreille.

— Je crois que je t'aime ! dis-je comme seule réponse.

C'est sorti tout seul, sans réfléchir, sans filtre. Je vois la mine surprise de Tom et cela me bouleverse. Il me sourit et je ne résiste pas. Je l'embrasse à pleine bouche à nouveau en montant presque sur le lit. Le moniteur cardiaque râle à tout va, mais je m'en fiche.

— Moi aussi… susurre Tom, entre deux baisers.

Je me dégage de notre étreinte.

— Quoi ?

— Moi aussi… je t'aime.

ÉPILOGUE

L'année suivante, un peu avant l'été...

Quinta de Dona Otilia

Vallée du Douro – PORTUGAL

Hier soir, les ouvriers sont partis.

C'était l'ultime jour du chantier qui a duré pendant près d'une année.

La nuit venue, je n'ai pas pu trouver le sommeil.

Tom, lui, n'a pas connu pareille mésaventure, si j'en crois les ronflements de bienheureux dont il m'a gratifié pendant une bonne partie de la nuit.

Pourtant, je n'ai pas regretté l'insomnie qui m'a tenu compagnie, grâce à elle, j'ai pu mesurer tout le chemin parcouru depuis l'année dernière. Tous les changements qui ont fait basculer ma vie.

Je remercie la providence qui a mis Tom sur mon chemin. Lui, en revanche, n'a pas la même opinion que moi. Il ne croit pas au hasard. Il prétend que c'était notre destin. Il déclare sans retenue que nous sommes des âmes sœurs, et, qu'à ce titre, il ne pouvait en être autrement. Certaines personnes sont vouées à se rencontrer afin d'accomplir leur destinée commune. Comme si tout ce qui s'est déroulé avant leur rencontre n'était en fait qu'un prélude. Le but réel de leur présence en ce monde ne pouvant s'accomplir qu'à partir de leur rencontre. Avons-nous réellement la possibilité de faire des choix dans notre vie, ou alors est-ce qu'une sorte de mosaïque céleste se met en place à chacune de nos décisions pour nous amener à nos retrouvailles, celles de deux âmes sœurs ? Je n'ai aucune certitude, contrairement à Tom, qui en est persuadé. Ce dont je suis sûre, c'est que pour la première fois, j'ai envie de faire confiance à un homme, à Tom. Comme l'a si bien dit Lili, on ne peut pas savoir si l'eau de mer est froide avant d'y plonger son pied. C'est fou comme certaines métaphores peuvent parfois vous éclairer sur les grandes vérités de la vie.

Je marche à pas de velours et risque un œil dans la chambre. Tom dort toujours. J'avance jusqu'à la chaise où il a posé ses vêtements. J'attrape sa chemise et ressors de l'alcôve en enfilant, puis boutonnant le vêtement qui dégage un léger parfum, celui de mon homme. Oui, j'ose le penser à présent. Tom est l'homme de ma vie. Il m'a fallu du temps pour l'admettre, mais on ne peut nier l'évidence, même si l'on peut parfois la rejeter.

Ainsi vêtue, je sors sur le balcon et admire la vue.

Je contemple mon rêve accompli. Nous avons passé la nuit dans la suite royale. C'était un vœu que je pouvais réaliser. Un privilège avant l'ouverture de l'hôtel Outlet. J'avais expliqué le plus sérieusement du monde à Tom que nous nous devions de tester la plus belle chambre avant de la louer. J'avais ajouté qu'il ne s'agissait nullement d'un caprice, mais d'un souci de perfection, d'un contrôle qualité en quelque sorte. Tom avait ri et s'était moqué de moi, mais il avait accepté sans rechigner. Et maintenant, là, sur le balcon flambant neuf de la suite dans laquelle j'ai passé une merveilleuse nuit, j'admire la vue sur la piscine, les salons de dégustation un peu plus en contrebas, et plus loin, les collines avec leurs vignes en escalier. Tout est calme. Difficile d'imaginer que dans une semaine, ici même, ce sera l'effervescence avec des clients gesticulant de tous côtés, dans les salles de dégustations, le restaurant, ainsi que l'hôtel.

Une odeur de café frais vient faire palpiter mes narines, puis une main touche mon épaule.

— Je t'ai préparé un café ! dit Tom.

Il me passe un mug, et ses mains massent délicatement ma nuque, puis un baiser très doux se pose juste sous mon oreille. Je frissonne de plaisir sous ses caresses, mais je n'ai pas le loisir de m'abandonner à son étreinte avec un mug de café brûlant dans les mains.

— Merci.

— De rien. Qu'est-ce que tu fais ? demande-t-il en se plaçant derrière moi et en me pressant la nuque.

Je souffle sur ma boisson chaude avant d'en goûter une gorgée. La première, après le réveil. La meilleure.

— J'admire la vue. Et toi ?

Tom se penche par-dessus mon épaule et plonge son regard dans l'ouverture de la chemise que je lui ai empruntée.

— Je fais la même chose, dit-il sur un ton moqueur.

— Idiot !

— Ce n'est pas très gentil ça, madame ! Puisque c'est comme ça, je retourne dans la cuisine me faire un café, pour moi cette fois.

— Par la même occasion, tu peux préparer le petit déjeuner. Je meurs de faim.

Il fait oui de la tête, m'embrasse sur les lèvres, puis se détache de moi. Je me retourne et c'est alors que je m'aperçois qu'il est entièrement nu. Je pousse un petit cri d'étonnement tout en admirant son corps magnifique avant qu'il ne disparaisse par l'embrasure de la porte-fenêtre. Je dois bien avouer que j'ai encore du mal à réaliser cette nouvelle vie. Tom est le premier homme avec lequel j'ai envie de construire quelque chose, une relation sur le long terme, une véritable union. Dans quelques jours, les clients vont arriver et je vais enfin apprécier la vie professionnelle que j'avais choisie depuis si longtemps. Tom fera des aller-retour entre la distillerie alpine et ici. Il a décidé de laisser plus de marge de manœuvre à son ami Victor, au moins pour un temps, et vouloir s'investir de façon plus importante, avec moi, ici au Portugal. Il n'y a pas si longtemps, je n'aurais même pas voulu en entendre parler, mais les choses ont changé depuis, et... moi aussi.

L'univers m'a peut-être à la bonne en fin de compte. J'ai sauvé le domaine, j'ai rencontré Tom, et, pour la première fois de ma vie, j'ai envie de croire que l'avenir sera heureux, en tout cas j'ai la ferme intention de tout faire pour le créer ainsi.

Un oiseau passe devant le balcon en effectuant une voltige aussi magique que gracieuse. J'observe ses arabesques pendant plusieurs minutes. Je me dis que, moi aussi, j'ai pris mon envol. Je n'ai pas le loisir de pousser plus loin mon introspection, Tom hurle comme si j'étais à des kilomètres.

— Le petit déjeuner de madame est servi !

Je traverse la chambre et emprunte les escaliers et traverse pieds nus le couloir qui débouche sur la salle à manger. Je constate que Tom m'y attend avec un sourire radieux.

Les barrières, les doutes, tout ce que j'avais construit au fil des années, tout s'est effondré. Il ne reste plus que l'évidence.

Tom et moi sommes faits l'un pour l'autre. Mais surtout, nous ne pouvons être heureux qu'ensemble. Je sais que j'ai mis du temps à l'accepter, et d'ailleurs lui aussi, mais c'est ainsi.

J'admets que cela peut changer. Rien n'est immuable en ce monde. Mais ce que j'ai appris, c'est qu'il ne faut pas rejeter le bonheur quand il frappe à votre porte. Peu importe le temps que durera l'éclaircie. Peu importe si les nuages finissent par arriver, portés par le vent. Il n'y a qu'une chose importante : l'instant présent. Le bonheur, l'amour, n'est-ce pas ce à quoi tout le monde aspire ?

J'avais longtemps couru après le bonheur, je l'avais imaginé sous différentes formes comme la reconnaissance de mon père, la réussite professionnelle dans la viticulture. Et voilà qu'au bout du compte, rien de tout cela n'a d'importance.

Peu importe ce que l'on est, ou même ce que l'on possède. Il n'y a rien de plus doux que d'aimer et d'être aimé.

Alors que je m'approche de Tom, je sens mon cœur chavirer. Depuis que nous sommes ensemble, je déguste le bonheur par petites gorgées, comme si c'était le vin d'une de mes meilleures bouteilles. Profiter du bonheur simple. Celui qui s'apprécie tous les jours, à travers une multitude de petites choses que la plupart des gens ne remarquent même plus, telle est ma nouvelle ligne de conduite. Je n'oublie pas que nous aurions pu nous perdre, en restant prisonniers de nos croyances, de nos principes, de nos mensonges intérieurs, et que nous nous serions ratés dans cette vie. Peut-être arrive-t-il parfois que des âmes sœurs manquent leur rendez-vous ? Comment savoir ? Que serait-il advenu de nous deux sans l'intervention de Lili, sans le soutien inconditionnel de Victor et de Rita ? Qui peut le dire ?

Alors que Tom sert le café et tire la chaise où il me propose de m'asseoir, puis dépose un baiser tendre sur mes lèvres, je me dis qu'aujourd'hui le bonheur a l'odeur du café frais et du pain grillé. Cela me fait sourire, parce que sans Tom, en train de me servir, je n'aurais sans doute jamais réalisé cela. Aujourd'hui, je veux vivre tous ces instants avec intensité. Peu importe les blessures du passé ou ce que le futur me réservera, parce qu'en réalité tout cela n'existe plus ou n'existe pas encore. Ce qui est réel, en revanche, c'est l'amour qui m'unit avec Tom, ici, maintenant.

Le petit déjeuner terminé, Tom et moi marchons sur le sentier qui surplombe notre domaine et ses vignes auréolées des premiers rayons du soleil matinal. C'est un magnifique spectacle dont je profite chaque jour. Tom me tient la main et nous marchons d'un même pas. On arrive sur le pic et il se place derrière moi, puis m'entoure de ses bras. Il approche sa bouche de ma nuque, y dépose un tendre baiser.

— Et si l'on faisait un bébé ? murmure-t-il à mon oreille.

J'ai du mal à réaliser. Nous n'avions encore jamais évoqué le sujet. Bien sûr, j'y ai déjà pensé, mais cela me semblait trop tôt.

— Tu… tu parles sérieusement ?

— Très sérieusement.

J'ai du mal à contenir l'émotion qui m'envahit. Ma vue se trouble. J'ai la tête qui tourne et mon cœur bat à tout rompre.

— Mais… nous ne sommes même pas…

Tom pose ses mains sur mes épaules et me fait tourner face à lui. Sa main entre dans sa poche et en sort un écrin.

— D'accord. Procédons par ordre alors ! Veux-tu devenir ma femme ? demande-t-il en ouvrant la petite boite blanche qui contient un magnifique solitaire. Les diamants sont éternels, parait-il ! J'espère que notre amour le sera aussi.

Je ne parviens pas à surmonter ma joie. Les vannes s'ouvrent soudain et je pleure sans retenue.

— Oui.

Tom m'embrasse, essuie mes yeux, et son sourire me transperce le cœur et l'âme.

Je sais à présent que nous sommes unis par quelque chose

qui nous dépasse. J'ai bien l'intention de lever tous les obstacles qui pourraient entraver notre chemin, mais je ne suis plus seule.

— C'est oui aussi pour le bébé ! dis-je en laissant échapper un fou rire mêlé de larmes.

Tom m'embrasse avec passion.

— Parfait.

Il glisse la bague à mon doigt et me prend la main, puis il me tire et se met à marcher d'un pas vif.

— Tom, où m'emmènes-tu ?

— On a déjà perdu assez de temps comme ça, tu ne crois pas ? Je ne veux plus gâcher un seul instant.

Joignant le geste à la parole, il se met à courir vers la maison et m'entraîne dans sa course folle.

Ce que je ressens alors n'est que perfection et émotions vives.

Je sais à présent que nous serons capables de dépasser toutes les épreuves, et affronter l'adversité ensemble.

Il est temps à présent de prendre un nouveau chemin.

Il est temps de vivre.

FIN

REMERCIEMENTS

Écrire, c'est être seul devant son clavier pendant des mois.

L'écriture de ce roman aura duré près de deux ans !

Plusieurs raisons à cela : l'écriture est une passion, pas mon métier. Ce qui veut dire que j'ai un travail à plein temps à pas assez de temps à mon goût pour me poser devant mon clavier. L'autre raison est que j'ai voulu écrire dans un genre nouveau pour moi : la romance. Même si dans « Le bonheur d'Anna Tome 1 et Tome 2 », il y avait déjà une romance qui pointait le bout de son nez, ce n'était cependant pas le « genre » du roman.

Tenter d'écrire une romance était un défi. J'espère l'avoir relevé…

Cette romance n'aurait pu voir le jour sans le soutien de certaines personnes qui m'ont aidé à mener à bien ce projet.

- Edite, ma femme, sans qui ce roman n'aurait jamais existé.

- Claudia, ma première bêta-lectrice en dehors de mon cercle familial.

- Lydie, ma graphiste qui met en image la couverture du roman.

- Merci aussi aux blogueuses qui ont lu en « bêta-lecture » la préversion de ce roman, et qui ont su m'encourager. Votre soutien est précieux !

MERCI !

- Merci à vous, lectrices et lecteurs, sans vous cette aventure n'aurait pas pu être possible. Vos commentaires élogieux sur Amazon, vos e-mails d'encouragements, votre soutien sur les réseaux sociaux, tout cela est tellement précieux. Cela m'encourage à poursuivre l'aventure. Je n'ai qu'un souhait : vous retrouver à nouveau à travers les pages d'un autre roman...

- Merci aussi à mes collègues auteur(e)s, principalement tous les auto-édités qui sont d'une bienveillance remarquable. Il y a encore de l'empathie, de l'entraide, des tonnes d'encouragement parmi les auteurs indépendants.

En écrivant *PEUT-ÊTRE TOI ;* j'ai écouté :

- Mylène Farmer *: Peut-être toi* (Forcément!)

- Moby : *The sky is broken*

- Ludovico Einaudi : *Seven Days walking*

- Harry Styles : *Sign of the Times*

- Tom Tykwer : *Cloud Atlas End Title*

- Billie Eilish : *I love you*

- Ruelle : *Carry You*

- Calvin Harris : *Promises*

- Salvador Sobral : *Amar Pelos Dois*

- Disclosure : *You and me*

- Maro : *Saudade, saudade*

Un dernier mot…

Merci d'avoir lu ce roman.

En tant qu'auteur indépendant, je vous laisse imaginer l'importance des commentaires positifs sur Amazon.

Si vous avez aimé cette histoire, merci de le faire savoir en publiant un petit commentaire étoilé sur la page **Amazon** de ce roman.

Sans vous, ce livre ne pourrait exister.

MERCI.

Si vous voulez m'écrire, consulter mon blog ou me suivre sur Facebook, je vous laisse les contacts ci-dessous :

Contact : william.alcyon@hotmail.com

Blog : https://williamalcyon.blogspot.com/

Facebook : https://m.facebook.com/william.alcyon

À PROPOS DE L'AUTEUR

Je suis un auteur français, né à Calais en 1969.

Je réside aujourd'hui à Enghien-les-Bains (95) et travaille à Paris, dans le secteur de l'Éducation.

« Peut-être toi » est mon troisième roman.

J'ai également écrit un roman de développement personnel en deux tomes : « Le bonheur d'Anna » que vous pouvez trouver sur Amazon.

Vous pouvez me contacter sur :

Mon adresse mail : william.alcyon@hotmail.com

Ma page Facebook :
https://m.facebook.com/william.alcyon

Mon blog : https://williamalcyon.blogspot.com/

Table des matières

william.alcyon@hotmail.com

93800 Epinay-Sur-Seine

Dépôt légal : juillet 2022

Imprimé par Kindle Direct Publishing

« Impression à la demande »

ISBN : 978-2-9507103-5-2